Fratelli in divisa: Max

Fratelli in divisa
Libro 1

Jeanne St. James

Traduzione di
Well Read Translations

Editore originale: Molly Daniels
Traduzione italiana a cura: Well Read Translations
Copertina a cura (in inglese): EmCat Designs
Copertina a cura (in italiano): Golden Czermak at FuriousFotog

www.jeannestjames.com

Iscriviti alla newsletter per avere aggiornamenti sull'autrice e sulle nuove uscite:
www.jeannestjames.com/newslettersignup (in inglese)

Per rimanere aggiornati sulle novità di Jeanne, collegatevi al sito www.jeannestjames.com o iscrivetevi alla sua newsletter: http://www.jeannestjames.com/ newslettersignup (in inglese)

Link d'autore: Instagram * Facebook * Goodreads Author Page * Newsletter * Jeanne's Review & Book Crew * BookBub * TikTok * YouTube

Serie Fratelli in divisa

Fratelli in divisa: Max (libro 1)
Fratelli in divisa: Marc (libro 2)
Fratelli in divisa: Matt (libro 3)
- Include Teddy: il capitolo finale (libro 3.5)
Fratelli in divisa: Natale dai Bryson (libro 4)

Dedicazione

Al mio personale uomo in uniforme,
grazie per essere la calma nella mia tempesta.

Capitolo uno

LA PICCOLA AUTO rossa che Amanda Barber aveva noleggiato rimase ferma nel parcheggio per tre quarti d'ora. Lei era immobile al posto di guida, come pietrificata. Fissava attraverso il parabrezza l'edificio con le pareti di mattoni a vista che aveva davanti agli occhi. Il motore dell'auto era spento, le chiavi ancora inserite nel blocchetto d'accensione; non le ci sarebbe voluto molto per girarle, mettere in moto e sparire nella stessa strada dalla quale era venuta.

Lesse ancora l'insegna sulla facciata dell'edificio, come se quel nome fosse una formula magica che servisse a rimandare l'inevitabile. Casa Howell – Centro diurno di assistenza per adulti.

Si stava facendo buio e lei non poteva più rimanere lì seduta. Aveva promesso all'avvocato della madre che si sarebbe trattenuta in città per un paio di settimane. Solo un paio di settimane. Quattordici giorni. Mezzo mese.

Doveva smettere di essere fifona.

Ok, basta tentennamenti. Afferrò le chiavi e le gettò nella borsetta. Era ora di farla finita. Scese dall'auto, decisa a entrare nell'edificio prima di cambiare ancora idea.

La porta si richiuse alle sue spalle con un *clang* che le parve assordante e Amanda si guardò intorno. C'erano alcuni anziani seduti che cucivano, leggevano e parlavano in piccoli gruppi. Una televisione ronzava in sottofondo. Un signore elegante, molto avanti con gli anni, sedeva su una carrozzina al cospetto di una grande vetrata, la testa ciondolante per via del dormiveglia.

Una donna che dimostrava qualche anno più di lei alzò lo sguardo e la notò. La donna, che stava assistendo un ragazzo seduto a un tavolo da gioco, raddrizzò la schiena e guardò Amanda perplessa. Lei non capiva perché il ragazzo avesse bisogno d'aiuto; sembrava intento a disegnare. La donna si chinò per dirgli qualcosa all'orecchio, poi si mosse verso Amanda.

"Posso aiutarla?"

"Immagino di sì."

Amanda non disse altro, al che la donna assunse un'espressione stupita.

La spronò. "Ha bisogno di informazioni? Vuole fare un giro della struttura?"

"No."

Sempre più confusa, la donna strizzò gli occhi e inclinò la testa come per farle una domanda che però tardò a formulare; quando dopo poco aprì la bocca, Amanda la interruppe. "Sono qui per vedere Gregory Barber."

Pronunciò quel nome abbastanza forte da richiamare l'attenzione del ragazzo seduto al tavolo da gioco, che alzò la testa, la girò verso di loro e rise sonoramente, poi con il polso piegato si spostò la ciocca di capelli che gli era finita sugli occhi.

Le labbra della donna si aprirono in una O. "Tu devi essere Amanda."

Amanda aggrottò la fronte. La donna sapeva di lei, naturalmente; anzi, probabilmente la aspettava già da tempo. Amanda era pronta a scommettere che tutta la cittadina di Manning Grove la stava aspettando.

"Sì, sono venuta a prendere Greg."

Amanda si morse un labbro quando vide il ragazzo alzarsi dal tavolo con un sorriso sghembo stampato sul volto. L'istante dopo, lui le stava correndo incontro, agitando in aria le mani. Istintivamente, Amanda fece un passo indietro. In effetti, avrebbe voluto girarsi e darsela a gambe, ma il ragazzo la strinse in un abbraccio che le tolse il respiro.

La donna gli afferrò le braccia, cercando di separarlo da Amanda. "Greg! Greg! Lasciala andare!"

Greg la scuoteva avanti e indietro, premendole la testa sul petto e stringendo sempre più forte. Lei emise un gemito di dolore.

"Donna... questa è Mandy? È Mandy?" Il vocione del ragazzo le vibrava contro la cassa toracica.

"Greg, di questo passo la stritolerai!"

Allora Greg la lasciò andare e si fece indietro, non senza una certa riluttanza. Il sorriso storto si ingrandì e qualche gocciola di saliva gli schizzò fuori dalla bocca mentre esclamava: "Mia sorella Mandy!"

"Sì, Greg, tua sorella è venuta a prenderti." Donna si rivolse ad Amanda. "Come avrai capito, io sono Donna. Gestisco la struttura." Guardò Amanda con preoccupazione. "Mi sembri pallida... Vuoi sederti?"

Amanda scosse la testa. "No." Fece un profondo respiro e si passò una mano sulle costole, per accertarsi di non avere lesioni. Si sistemò la gonna e il maglione che le si era spiegazzato sotto la giacca. "No, sto bene."

"Porterai Greg a casa di sua madre?"

"Sì."

"Hai mai avuto a che fare con una persona con disabilità?"

Amanda lanciò un'occhiata a Greg, che la ricambiò aggiungendo un enorme sorriso. "No." Greg non riusciva a stare fermo: gesticolava di continuo e confabulava tra sé e sé.

Donna aggrottò la fronte. "Oh, cielo!"

Ad Amanda non piacque quell'esclamazione. *Oh, cielo. Che voleva dire? Sapeva di essere nei pasticci... ma "Oh, cielo"?*

Cacchio.

"Uh... Greg è pronto per andare?"

Donna lo guardò. "Sì. Come vedi, è molto felice di conoscere sua sorella." Spostò nuovamente lo sguardo su Amanda e inarcò un sopracciglio. "È la prima volta, vero?"

Amanda annuì. Non sapeva se quella che provava fosse vergogna o piuttosto paura. Probabilmente era paura, su cui stava calando una coltre di vergogna. Senza dubbio, Donna conosceva la risposta ancor prima di aver formulato la domanda. Amanda era certa che tutta la città conoscesse la risposta.

Doppio cacchio.

Donna la prese a braccetto e la guardò con occhi colmi di pietà. "Senti. Ti darò il mio biglietto da visita. Per qualsiasi dubbio o problema, chiamami. Greg è bravo, è ubbidiente e facile da accontentare."

Amanda lo guardò. Donna ne parlava come se fosse un bambino, ma Greg non era un bambino. Il suo fratellastro aveva ventidue anni. Ventidue.

Era abbastanza grande per bere alcolici, votare o arruolarsi nell'esercito.

Era un adulto, solo che si comportava come un bambino.

"Grazie. Potrei prenderti in parola."

Per la prima volta da quando Amanda era entrata, Donna sorrise. "Certo che lo farai. Ecco una brochure della nostra struttura e il mio biglietto da visita. Greg viene qui tre volte a settimana. Un autobus lo passa a prendere poco prima delle otto di mattina il lunedì, il mercoledì e il venerdì, sempre che non siano giorni festivi. Un autobus lo riporta a casa poco dopo le sei di sera."

Ad Amanda girava la testa. "Ok."

Greg sei pronto per andare con tua sorella?

"Sì, sì, sì! Prontissimo." Greg era talmente su di giri che saltò su un piede, poi sull'altro. "Ora noi si va!" Corse verso Amanda e le porse la mano contratta.

Amanda gliela strinse. L'enorme sorriso di Greg era irresistibile e lei lo ricambiò con uno più debole. "Pronto, Bud?"

"Chi è Bud?"

Amanda lo guardò. Sarà stato anche solo un fratellastro, ma lei e Greg avevano lo stesso sangue. Lui era un pezzo della sua famiglia. Amanda rilassò leggermente i muscoli tesi e gli strinse ancora la mano. "Sei tu... Stai per diventare il mio nuovo compare preferito[1]."

"Oh! Oh! Donna, sono io Bud! Il suo compare!" Greg cominciò a tirare Amanda verso la porta.

"Un momento, Amanda!" Mentre Greg la trascinava, lei si voltò verso Donna. "State dimenticando Caos."

"Cosa?" Amanda si aggrappò allo stipite della porta per evitare che Greg la portasse fuori di peso e sbattesse sul pavimento in preda all'euforia.

"Caos," ripeté Donna, come se quel nome bastasse a chiarire tutto.

Donna raggiunse la porta che dava sul retro della struttura e la aprì. Un border collie bianco e nero balzò attraverso la stanza e si mise a girare intorno a loro, dimostrandosi tanto incontrollabile quanto in quel momento lo era Greg.

Caos.

Che nome appropriato.

LE CHIAVI TINTINNARONO e i cardini scattarono quando Amanda aprì la porta principale della sua nuova casa.

Nuova casa temporanea, ricordò a se stessa.

A causa del lungo volo, a cui era seguito un lungo viaggio in auto per raggiungere quel paesino *nel bel mezzo del nulla*, Amanda era esausta. Aveva bisogno di una bella dormita per essere in grado, l'indomani, di pensare a mente lucida.

Guardò l'orologio. Le sette.

Né lei né Greg avevano cenato e già lei pensava a coricarsi. Come una vecchietta. A Miami, a quell'ora, la serata non era neanche cominciata.

Caos sfilò accanto a lei. Anche il cane doveva mangiare, probabilmente.

"Greg, tu sai come dar da mangiare a Caos?"

Non sentendo alcuna risposta, Amanda si girò verso di lui e lo vide ancora in piedi vicino all'auto. Durante il tragitto, mentre attraversavano il quartiere per arrivare all'abitazione, Greg era rimasto sospettosamente calmo e silenzioso. Il "bambino" euforico era scomparso.

"Greg?"

"Mamma è qui?"

Nonostante il buio e la distanza, Amanda vide chiaramente la tristezza e la confusione che affiorarono sul volto del ragazzo. A lei, quella domanda aveva fatto venire la pelle d'oca.

"No, Greg, la mamma è andata via. Avanti, vieni dentro. Ti preparo la cena."

"Mamma è brava a cucinare."

Amanda sospirò. Non voleva gestire quella situazione. Non faceva parte delle sue responsabilità. Era la prima volta che incontrava il fratellastro. Aveva sempre saputo della sua esistenza, ma i due vivevano in mondi completamente diversi. Nel mondo di Amanda non c'era mai stato spazio per il padre, la matrigna e il fratellastro. La madre di Amanda, Anne, si era assicurata di escluderli.

"Ehi, Bud, non sarò la migliore delle cuoche... anzi, probabilmente sono una delle peggiori. Però sono in grado di prepararti una zuppa e un toast al formaggio.

Sentirsi chiamare *Bud* sembrò tirarlo un po' su. La seguì con riluttanza dentro casa.

Amanda tastò il muro in cerca di un interruttore, visto che nell'entrata era buio pesto; quando le dita ne trovarono uno, lo spinse e si accese la luce. La casa era carina. E piccola. Ogni cosa pareva essere al proprio posto e l'ambiente aveva un aspetto molto ordinato. Nonostante Dolores, la sua matrigna, fosse deceduta più di una settimana prima, la casa sembrava piuttosto pulita.

Amanda notò subito che in giro non c'era nulla di fragile. Niente ceramiche, nessun oggetto di vetro, nemmeno un gingillo. Capì subito il perché quando sentì uno schianto. Corse verso il retro della casa.

La cucina era spaziosa e moderna, con elettrodomestici di ultima generazione, finiture in acciaio inossidabile e dei fantastici piani di lavoro in granito. Un portapentole di rame era appeso sopra l'isola centrale, attorno alla quale erano disposti degli sgabelli di legno scuro.

Al centro della bellissima cucina c'era Greg, che la guardò intimidito. "Mi dispiace."

Gli era caduta in terra la ciotola di metallo di Caos, anche se non sembrava che per il cane fosse un problema: mangiava più veloce che poteva e spazzolò a tempo di record tutti i croccantini, anche quelli finiti nei punti più inarrivabili.

"Non fa niente, Bud. Ora troviamo qualcosa da mangiare per te."

Dopo qualche minuto di ricerca nei vari armadietti, Amanda assemblò una cena veloce per Greg, poi, mentre lui mangiava, si dedicò all'esplorazione della casa. La scoprì piccola, come aveva capito fin da subito, ma molto confortevole. Tre camere da letto e due bagni su due piani.

La cucina era una delle stanze più grandi. Sul retro c'era un giardinetto lungo e stretto, adeguatamente recintato per evitare che il cane scappasse. Amanda apprezzò particolarmente la veranda, che sembrava essere stata costruita di recente vicino alla pedana che dava sul giardino.

Tornò in cucina per dare un'occhiata a Greg. Forse non avrebbe dovuto lasciarlo solo tanto a lungo... Se non altro, avrebbe fatto bene a dargli un tovagliolo. Mentre gli puliva il sugo di pomodoro dai vestiti, Amanda gli fece un piccolo interrogatorio, per capire cosa il ragazzo fosse effettivamente in grado di fare da solo.

Verso le dieci, quando Greg ebbe finito di guardare quello che descrisse come uno dei suoi programmi preferiti, lei lo accompagnò nella sua camera da letto.

"Mi sembra di capire che sei un fan del campionato automobilistico NASCAR, Greg."

"Adoro le macchine... e le corse! Da grande farò il pilota."

"Fammi indovinare... il tuo idolo è Tony Stewart."

Greg strillò, visibilmente emozionato. "Come lo sai?"

Amanda guardò in giro per la stanza: era piena di poster di Stewart, di modellini di automobili e di altri cimeli; tirò giù il copriletto, su cui c'era l'immagine del pilota. *Mmmh... Come lo sapeva?*

"Per andare a letto te la cavi da solo?"

"Sì."

"Bene. Buonanotte, Greg."

"Mandy?"

"Sì?"

"Posso avere un abbraccio?"

"Puoi scommetterci, Bud." Quel secondo abbraccio fu meno letale del primo. "Buonanotte, Greg. Ci vediamo domattina."

"Buonanotte, Mandy."

Amanda scese le scale e andò direttamente in cucina, a prendere la busta bianca che aveva lasciato sul top. Era la busta che le aveva consegnato l'avvocato. La afferrò e si diresse in veranda. Sprofondò nel morbido divanetto emettendo un gemito di stanchezza e aprì la busta. Caos la raggiunse, saltò sul divanetto e le si accucciò a fianco. Lei le accarezzò il manto setoso che gli ricopriva la schiena.

Aprì il foglio e cominciò a leggere.

Cara Amanda,

Mi dispiace non averti mai incontrata, ma ormai non posso farci nulla. Prima di tutto, voglio dirti che tuo padre ti ha voluto bene, anche se tu pensavi che non fosse così. Insieme, abbiamo vissuto una buona vita e io gliene sono grata. L'ho amato molto.

Immagino che per te sarà scioccante incontrare tuo fratello per la prima volta. Gregory è un bravo ragazzo, spero che avrai modo di rendertene conto.

Per Greg è stata dura quando tuo padre è morto di infarto, due anni fa. Per me è stata durissima. So che per Greg sarà ancora più difficile quando anch'io non ci sarò più. Lui non sa che mi hanno diagnosticato un cancro al seno; non credo che capirebbe, comunque.

Se stai leggendo questa lettera, significa che Greg ha perso entrambi i genitori. Mi auguro che nel tuo cuore troverai la forza di amarlo e aiutarlo. Sei tutto ciò che gli rimane della sua famiglia.

Per favore, sforzati di aprirgli il tuo cuore. Non sarà facile. Per molte cose, Gregory è in grado di prendersi cura di se stesso, ma ha comunque bisogno di una guida costante. Negli ultimi tempi, ho cercato di renderlo più indipendente, ma non potrà mai vivere per conto suo. Ha davvero bisogno di te. Non voglio che finisca solo, in una casa di cura.

Ora la casa è tua e riceverai ogni mese i soldi necessari per accudirlo; provengono da un conto che abbiamo aperto io e tuo padre. Dovrebbero bastare per mantenerti a Manning Grove senza dover lavorare, così da essere presente per Greg, quando lui ha bisogno di te. Se decidessi di tornare a Miami (e spero che tu non lo faccia), temo che i soldi che abbiamo messo da parte finirebbero presto.

Manning Grove è una bella cittadina, qui la gente è socievole e molti conoscono Greg. Probabilmente non basterà a convincerti, ma credo che Gregory non sarebbe felice in una grande città.

Devo aver già cominciato a blaterare...

Amanda lesse una lista di attività che Greg era in grado di svolgere da solo, seguita dall'elenco di quelle per cui invece avrebbe avuto bisogno d'aiuto. Accartocciò la lettera e la tirò via; rimbalzò su una lampada per poi atterrare sul pavimento in mezzo alla stanza.

Caos balzò giù dalla sedia, recuperò la "palla" e gliela riportò, posandogliela sulle ginocchia con una certa solennità.

Lei fulminò con lo sguardo prima il cane, poi il cartoccio umido di bava. Si sforzò di non urlare, di non scoppiare in lacrime.

Non voleva prendersi quell'impegno. Non poteva farlo. Quella donna non aveva alcun diritto di chiederle una cosa simile. Amanda non aveva mai chiesto di avere un fratello, non le era mai dispiaciuto essere figlia unica. Sua madre l'aveva viziata, non perché l'amasse, ma perché voleva poterla controllare e tenerla alla larga, quando lo riteneva necessario.

Caos le strofinò il muso sulla mano, in attesa che lei tirasse ancora la "palla".

Mentre fissava il manto bianco e nero del cane, Amanda si rese conto che ci si aspettava da lei che fosse responsabile. *Lei*, Amanda Barber! Lei che non si era mai presa cura nemmeno di un animale domestico. Nemmeno di un criceto. Di punto in bianco, si ritrovava sulle spalle la responsabilità di prendersi cura di un altro essere umano. Era un peso troppo grosso.

Non sarebbe stata all'altezza della situazione.

Si prese la testa fra le mani e crollò. Cominciò a singhiozzare e presto si ritrovò con i crampi allo stomaco, il naso tappato e arrossato e gli occhi gonfi. Tirò su con il naso, sonoramente. Caos le si era accucciato vicino ai piedi; drizzò le orecchie e alzò la testa per guardarla, come per chiederle silenziosamente quale fosse il problema.

Amanda aveva paura.

Si sentiva sola.

Nemmeno la madre avrebbe potuto o voluto aiutarla.

Quel pensiero le diede forza. Non aveva bisogno della madre, che anzi era arrabbiata con lei. Le aveva dato dell'incapace, le aveva detto che non poteva farcela.

Si sarebbe dovuta ricredere. Amanda sarebbe stata migliore di lei. Greg era suo fratello, era la sua famiglia.

Amanda si sarebbe presa cura di lui, sarebbe stata una sorella calorosa e amorevole.

O almeno ci avrebbe provato.

Stanco di aspettare, Caos si alzò accanto a lei. Amanda gli accarezzò la testa. La madre si sbagliava e lei glielo avrebbe dimostrato.

Capitolo due

Amanda fu svegliata dagli abbai festosi di Caos. Aveva la schiena indolenzita, perciò si alzò dal divanetto molto lentamente. Non ricordava di essersi addormentata lì. Aveva i vestiti tutti sgualciti ed era scalza.

Guardando attraverso le finestre della veranda, capì perché. Caos era intento a lanciare una delle sue scarpe in aria per poi prenderla al volo con i denti; l'altra scarpa era parzialmente sepolta in una buca al centro del giardino.

Cazzo! Quelle scarpe le erano costate trecento dollari, l'equivalente di una settimana di mance al bar dove lavorava a Miami.

Uno stridio che doveva essere di sedie sul linoleum del pavimento catturò la sua attenzione e Amanda decise di ignorare il cane. Per il momento. Era certa che più tardi Caos avrebbe dato alle scarpe una degna sepoltura. Si affrettò ad andare in cucina, dove trovò le sue nuove responsabilità sedute al tavolo.

Greg aveva i capelli dritti su un lato della testa e sfoggiava una maglietta di SpongeBob, slip bianchi di cotone e... nient'altro.

Alzò lo sguardo verso Amanda mentre lei entrava nella stanza. La salutò con un gran sorriso impreziosito da un chicco di riso soffiato appiccicato all'angolo della bocca.

"Mandy, mi sono preparato la colazione da solo!"

Lei emise un lamento. "Vedo."

Ciò che vedeva era una scatola di riso soffiato rovesciata sul tavolo e una ciotola traboccante di latte e del suddetto riso. Per fortuna, il cartone di latte era ancora in posizione verticale, anche se le gocce del bianco liquido punteggiavano sia il tavolo che il pavimento. Nonché lo stesso Greg. La parte peggiore era che, per mangiare, il ragazzo stava usando un enorme cucchiaio da cucina.

Ogni volta che Greg prendeva una cucchiaiata dalla ciotola strapiena, il latte in cui erano inzuppati i cereali colava dai bordi.

Amanda si mise subito a cercare il cassetto delle posate e appena lo trovò, passò al fratello un cucchiaio normale. "Ecco, Bud, usa questo."

Greg diede un'occhiata all'utensile e scosse il capo. "No. Preferisco questo." Cercò di infilarsi l'enorme cucchiaio in bocca e rivoli di latte gli scesero lungo il mento. Amanda recuperò precipitosamente un tovagliolo e gli pulì la faccia.

Un'infermiera e una domestica, ecco cos'era diventata... Una balia.

Quella mattina, tuttavia, non era incline ad arrabbiarsi. Non poté fare altro che allungare una mano e pettinargli il ciuffo ribelle.

"Cosa sta facendo Caos?"

"Ha trovato dei nuovi giocattoli. Faccio un giro per la casa, tu resta qui e finisci di fare colazione, ok?"

Greg praticamente la ignorò. Era assorto nella contemplazione dei puzzle raffigurati sul retro della confezione di riso soffiato.

Amanda voleva rivedere la casa nella luce del giorno. Andò di sopra e perlustrò la camera da letto più grande, poi usò il bagno adiacente. Scese di nuovo le scale e si aggirò per le stanze del pianterreno, poi si diresse in garage, oltrepassando Greg che si era imbarcato in una ponderosa conversazione con se stesso, nonostante stesse ancora mangiando.

Accese la luce e le apparve davanti agli occhi una Buick vecchio modello. Aprì la saracinesca automatica del garage per vedere meglio. Dopo che la luce solare ebbe illuminato il garage, che si rivelò stipatissimo, Amanda fece un giro intorno all'automobile. Grigia. Quattro porte. Un'auto perfetta per una nonna.

Che noia.

Del resto, la vita a Manning Grove prometteva di essere noiosa.

Arrivata di fronte al baule, Amanda si fermò e assunse un'espressione inorridita. La targa era personalizzata, c'era scritto MAMMA DI GREG. Emise un altro lamento. Non era assolutamente disposta ad andare in giro per la città con quella targa.

Alzò gli occhi e vide Greg entrare in garage con ancora indosso le mutande e la maglietta sporca di latte.

"Andiamo a fare un giro?" Le mani gli si contorsero creando figure che Amanda non avrebbe mai potuto immaginare e le braccia cominciarono a scattare. Era euforico.

"Non con quella roba addosso." Inarcò un sopracciglio e lanciò un'occhiata verso la *mise* di Greg, chiedendosi però se lui capisse cosa stava cercando di dirgli.

Evidentemente, lui capì. Il già grande sorriso che aveva stampato sul volto crebbe ancora e il ragazzo si alzò sulle punte dei piedi. "Oh... oh... oh! Vado a vestirmi!" Salì con un balzo i due scalini che riportavano in casa e Amanda udì prima uno strillo entusiastico, poi ciò che le parve il suono di una mandria di elefanti che attraversava il piano di sopra.

Decise di andarsi a prepararsi per l'uscita. Chiuse la porta del garage. Sarebbe uscita con la decapottabile. La compagnia da cui l'aveva noleggiata auto sarebbe venuta a ritirarla solo alle quattro del pomeriggio.

AMANDA AVEVA PARCHEGGIATO la piccola decappottabile rossa in un parcheggio pubblico in centro, come aveva fatto il giorno prima quando aveva incontrato l'avvocato della matrigna. Lei e Greg avevano trascorso un paio d'ore passeggiando e visionando i vari negozietti su Main Street. Era sabato e il centro era più affollato di quanto lei non si aspettasse. Ovunque entrassero, qualcuno salutava con un grido Greg, il quale rispondeva a sua volta con un grido, invariabilmente troppo vicino all'orecchio di Amanda.

Greg sembrava riuscire a ricordare i nomi di tutti, il che la stupiva, vista l'incapacità di ricordare i nomi che invece affliggeva lei. La memoria di Greg era ancor più stupefacente se si considerava che poche ore prima si era dimenticato persino di mettersi i pantaloni. Pareva che in città tutti lo conoscessero e fossero gentili con lui.

Dopo essersi fermati in una pasticceria che faceva angolo, *Coffee & Cream*, dove Greg aveva preso un gelato alla menta con scaglie di cioccolato e Amanda un mocaccino grande, i due entrarono in un negozio dove tutto era in vendita a un dollaro. Lì, Amanda comprò qualche osso di plastica per Caos. Greg era euforico mentre li sceglieva e cominciò a ripetere "Costa tutto un dollaro!" Alla fine, Amanda dovette praticamente trascinarlo fuori, altrimenti le sarebbe esplosa la testa. Nemmeno il pieno di caffeina che aveva fatto con il mocaccino riusciva ad alleviarle il brutto mal di testa che la tormentava.

Appena uscirono dal discount, Greg le prese improvvisamente la mano e ci mancò poco che le facesse cadere la borsa con gli acquisti. Cominciò a tirarla lungo il marciapiede: era un ragazzo con un obiettivo preciso.

Amanda calzava stivaletti con il tacco basso; le erano costati centocinquanta dollari e stavano benissimo con i jeans aderenti e la giacca di pelle viola che indossava. I tacchi bassi, però, non bastavano a consentirle di tenere il passo con Greg.

"Piano, Greg! Non posso andare così veloce."

"Ci sono della gente... della gente che voglio che conosci!" La voce gli si era alzata di un tono.

"Eh?"

"Avanti, Mandy! Andiamo!" Lui la tirava, ma Amanda puntò i piedi quando notò un centro estetico.

Un vero centro estetico! Viva i piccoli miracoli!

Si fermò a leggere l'insegna dall'altra parte della strada. *Chiome su Main Street. Manicure. Pedicure. Tinte. Permanenti.*

Le uscì dalla bocca un sospiro di sollievo.

La porta del centro estetico si aprì con uno scampanellio e ne uscì un ragazzo alto e magro, sulla trentina. Si accese una sigaretta. Aveva bellissimi capelli biondi e fluenti e zigomi alti. Era fin troppo grazioso per essere un uomo. Il ragazzo si accorse che i due, che probabilmente dovettero sembrargli tipi strambi, lo stavano fissando e li salutò con un sorriso bianchissimo e abbacinante.

Greg lasciò andare la mano di Amanda e contorse le proprie come se stesse strizzando qualcosa; Amanda cominciava a capire che Greg lo faceva ogni volta che si sentiva stressato o euforico.

"Quello è Teddy... il suo vero nome è Theo. Mamma dice che è gay, ma io non so cosa vuol dire." Amanda sentì una vampata di calore salirle per il collo. Greg proseguì. "Lui taglia i capelli, ma mamma non gli ha mai lasciato tagliare i miei. Perché lo chiamano Teddy se il suo nome è Theo?"

Salutò Teddy-Theo con un sorriso sbilenco. Avrebbe voluto nascondersi, ma nei paraggi c'era solo qualche bidone della spazzatura e infilarcisi sarebbe stato un gesto troppo plateale. Optò allora per infilarci il bicchierone vuoto che aveva in mano e strinse la presa sulla borsa, nel caso in cui a Greg fosse venuta l'idea di partire a razzo e trascinarla in mezzo alla strada senza prima avvertirla.

"Beh, Greg... è come quando tu mi chiami Mandy o qualcun altro mi chiama Manda... È un nomignolo."

"Cos'è un no... mignolo?"

"Come quando io ti chiamo Greg invece di Gregory."

"Come Bud?"

"Esatto. Bravo, Greg."

Si batté una mano sul petto. "Io mi chiamo Gregory Martin Barber."

"Lo so. Andiamo a salutare Teddy." Lo prese a braccetto indicandogli con un cenno di attraversare la strada.

Greg fece resistenza e spalancò gli occhi. "No! Mamma dice che non devo parlare con gli estranei."

"Greg, lui non è un estraneo; ti conosce."

"Ma... ma mamma dice che è strano."

"Greg..." Amanda fece una pausa, poi sospirò frustrata. "Non importa."

Afferrò il fratello per il braccio e lo trascinò dall'altra parte della strada, fino all'entrata del centro estetico.

Teddy aprì le labbra e lasciò uscire una boccata di fumo di lato, di modo che non andasse in faccia a loro. "Ciao."

"Scusaci."

"Non devi scusarti. Questa è una città piccola, ci sono abituato... e so che non è colpa di Greg." Teddy gli sorrise. "Ciao, Greg."

Lui tenne lo sguardo basso, fisso sulle proprie sneakers che erano puntate sull'asfalto.

"Greg, saluta," lo incalzò Amanda, dandogli una spintarella da dietro. Non servì, perciò gliene diede una un po' più forte.

"Ciao," mormorò alla fine, senza alzare lo sguardo.

Teddy rivolse la sua attenzione ad Amanda.

"Tu devi essere Amanda Barber."

"Sì... Come lo sai?"

Teddy rise. "Benvenuta nel profondo della provincia americana."

Niente affatto divertita, Amanda gli chiese: "Quindi tu sei Theo... Teddy... Theodore, o..."

"Gli amici mi chiamano Teddy, quanto agli altri..." Diede un'occhiata a Greg. "Beh, puoi immaginarlo."

Quando la conversazione con Teddy finì, Greg aveva completamente dimenticato del suo progetto di presentare Amanda a qualcuno. Era stanco, come del resto era stanca lei. Decisero di comune accordo di tornare a casa.

Dopo aver girato l'angolo per raggiungere il parcheggio dov'era posteggiata l'auto, Amanda notò un uomo in uniforme blu in piedi accanto alla decappottabile. Sembrava un poliziotto. Amanda si fermò di colpo: *era* un poliziotto... anzi, era un poliziotto intento a scrivere su un blocco di carta fissato a una cartellina di metallo; poi strappò il foglio e lo infilò sotto il *suo* tergicristalli. *Cacchio!*

Amanda cominciò a correre, lasciando indietro Greg che gridava: "Ecco chi volevo presentarti!"

Arrivò trafelata di fronte all'agente e si mise in ordine i capelli.

L'uomo aveva il taglio tipico del poliziotto, con i capelli scuri cortissimi in alto e rasati sui lati. Gli occhi di un blu cristallino sondarono Amanda; sembravano dire *Attenzione: potrebbe essere pazza.* La mascella quadrata si irrigidì, come se lui si preparasse a uno scontro... e Amanda non voleva certo deluderlo.

"Ehi, non può farmi la multa!" Amanda lasciò cadere la borsa con i giochi per il cane, in modo da potersi tirare su i jeans che erano pericolosamente scesi di qualche centimetro durante la corsa. L'ultima cosa di cui aveva bisogno era un'altra denuncia per atti osceni in luogo pubblico.

"Mi faccia indovinare... Questa è la sua macchina?" L'evidente tono sarcastico la irritò. Prima che Amanda potesse rispondere per le rime, Greg li raggiunse.

"Max! Max! Guarda cosa abbiamo comprato per Caos!"

Appena il poliziotto si rese conto che c'era Greg, si rilassò visibilmente e il suo sguardo si fece meno severo.

"Ciao, Greg. Che fai qui tutto solo?"

Amanda si stizzì. "Non è da solo, è con me."

"Max! Max... questa è mia sorella, Mandy." Greg agguantò la borsa che giaceva al suolo e la aprì per mostrarne a Max il contenuto. "Visto cosa abbiamo preso per Caos?"

Max guardò nella borsa, cosa che sembrò far felice Greg, e gli disse che i regali per il cane erano molto belli. Mentre il poliziotto era occupato con Greg, Amanda si avvicinò all'auto, tolse il foglio giallo dal parabrezza e lo esaminò.

"Cosa? Perché questa multa? Questo parcheggio non è a pagamento!"

Il poliziotto alzò lentamente lo sguardo e inarcò un sopracciglio. "Guardi il cartello."

"Senta, agente..." Gli si avvicinò per leggere la targhetta con il nome, che risplendeva al sole. "...Bryson. L'ho letto il cartello. Dice *Parcheggio non a pagamento*." Si portò le mani sui fianchi con gesto enfatico.

Si pentì subito di averlo fatto. Il gesto catalizzò gli occhi di ghiaccio del poliziotto sulla pelle nuda che si affacciava tra la vita bassa dei jeans e la piccola t-shirt. Istintivamente, Amanda si chiuse i lembi della giacca.

"Dice *Parcheggio non a pagamento. Sosta massima consentita: 2 ore.*"

Amanda aprì la bocca per controbattere, ma quando buttò l'occhio per rileggere il cartello le labbra le si aprirono in una *O*, poi si richiusero. Alzò teatralmente il braccio sinistro e si tirò su la manica della giacca di pelle, poi guardò il Bulova d'oro che portava al polso.

L'orologio era uno dei tanti regali che la madre le aveva fatto per sopperire alle proprie mancanze di genitore. Era l'una e dieci. Amanda ricordava di aver parcheggiato poco prima delle undici.

"Sta scherzando, vero?" Lo guardò incredula, a bocca aperta. In risposta, il poliziotto alzò pigramente una spalla. "Quindici minuti in più e mi becco una multa di..." Fece una pausa per guardare il foglio di carta che aveva praticamente accartocciato. "...venticinque dollari? Ma è assurdo!"

Pareva che il poliziotto fosse abituato a gestire i cittadini imbufaliti, dato che l'ira di Amanda non lo turbò affatto. Lei ripescò dalla borsetta le chiavi e aprì la macchina con il telecomando, poi aprì il baule spingendo un altro tasto, vi gettò la borsa con i giochi per il cane e lo richiuse con uno *sbam* che in qualche modo la rinfrancò.

"Sembra che in questo paesino dove non succede mai un cavolo di niente, il suo hobby preferito sia tormentare i cittadini rispettosi della legge? Come passa le sue giornate? Se ne sta seduto vicino ai parcheggi con un cronometro, in attesa che qualcuno sosti più del dovuto? Queste multe le pagano lo stipendio? Prende una percentuale? Eh?"

L'agente Bryon continuò a guardarla, immobile e con le gambe leggermente allargate. Rimase perfettamente, odiosamente calmo. Il suo rifiuto di ribattere innervosì ulteriormente Amanda.

"Greg, Sali in macchina... e mettiti subito la cintura di sicurezza: non vorrei mai che il nostro irreprensibile tutore dell'ordine mi facesse un'altra multa."

Il fratello, per sua fortuna, non oppose resistenza e non appena fu salito a bordo, Amanda richiuse lo sportello con un altro *sbam*. Poi lanciò al poliziotto un'ultima occhiataccia.

"Quanti anni hai?" Il tono di voce del poliziotto era basso e gentile e la domanda sorprese Amanda a tal punto da indurla a rispondere automaticamente.

"Ventotto." Si rimproverò immediatamente per non aver taciuto.

Lui si infilò la penna nel taschino con ostentata calma. "Davvero?" Lo sguardo percorse la figura di Amanda, poi il poliziotto inclinò la testa e sembrò contemplarla. "Avrei detto dodici, visto come ti comporti."

Dodici! Che bastardo!

"E da quanto mi si dice, Amanda, ora Greg è sotto la tua responsabilità. Secondo me, faresti meglio a crescere in fretta."

Amanda aggirò l'auto e andò di fronte allo sportello del guidatore. Era meglio allontanarsi: rischiava di fare qualcosa di stupido, qualcosa per cui si sarebbe ritrovata in manette, sul sedile posteriore della volante del poliziotto... e con una denuncia per offesa a pubblico ufficiale.

Alzò il pollice. "Uno: per te io sono la signorina Barber." Poi alzò l'indice. "Due: nessuno ti ha chiesto un parere su cosa devo e non devo fare." Lo guardò in cagnesco, con gli occhi semichiusi; il dito medio si alzò praticamente da solo. "E tre: fatti gli affaracci tuoi."

All'accusa per offesa a pubblico ufficiale se ne stava per aggiungere una per violenza aggravata... e forse anche una per disturbo della quiete pubblica. "Finiamola qui. Stai alla larga dai guai, *signorina Barber*... e non metterci Greg. Altrimenti, una multa da venticinque dollari sarà l'ultimo dei tuoi problemi."

Amanda salì a bordo dell'auto e mise la sicura. Non le piaceva il modo in cui il poliziotto l'aveva avvertita... e minacciata; né gli piaceva lui.

Agente Max Bryson. Un nome che non avrebbe dimenticato.

Max scosse la testa e lasciò uscire dalla bocca uno sbuffetto mentre seguiva con lo sguardo la piccola decappottabile rossa uscire dal parcheggio con una sgommata. Il cuore gli batteva fortissimo, gli sembrò quasi che gli si stessero ingrossando le vene. Quella sulla tempia, probabilmente, gli stava pulsando. Cercò di mostrarsi calmo, anche se in realtà non lo era affatto. Non era solito permettere che i cittadini contrariati se la prendessero con lui, anche perché a Manning Grove conosceva praticamente tutti. Era abituato ad avere a che fare con persone frustrate per colpa loro o di qualcun altro.

A coglierlo impreparato era stata la reazione che il proprio corpo aveva avuto di fronte ad Amanda. Era da un bel po' che Max non provava una tale attrazione fisica verso qualcuno. Era stata una sensazione intensa. E sorprendentemente istantanea. Si passò una mano sulla fronte madida di sudore. Che testa calda, quell'Amanda. Quando gli era giunta voce che la sorella maggiore di Greg si sarebbe trasferita a Manning Grove per prendersi cura del fratello, non aveva dato alla notizia alcuna importanza. Anzi, aveva pensato che la ragazza non sarebbe venuta e che Greg sarebbe finito in una casa-famiglia.

Della *signorina* Amanda Barber sapeva solo che, due anni prima, non era venuta al funerale del padre. Naturalmente, essendo Manning Grove un paesino dove tutti conoscevano tutti, la sua assenza non era passata inosservata; anzi, se ne era parlato per almeno un mese, ossia fino a quando in città non si era diffusa la successiva "notizia sensazionale": la partenza per il Medio Oriente dell'unità di riserva militare di cui faceva parte il fratello di Max.

Invece, la ragazza era arrivata. Si era presa carico del fratello, o più precisamente del fratellastro.

A ogni buon conto, non sembrava la persona adatta a prendersi cura di Greg. D'altronde, Max sapeva bene che non bisognava giudicare un libro dalla copertina... benché in quel caso la copertina fosse davvero carina. Non gli restava che sperare che Amanda lo costringesse a ricredersi.

Sentiva che a breve l'avrebbe rincontrata.

Sorrise e raggiunse la volante con passo tranquillo. Sì, era certo che l'avrebbe rivista. Presto.

E magari in circostanze più piacevoli.

Capitolo tre

Indossava ancora quella maledetta uniforme blu, ma a differenza di quando si erano visti per la prima volta nel parcheggio, la camicia era sbottonata e lasciava intravedere la maglietta bianca.

Si slacciò la cintura di pelle nera e la sfilò lentamente dai passanti. Sembrava stesse facendo uno spogliarello. Si stava prendendo gioco di lei! Si tolse la camicia e la lanciò dall'altra parte della stanza. La maglietta gli fasciava il torace, concedendole un'anteprima di ciò che si nascondeva sotto il cotone bianco.

Ci stava mettendo decisamente troppo tempo.

Si tolse la maglietta con gesto repentino. Lei restò in attesa che lui si afferrasse i pantaloni sul davanti, come avrebbe fatto un ballerino di lap dance con i pantaloni a strappo, che desse un tirone e... *puff*! Sicuramente sotto non indossava nient'altro che un tanga leopardato.

Fu delusa quando le cose andarono diversamente. Lui si sedette sul letto e si tolse gli stivali neri. Come avrebbe fatto un uomo qualsiasi. Poi si voltò per guardarla.

Lei era nuda e lo aspettava tra le lenzuola. Sotto lo sguardo dell'uomo, le si indurirono i capezzoli e lei se li toccò, tracciando intorno a loro piccoli cerchi. Erano sensibili e sembravano supplicare che fosse lui a toccarli. A baciarli. A leccarli.

Lei era pronta a scommettere che con la lingua lui sapeva farci.

L'uomo si alzò in piedi e l'assenza del suo peso livellò subito la superficie del letto. La guardò con occhi famelici, sembrava pronto a divorarla.

D'altronde, se ci avesse provato, lei non si sarebbe certo sottratta; anzi, l'idea la allettava.

Lei piegò le ginocchia e divaricò le gambe, offrendogli una vista che sperava lui non avrebbe mai dimenticato.

Si succhiò un dito per inumidirlo e cominciò a toccarsi, aprendosi le labbra della vagina per mostrargli quanto lo desiderasse. Era pronta.

"Agente, sono stata cattiva." Mise il broncio.

"Sì? E cos'hai fatto?"

Lui si slacciò i pantaloni e li lasciò cadere, poi li tirò via con un calcio, senza distogliere lo sguardo da lei.

Cacchio. Era messo più che bene.

Le cominciò a battere forte il cuore.

"Devo punirti?"

Lei annuì; l'eccitazione le fece contrarre le dita dei piedi.

L'uomo si sedette nuovamente sul letto, ma poi si chinò per raccogliere qualcosa dal pavimento.

Quando riemerse, aveva in mano delle manette di metallo.

Le uscì dalla bocca un impercettibile *sì.*

Lui si mise a cavalcioni sopra di lei. "Hai intenzione di collaborare?"

Non riuscendo a parlare, Amanda rispose ancora con un cenno del capo.

"Quindi ti penti di essere stata cattiva?"

Con il cuore in gola, lei annuì.

"Mettiti le mani sopra la testa."

Amanda scivolò un po' verso i piedi del letto e alzò le braccia, arrivando a sfiorare con le mani la testiera. "Non mi farà male, vero, agente?"

"Non ti farei mai del male, cattivella. Sono qui per proteggere e servire."

Le mise le manette ai polsi e lei sentì il freddo metallo sulla pelle; una catenella le legava alla barra sopra la testiera, di modo che lei non potesse liberarsi.

Non che fosse intenzionata a farlo. Non avrebbe voluto essere da nessun'altra parte.

"Come..." Amanda deglutì a fatica prima di continuare. "Come ha intenzione di punirmi?"

"Non posso dirtelo, posso solo mostrartelo."

L'uomo le strisciò un dito lungo il collo, provocandole un brivido; i capezzoli erano ormai talmente duri da farle male. Lui se ne accorse. Da bravo agente di polizia, era dotato di grande spirito d'osservazione. Non gli sfuggiva nulla. Lei sorrise.

Le grandi mani, i cui dorsi erano ricoperti da un velo di peluria scura, le scesero sulle spalle e giunsero ai seni. Lei inarcò la schiena, in trepidante attesa. L'agente non la deluse. Usò le forti dita per pizzicarla, pungolarla, strizzarla qua e là. Proprio come lei voleva. Come le piaceva.

Amanda gemette e dimenò le gambe, al suono metallico delle manette che sbattevano contro la testiera.

Lui le mise una mano sull'addome, come per tenerla ferma, poi si spostò finché non le fu tra le gambe.

Carezzò la tenera, delicata pelle delle grandi labbra, prima con le dita e poi con la lingua.

"Sei morbida e liscia," le sussurrò mentre le infilava dentro un dito; poi un altro. "Sei bagnatissima."

Le baciò l'ormai gonfio clitoride e lo succhiò con vigore, costringendola a urlare e a dimenarsi ancora.

Si mise sulle ginocchia e si prese in mano l'erezione. Amanda lo voleva dentro di sé. Subito!

"Sei pronta per me?" Si accarezzava l'uccello. Passandole il pollice lungo la fessura, raccolse un po' di liquido seminale e lo usò per inumidirsi il glande. "Io sono pronto. Vedi com'è duro?"

Lei annuì. Non riusciva più ad articolare alcun suono.

Lui adagiò la punta del pene di fronte all'apertura e spostò il proprio peso sopra di lei.

Proprio nell'istante in cui lui cominciava a scivolarle dentro, a riempirla, Amanda spalancò gli occhi.

Aveva il respiro affannato e una goccia di sudore le rigò la fronte. Il sudore era vero. A differenza del sogno che aveva appena fatto.

La passera era gonfia, ma decisamente vuota. *Cacchio*.

Qualcosa l'aveva svegliata prima che potesse finire il suo sogno erotico. Cercò di rallentare il respiro per ascoltare meglio.

Veramente qualcuno stava bussando alla porta? Chiunque fosse, perché mai avrebbe dovuto battere tanto forte e con tale insistenza?

Lanciò un'occhiata alla sveglia: 6:30.

Emise un lamento e nascose la testa sotto le coperte. Quale persona sana di mente era già in piedi a quell'ora del mattino? E di domenica, per giunta. La domenica non era forse il "giorno di riposo"?

Se avesse ignorato la visita, forse chiunque fosse fuori

dalla porta se ne sarebbe andato e lei sarebbe potuta tornare al suo sogno, per finire ciò che aveva iniziato.

I colpi alla porta si tramutarono in trilli di campanello. Poi i due suoni cominciarono ad avvicendarsi. *Toc, drin. Toc, drin.*

Quel fracasso avrebbe svegliato anche un morto, dannazione. Con un ringhio, Amanda buttò indietro la coperta e si alzò. Sentire l'aria fresca sulla pelle accaldata le provocò un sussulto.

Controllò il termometro appeso fuori dalla finestra della camera da letto: 16 gradi. *Uff.*

Si infilò un paio di calzettoni e si infilò sopra il pigiama una vestaglia, poi si trascinò lungo il corridoio. Passando davanti alla camera di Greg, diede una sbirciatina.

Era ancora nel mondo dei sogni. Come poteva dormire con quel frastuono?

Ma perché il disturbatore non se ne andava e basta?

Quando Amanda raggiunse l'entrata, vide Caos seduto lì vicino, intento a fissare la porta; il folto pelo della coda spolverava il pavimento con movimenti lenti e regolari. Davvero un signor cane da guardia: non aveva nemmeno abbaiato.

Beh, chiunque ci fosse al di là della porta, Amanda gliene avrebbe dette quattro.

Spostò Caos di lato con un piede e spalancò la porta.

"Che c'è?" Restò immobile e corrugò la fronte. "Oh... Salve."

"È l'ora giusta per scendere dal letto."

In piedi di fronte a lei c'era una donna robusta, con i capelli grigi, probabilmente alle soglie della settantina. Indossava un abito da casa variopinto, di quelli con la chiusura lampo sul davanti, calzini neri lunghi fino al ginocchio e scarpe ortopediche marrone chiaro. Amanda sussultò al cospetto della *mise* terrificante.

La signora sgomitò e diede ad Amanda un vassoio pieno di biscotti.

"Tieni, sono al burro d'arachidi. Greg li adora." Lanciò un'occhiataccia a Caos. "Continuo a chiedermi perché Dolores abbia comprato al ragazzo questo cagnaccio chiassoso."

Come per prendersi gioco di lei, Caos rimase *silenzioso*, replicando solo con un elegante colpo di coda sul pavimento. Cagnaccio.

"Io sono Amanda."

"Lo so. Vivo qui di fianco. Dolores mi ha detto tutto di te."

Grandioso. "E lei è..."

"La signora Myers." La signora la squadrò dalla testa ai piedi. "*Mmmh.* Avevo detto a Dolores che una ragazza che non ha nemmeno il buonsenso di partecipare al funerale del padre non può essere in grado di prendersi cura di quel povero ragazzo." Lo sguardo si fece torvo. "Mi dimostrerai che ho ragione, non ho dubbi."

Amanda strinse la presa sul vassoio di biscotti mentre fulminava con lo sguardo la strega che si trovava di fronte.

Fece un profondo respiro e le disse educatamente: "Bene, grazie per avermi dato il benvenuto nel quartiere, signora Myers, soprattutto a quest'ora, in una bellissima domenica mattina. Sono certa che diventeremo grandi amiche."

La signora Myers alzò un dito e lo agitò di fronte al viso di Amanda, costringendola a indietreggiare di un passo. "Ti terrò d'occhio, signorina. Farai meglio a trattare bene quel caro ragazzo. E vedi di restituirmi il vassoio."

Dopo un altro *mmmh* si voltò e tornò verso casa sua con un'andatura a papera.

"È stato un piacere conoscerla!" gridò Amanda, poi richiuse la porta sbattendola.

Guardò il cane. "Ti autorizzo a morderla se si azzarda ancora ad avvicinarsi a casa nostra."

Considerò il vassoio di biscotti che aveva in mano. Tolse la pellicola di plastica e posò il piatto sul pavimento. "Avanti, Caos. Spassatela."

Il cane ne trangugiò un paio, scodinzolando con entusiasmo, e Amanda sorrise. Quando però Caos si mise a leccarne altri due, lo fermò. L'ultima cosa che voleva era che l'animale avesse problemi intestinali. Non le sarebbe piaciuto ritrovarsi con del vomito di cane sul pavimento e dover ripulire. Forse avrebbe dato i biscotti a Caos uno alla volta, come una specie di spuntino-premio fatto in casa.

Raccolse il vassoio e rimise la pellicola sopra i biscotti sopravvissuti. Era meglio nascondere il tutto, altrimenti Greg avrebbe senz'altro mangiato biscotti al burro d'arachidi glassati con bava di cane.

***

SENTÌ DIETRO di sé il suono delle sirene. Amanda batté la mano sul volante; era quasi arrivata a casa.

Non aveva fatto altro che andare al Super Walmart nella periferia della città, fare un po' di spesa e tornarsene a casa. Doveva essere un'operazione semplice. *Poteva* essere semplice...

Ancora tre isolati e ce l'avrebbe fatta. Aveva aspettato che facesse buio per uscire.

Sbuffando, mise la freccia e accostò. La luce di un faro la illuminò da dietro. Abbassò il finestrino e si mise a tamburellare impazientemente le unghie sullo sportello.

"Ma che cavolo!" La testa dell'agente Bryson apparve fuori dal finestrino e Amanda fu accecata dalla luce di una torcia elettrica. "Non ti avevo detto di stare alla larga dai guai?"

"Che ho fatto?" chiese lei, fingendo di cadere dalle nuvole. Si affrettò a spostare di lato la torcia che le puntava sul viso.

"Te ne vai in giro per la città su una macchina senza targa."

"Oh, davvero non c'è?" Qualche giorno prima, aveva tolto la targa con scritto MAMMA DI GREG dall'auto in garage. Cercò di cambiare argomento. "Sei l'unico poliziotto di questa città?"

"No, per tua fortuna. Ci sono anche i miei fratelli Matt e Marc, tanto per fare due nomi. Devo essere quello più fortunato, però, visto che continuo a imbattermi in te. Se continui così, presto conoscerai anche tutti gli altri."

"Quindi tutta la tua famiglia lavora al dipartimento di polizia?" Se almeno fosse stato un altro dei fratelli a fermarla... Non potevano essere tutti degli zoticoni come quello lì. "Immagino che dovrò far fare un'altra targa."

"Cos'è successo a quella che c'era prima?"

Si riferiva a quella che Amanda aveva buttato nella spazzatura? Si chiese se costituisse un reato. "Oh... forse l'hanno rubata?"

"Se è così, bisogna denunciare il furto... e fare rapporto al Dipartimento dei trasporti della Pennsylvania."

"O forse è caduta."

Lui la guardò insospettito. Gli si irrigidì visibilmente la mascella. "Quale delle due?" la incalzò. "Amanda, la targa è caduta o è stata rubata?"

Perché non lasciava perdere? Perché non si limitava a farle un'altra disgustosa multa per poi lasciarla tornare a casa? Ogni volta che lo guardava, le tornava alla mente il sogno.

Chissà poi perché nel sogno era comparso proprio quel tipo dispotico... "Non lo so."

"Cosa?"

Ripeté a voce più alta: "Non lo so!"

"Beh, allora la segnalo come rubata. Sono certo che se qualcuno qui in giro l'ha presa..." Fece una pausa e inarcò un sopracciglio. "...senza dubbio prima o poi vedremo una macchina targata MAMMA DI GREG."

Amanda represse un lamento. "Sì, non sarà difficile riconoscerla."

"Ok. Amanda... anzi, *signorina Barber*... quando arrivi a casa, guarda *bene* in giro, per vedere se è caduta. Ti suggerisco di controllare in garage. Se la trovi, chiamaci."

Amanda sentì una vampata di calore salirle lungo il collo. "Lo farò."

"Va' pure, per questa volta. Ma se ti rivedo in giro senza targa, ti sequestro il veicolo."

Che carino da parte sua.

"Ti seguo fino a casa."

Che figuraccia, pensava Amanda mentre la volante bianca e nera la scortava lungo la strada che portava a casa.

Che figuraccia con la signora Myers, la vicina ficcanaso che per qualche ragione si trovava fuori casa. Era già buio, ma la tozza figura della signora, in piedi e con le mani puntate ai fianchi in chiaro segno di disapprovazione, era illuminata dalla luce calda di una lampadina che penzolava dal soffitto della veranda.

Amanda svoltò nel vialetto, mentre la volante proseguì lungo la strada. Lei spense il motore e ricambiò lo sguardo della signora Myers. Amanda non piaceva a quella donna... e la cosa era reciproca.

Grandioso. Si ritrovava ad avere a che fare con uno sbirro

impiccione *e* una vicina impicciona. Che altro poteva succederle?

NON AVREBBE MAI DOVUTO PORSI quella domanda. Si sentiva imprigionata nel meccanismo descritto dalla Legge di Murphy.

Il mattino seguente, quando entrò nella stanza di Greg per svegliarlo e prepararlo per andare al centro, trovò il letto vuoto.

Cercò di non farsi prendere dal panico. Guardò in bagno. Vuoto. Fischiò per chiamare Caos. Nessuna risposta.

Corse giù per le scale e si precipitò in giardino. Nessuno.

Andò a vedere in garage, dov'era parcheggiata l'auto. Vuota.

A quel punto si sentì autorizzata a farsi prendere dal panico.

Agguantò una giacca e si infilò un paio di sneakers praticamente mentre camminava, poi uscì di corsa dalla porta principale.

E lì dovette subito fermarsi.

Una macchina della polizia stava risalendo il vialetto. Si rilassò, almeno in parte, quando vide Greg e Caos seduti sul sedile posteriore.

Sentì un suono di disapprovazione provenire dalla veranda della casa accanto e ignorò la vecchia impicciona.

Almeno, al volante dell'auto non c'era l'agente Bryson. L'ultima cosa che le serviva in quel momento era un'altra ramanzina da parte di quel tipo. A ogni buon conto, non *sembrava* lui alla guida della volante. L'auto si fermò e Amanda si affrettò a raggiungerla per aprire lo sportello di dietro.

Per fortuna, il fratello era tutto intero. "Greg! Dov'eri finito? Mi hai fatto prendere uno spavento enorme!"

Lo abbracciò forte e gli scostò dagli occhi una ciocca di capelli.

Il poliziotto, che aveva un aspetto stranamente familiare, scese dall'auto. "Signora... Sono l'agente Bryson. Intendo, Marc Bryson." La guardò con un mezzo sorriso e proseguì: "Ho sentito dire che ha già conosciuto mio fratello Max."

Tra i due agenti Bryson c'era una somiglianza inquietante. Entrambi avevano i capelli scuri e tagliati molto corti, gli occhi color del ghiaccio, la mascella quadrata e l'abbronzatura importante di chi passa un sacco di tempo all'aria aperta. Marc, però, aveva molte meno rughe intorno agli occhi. E non uno zoticone intenzionato a sgridarla.

"Cosa è successo?"

Lui indicò con un cenno del capo la ficcanaso poco distante e disse a voce bassa: "La signora Myers ha chiamato la polizia perché ha visto Greg scappare di corsa dalla casa."

"Come?"

Greg si fece sentire. "Non stavo scappando! No, Mandy!"

"Lo abbiamo trovato sulla Quinta Strada."

"La Quinta Strada! Oh, cazzo." Rendendosi conto che era in presenza di un poliziotto e che perciò avrebbe fatto bene a moderare il linguaggio, Amanda accennò un sorriso che però dovette sembrare una smorfia. Si voltò verso Greg e gli mise le mani sulle spalle, scuotendolo con delicatezza. "Cosa ci facevi sulla Quinta Strada?"

"Cercavo mamma."

Il broncio di Greg le spezzò il cuore. Non sapeva cosa dire, come reagire.

"Signora..."

"Amanda," lo corresse lei. Non si sentiva pronta per quell'appellativo da donna di una certa età; era più adatto alla ficcanaso che stava osservando la scena.

"Amanda..." Marc le appoggiò una mano sulla schiena e la sospinse a qualche passo da Greg, di modo che lui non sentisse la loro conversazione. Parlò a voce bassa. "La chiesa dove andava la madre è sulla Quinta."

Amanda scosse la testa. Non capiva.

Lui si schiarì la gola. "È dove c'è stato il funerale."

Il funerale... Ah! Amanda si sentì stupida. Gli abitanti di Manning Grove probabilmente la ritenevano una figlia senza cuore. Non c'era da meravigliarsi se la signora Ficcanaso era prevenuta nei suoi confronti. Amanda non si era mai fatta vedere in città. Non era nemmeno tornata per il funerale del padre, né per quello della matrigna.

L'agente Max Bryson aveva tutti i diritti di considerarla immatura ed egoista. Guardò l'altro agente Bryson negli occhi, senza trovarvi altro che commiserazione. In quel momento, l'umore di Amanda colò a picco. Avrebbe accettato persino lo sguardo severo di Max; anzi, avrebbe voluto che lui fosse lì per punirla.

Se lo meritava.

Muovendosi come al ralenti, si allontanò e si lasciò cadere sugli scalini che portavano all'entrata. Guardò il fratello: era la creatura più indifesa al mondo e poteva contare solo su di lei.

Greg rimase in piedi accanto all'auto della polizia, pervaso da una calma innaturale, soprattutto tenendo conto della sua inclinazione all'euforia. Caos gli si era accucciato vicino ai piedi e anche lui sembrava insolitamente tranquillo.

Amanda osservò il cane; l'animale pareva non accorgersi che il suo padrone aveva qualcosa di diverso dagli altri. Non gli importava.

Lei si sentiva con l'acqua alla gola, ma era determinata a non affogare.

AMANDA GUARDÒ GREG, che stava colorando con i pastelli... sebbene non avesse un foglio su cui colorare. Era intento a decorare il tavolo della cucina. Amanda chiuse gli occhi e sospirò.

Aveva insistito perché Greg quel giorno non andasse al centro e aveva trascorso metà della mattinata a spiegargli perché la madre non lo stesse ancora aspettando alla chiesa sulla Quinta Strada. Greg aveva ascoltato ogni sua parola, ma non l'aveva veramente *ascoltata*.

E Amanda si era stancata di cercare di spiegargli come stessero le cose. Entrambi avevano finito per agitarsi e la tensione si era mantenuta alta per gran parte della giornata, tanto che persino Caos aveva ben pensato di tenersi alla larga e a un certo punto era uscito attraverso la porticina per cani.

Forse a Greg avrebbe fatto bene andarsene da Manning Grove.

"Bud... che ne dici di trasferirci nella grande città?"

Senza nemmeno alzare lo sguardo, Greg mormorò: "No."

Amanda aggirò il tavolo e si mise in piedi accanto a lui. Gli passò le dita tra i capelli. "Potresti farti dei nuovi amici."

"No."

"Perché? Greg, non ti piacerebbe avere tanti amici e tante cose da fare?"

"Non voglio andare via di qui."

"Perché?"

"Mamma potrebbe tornare."

"Greg..." Amanda gli prese le mani, fermandone l'immotivato tremolio. "Greg, mamma non tornerà."

"Forse sì, invece."

"Papà è mai tornato?"

Le mani di Greg si irrigidirono nuovamente, le dita si contrassero. "No... no... Papà è andato via per sempre. Me l'ha detto mamma."

"Proprio così... e la tua mamma ora è insieme al nostro papà."

"No, lei tornerà."

"No, Greg..."

"Invece sì. Mi ha detto che non mi abbandonerà mai."

"Ci credo."

"Ha detto così!" Si sottrasse a lei, prese in mano i pastelli rotti e si mise a fissarli. "Oh... i pastelli si sono spezzati... Mamma si arrabbierà!"

Amanda si lasciò cadere su una sedia. "No, non succederà."

"Smettila, Mandy! Basta! Mamma ha detto che..."

"Greg, la mamma ha detto un sacco di cose, ma..."

Greg si alzò improvvisamente e il movimento repentino sbalzò indietro la sedia, che cadde sul pavimento facendo un gran fracasso. Il ragazzo sovrastava Amanda, aveva il viso arrossato e una gemma di saliva all'angolo della bocca. "ZITTA!"

Amanda dovette coprirsi le orecchie per via degli acuti strilli che seguirono. Greg stringeva i pugni e la guardava furioso. Per la prima volta da quando si erano conosciuti, Amanda provò un brivido di paura. Forse aveva spinto il fratello troppo oltre.

Max Bryson entrò in cucina. Come aveva fatto a entrare in casa? La domanda balenò nella mente di Amanda, poi lui si avvicinò a Greg, gli mise le mani sulle spalle e gli diede una leggera stretta. "Ciao, amico mio. Che succede?"

La tensione che pervadeva il corpo di Greg si ridusse visibilmente, cosa della quale Amanda fu grata. Cosa ci facesse Max lì era un'altra questione. Lei si rese conto di aver trattenuto a lungo il respiro e se lo lasciò uscire dalla bocca tutto in una volta.

"Max! Mandy vuole portarmi via!"

Una vampata di calore le si arrampicò sul mento, fino alle guance, poi Max le lanciò una rapida occhiata e aggrottò la fronte. "Davvero?"

"Sì, vuole che vada... nella città grande e... e... che incontri nuove persone e che faccia cose nuove."

"È così? E tu non ci vuoi andare? Beh, vuol dire che dovremo farle capire che tu preferisci restare qui."

Amanda sibilò: "Come se fossero fatti tuoi." Si alzò e recuperò il detergente da sotto il lavello e uno straccio, poi si mise a rimuovere i segni di pastello dal tavolo.

Più pensava al fatto che Max stesse ficcando il naso nella sua vita personale, più forte strofinava. Si isolò dalla conversazione che i due stavano avendo, concentrandosi sulla pulizia del tavolo. Quando ebbe finito, alzò lo sguardo e si rese conto che Max e il fratello non stavano più parlando.

Greg era uscito dalla stanza e Max la scrutava, appoggiato col bacino all'isola centrale della cucina, a braccia e gambe incrociate.

"Non hai niente di meglio da fare? Che ne so, andare a combattere il crimine? O multare vecchiette che attraversano la strada fuori dalle strisce pedonali? Hai perso il tuo cronometro da parcheggio?"

Un angolo della bocca di Max si piegò in un mezzo sorriso. "Dovrei multare te per avere un fondoschiena da urlo. Mentre pulivi il tavolo lo guardavo dondolare e mi è venuta..."

Si fermò bruscamente, come se si fosse improvvisamente

reso conto che stava pensando a voce alta. La sorpresa sul viso di Max si ricompose velocemente in un'espressione vacua.

Amanda completò da sola la frase rimasta in sospeso e abbassò lo sguardo.

Raccolse i pastelli rotti di Greg e li gettò in un vecchio barattolo di caffè, poi lo chiuse con il coperchio a scatto, che produsse un sonoro schiocco. Solo a quel punto, certa di non arrossire, guardò in faccia Max.

"Quindi... Perché sei qui? E soprattutto, come hai fatto a entrare?"

"Beh, sono entrato dalla porta principale. Era aperta."

"E sei solito irrompere in casa della gente?"

"Solo se c'è un'emergenza. Ho sentito delle urla e ho pensato che ce ne fosse una."

Amanda sbuffò. Lo guardò immobile, con gli occhi stretti. "È stata quella ficcanaso a chiamarti?"

"Chi?"

"Non importa. Cosa vuoi?"

"Ho saputo cos'è accaduto stamattina e volevo accertarmi che tu e Greg steste bene."

Ah.

"Mio fratello mi ha detto che tu eri piuttosto scioccata."

"Certo che ero scioccata. Credi che non m'importi di mio fratello."

"Non ho detto questo."

"Non c'è bisogno che tu lo dica."

"Senti... Questo è un paese piccolo. Tutti sanno tutto di tutti. O almeno credono di saperlo. Così vanno le cose. Forse, giù a... Miami, se non sbaglio... Forse laggiù nessuno ci fa caso se una ragazza non torna a casa per il funerale di un genitore, ma qui a Manning Grove... Beh, la gente parla."

"Certo, perché non c'è niente di meglio da fare che spettegolare di cose di cui non si sa nulla."

"Forse è così."

"Togli pure il 'forse'. Oh, c'è anche un altro passatempo: fare multe a sproposito. Indimenticabile!"

"Ti è andata bene che non te ne ho fatta un'altra l'altro giorno, quando avevi *perso* la targa."

Di punto in bianco, Amanda pensò che *questo* era Max Bryson. Non l'agente Max Bryson. Non indossava l'uniforme. Il fatto che fosse davvero un bell'uomo la prese alla sprovvista. Senza l'uniforme non sembrava uno... zoticone? Aveva un'aria meno agguerrita, meno supponente.

I jeans gli stavano bene e la camicia lisa di flanella con le maniche arrotolate dava un'idea di morbidezza nel contrasto con l'abbronzatura intensa degli avambracci. Dal colletto aperto della camicia di flanella, che era bene insaccata nei jeans, si intravedeva una maglietta blu scuro. Amanda non riusciva a immaginarlo con i capelli più lunghi. Quel taglio serioso gli stava a pennello. Il cuore cominciò a batterle un po' più forte.

Era un vero *uomo*. Mascolino. Maturo.

Chiedendosi se, nella vita reale, il corpo nudo dell'uomo che le stava di fronte fosse come lei lo aveva visto in sogno, Amanda si passò la lingua sulle labbra.

"Non..." Il tono della voce di Max era quello basso e ruvido di chi mette in guardia.

Amanda chiuse gli occhi e provò invano a parlare.

Si schiarì la gola e riprovò. "Grazie per l'interessamento, ma credo sia meglio che tu te ne vada." Riaprì gli occhi, che trovarono subito l'ardente blu ghiaccio di quelli di Max; Amanda si sentì mancare il respiro. "Vedo che non sei in servizio e sono certa che hai di meglio da fare nel tempo libero."

Lui raddrizzò la schiena e distese braccia e gambe. "Hai ragione." Le si avvicinò e si fermò per un istante, dandole appena il tempo di percepire il calore rovente del proprio corpo. A lei venne la pelle d'oca. Poi lui, sfiorandola, si congedò: "Stai alla larga dai guai."

Amanda lo guardò uscire dalla cucina a grandi falcate, poi si appoggiò al top, un momento prima che le ginocchia le cedessero.

Mentre usciva, Max salutò Greg, poi, una volta fuori, inspirò profondamente la fresca aria dell'autunno. Aveva bisogno di schiarirsi le idee. Marc gli aveva consigliato di non andare a casa di Amanda, ma lui aveva fatto di testa sua. Aveva pensato che fosse un'ottima occasione per incontrarla fuori dal contesto del proprio lavoro di poliziotto, in una situazione più distesa per entrambi... o almeno quella era la sua speranza.

Purtroppo, le cose erano andate diversamente. Appena era arrivato, aveva sentito le urla incontrollate di Greg e si era precipitato a controllare che Amanda stesse bene con quella che a lei doveva essere parsa una foga eccessiva. Proprio come lui aveva temuto. Sospirò.

Quella che nei suoi piani avrebbe dovuto essere una breve visita di cortesia aveva finito per trasformarsi in tutt'altro. Accigliato, raggiunse il suo pick-up, salì a bordo e restò a fissare la casetta da cui era appena uscito.

A Max non era sfuggito il momento in cui l'espressione di Amanda era cambiata. Lo stava trattando a pesci in faccia, poi di punto in bianco si era messa a scrutarlo con quegli occhi roventi. *Fiuuu.* Per la seconda volta, la reazione del proprio corpo lo aveva preso alla sprovvista. Rischiava di perdere il controllo.

Si mise la cintura di sicurezza.

Doveva rincontrarla, possibilmente in una situazione

meno conflittuale. Forse era il caso di proporle di bere un caffè insieme.

Al diavolo, meglio una birra. Amanda aveva bisogno di rilassarsi.

MAX BUSSÒ alla porta di casa di Amanda. Nessuna risposta. Bussò ancora, poi provò a girare il pomello. A differenza della volta precedente, la porta era chiusa a chiave.

Udì una voce flebile: "Chi è?"

"Signora? Sono l'agente Bryson. Per favore, apra la porta."

"Perché? Che succede?"

"Questioni di polizia, signora."

La porta si spalancò, aprendogli la vista su Amanda, che indossava il body più sexy che lui avesse mai visto.

"La può smettere di chiamarmi signora? Non sono tanto avanti con gli anni... e si sbrighi a entrare, fa freddo."

Faceva decisamente freddo. Sotto il pizzo di seta nera che a malapena le copriva il prosperoso seno, i capezzoli si erano induriti; era pronto a giurare di riuscire a intravederne il roseo colorito.

Appena lui entrò, lei richiuse la porta e si girò per guardarlo in faccia.

"Sarà una cosa veloce, agente?"

"Oh, posso fare in modo che lo sia." Accorgendosi di ciò che gli era uscito dalla bocca, fece una smorfia. *Dannazione!*

"Cosa c'è di tanto importante da autorizzarla a tirarmi giù dal letto?"

"Signora... Amanda, non hai pagato la multa che ti ho fatto al parcheggio. Ho un mandato per te."

"Cosa? Un mandato? Fammi vedere."

Max controllò nelle varie tasche, ma il mandato non c'era. Si schiarì la gola. "Beh, al momento non riesco a trovarlo. Comunque, si tratta di un mandato di comparizione."

"Ah... e posso pagare la multa ora?" Fece un passo verso di lui.

Perché indossava quella *mise* tanto sensuale? Max era in servizio, ma non riusciva a concentrarsi su ciò per cui era andato lì. Non era da lui.

"Va bene, accetto il pagamento."

"Contanti, assegno, oppure..."

"Oppure?"

Lei si avvicinò ancora, finché non fu a pochi centimetri da lui. Sotto il pizzo, i capezzoli erano chiaramente visibili.

"Oppure... che ne dici di questo?" Amanda chiuse la distanza che c'era tra loro, si alzò sulle punte dei piedi e gli sfiorò le labbra con le proprie.

Max si scostò tanto quanto bastava per dirle: "Non basta."

Lei lo baciò ancora, aggrappandoglisi alla vita per non perdere l'equilibrio. Il secondo incontro di labbra fu un po' più lungo del primo. Quando lei si scostò, Max scosse la testa.

"Ancora non basta? E questo?" Praticamente gli assalì la bocca, frugandone con la lingua ogni angolo, finché lui non emise un gemito.

Lei abbassò una mano e gliela infilò sotto la cintura dei jeans, tanto quanto le bastò per afferrare l'orlo della maglietta, che poi gli sfilò con gesto deciso e gettò al suolo. Si fece avanti e gli strofinò i seni sul petto. Ci mancò poco che Max, aizzato dalla sensazione tattile provocatagli dal tessuto morbido e dai capezzoli turgidi, non sollevasse Amanda per poi gettarla sul divano.

Fu lei, invece, ad afferrarlo per la cintura dei jeans e a trascinarlo verso il divano.

Dannazione, alla ragazza piaceva dominare.

"Togliti i pantaloni."

Lui obbedì, dopo essersi liberato degli stivali. Aveva il pene eretto e pronto all'azione e gli si erano induriti i testicoli. Sentiva il sangue scorrergli nelle vene, la testa pulsargli a intervalli brevi.

Amanda gli diede uno spintone e lui atterrò sul divano, da dove poteva godere di una vista completa su quel corpo fasciato dal body nero. Sotto il pizzo che a stento celava i seni, il tessuto scendeva avvolgente fino ai fianchi, arrestandosi in un punto che non gli consentiva di dire con certezza se lei indossasse o meno le mutandine.

Max vagò con lo sguardo lungo le gambe, dall'alto delle cosce alle dita dei piedi, apprezzando ogni curva del corpo di Amanda: l'interno coscia, le ginocchia, i polpacci.

"Vieni qui," le disse con una voce tanto roca che quasi non la riconobbe come sua. Allungò una mano, lei la prese. La tirò a sé e l'istante dopo lei gli era sopra, a cavalcioni. Max si ritrovò l'erezione intrappolata tra i propri addominali e il pube di Amanda, che evidentemente non indossava le mutandine. Era lì. Proprio lì! Sarebbe bastato un piccolo cambio di posizione.

Amanda si chinò su di lui e gli catturò nuovamente le labbra, gemendo mentre le loro lingue si intrecciavano e si scoprivano. Gli strizzò i capezzoli, facendolo sussultare, sebbene non abbastanza da costringerlo a sottrarsi al bacio.

Divincolò le braccia, in modo da riuscire a tirare giù le spalline del body, scoprendole il seno. Era perfetto, bellissimo. Ci affondò il viso, baciandone la pelle arrossata. Si mise a succhiare un capezzolo, mentre titillava l'altro con le dita, torcendolo quanto bastava per farle emettere gridolini di piacere. Lei si spinse ancora di più nel suo grembo, sfregandosi contro di lui.

L'uccello si contrasse, travolto dal calore e dagli umori di Amanda. Max strisciò i denti sul capezzolo che prima aveva pizzicato, mentre abbassava la mano tra i loro corpi in cerca del clitoride. Lei sgroppava su di lui come una puledra selvaggia. Sollevando leggermente il bacino e riposizionandolo, trovò l'uccello. Un lungo, basso gemito le uscì dalla bocca mentre si calava su di lui con una lentezza infinita, fino ad avvolgerglielo completamente. I muscoli vaginali si tesero mentre Max cominciava a spingere delicatamente. Poi Amanda prese il ritmo e anzi il controllo della situazione e lui rovesciò la testa sullo schienale del divano. Su, giù, intorno. A tratti sembrava che volesse lasciarlo uscire, ma poi se ne riappropriava.

Dopo essersi fatta avanti con il bacino, Amanda si portò una mano dietro la schiena e gli afferrò lo scroto, poi diede una strizzatina. Max fu sul punto di lasciarsi andare all'orgasmo; cercò di respirare più lentamente, ma lei ormai aveva in mano le redini del gioco.

Lui avrebbe voluto che durasse di più, ma con Amanda che continuava a gemere e a stringergli i muscoli intorno all'erezione, non c'erano speranze.

E quando lei gridò: "Vengo!", lui si arrese.

L'uccello pulsava mentre Max eiaculava e i loro umori si mischiavano.

Si girò su se stesso e si svegliò.

Portandosi una mano sull'addome, lo trovò umido e appiccicoso. Era stato solo un sogno. Un fottuto sogno erotico in pieno stile adolescenziale. *Cazzoooooooooo.*

Quella dannata donna gli era entrata dentro.

Capitolo quattro

Avrebbe dovuto pensarci prima. Scrutando la propria immagine riflessa nella porta a vetri, Amanda si assicurò di avere vestiti e capelli in ordine, poi spinse la porta con la mano libera. In equilibrio sull'altra c'era il vassoio di biscotti al burro d'arachidi di cui la signora Ficcanaso l'aveva omaggiata.

Voleva fare un gesto carino verso l'agente Marc Bryson. L'idea le era venuta quando aveva visto per caso il vassoio di biscotti in fondo alla dispensa, dove l'aveva nascosto qualche giorno prima. Marc avrebbe pensato che li avesse preparati lei e non avrebbe mai saputo della leccatina del cane...

Amanda entrò nella stazione di polizia accompagnata dal suono che i suoi stivali con il tacco alto facevano battendo sul pavimento piastrellato. La bandiera americana e quella della Pensilvania sorvegliavano la stanza da un angolo. Appese ai muri c'erano immagini di uomini in uniforme. Amanda non sapeva se fossero o meno agenti in servizio, ma notò subito che tra loro non c'era nessuna donna. Figurarsi se in un paesino come Manning Grove ci si preoccupava della parità di genere. No, molto probabilmente. Lì, si era ancora nel pieno dei secoli bui.

Tra le foto appese, le parve di vedere un'immagine di uno dei fratelli Bryson, ma non era sicura e fu interrotta prima di riuscire ad avvicinarsi per leggere la placca in ottone.

"Posso aiutarla?"

Si avvicinò allo sportello e sorrise al poliziotto con i capelli rossi. Un pulviscolo di lentiggini gli attraversava il naso e le guance. Doveva avere qualche anno più di lei. Amanda lesse il nome sulla targhetta: Dunn.

"Salve, vorrei solo lasciare questi biscotti per l'agente Bryson."

"Oh... Aspetti un attimo, credo sia nella stanza degli agenti di pattuglia." L'agente Dunn si voltò indietro e gridò: "Max! Hai visite!"

Max! Amanda fu presa dal panico. "No! No, non è lui... Mi scusi, intendevo Marc Bryson."

"Oh." Il poliziotto fece spallucce, come a indicare che il fraintendimento non fosse un grosso problema.

Troppo tardi.

Max sbucò da una stanza laterale a testa bassa ed era intento ad armeggiare con i passanti in pelle che gli fissavano il cinturone di servizio ai pantaloni. Amanda adocchiò i molti e vari aggeggi che pendevano dal cinturone e si chiese a cosa servissero. Riconobbe la pistola, naturalmente.

Lui alzò lo sguardo mentre si avvicinava allo sportello e si bloccò. Arrossì in volto. Amanda aggrottò le sopracciglia. Era la prima volta che lo vedeva in imbarazzo. Perché mai quella reazione?

"*Signorina Barber.*"

"*Agente Bryson.*" Amanda si accigliò. "In realtà, ero qui per incontrare tuo fratello."

Il rossore sparì dal volto con la stessa velocità con cui era arrivato. Inarcò un sopracciglio.

"Gli ho portato qualche biscotto in segno di gratitudine per aver riportato Greg a casa, l'altro giorno."

Appoggiò il piatto sul bancone senza troppa grazia ed entrambi i poliziotti puntarono i biscotti con occhi famelici.

Max si voltò verso Dunn. "Prenditi una pausa."

L'altro diede un pugnetto sul braccio a Max e disse: "Tienimene da parte un paio." Dopodiché sparì in un corridoio molto illuminato.

Max sollevò la pellicola di plastica, pescò un biscotto dal vassoio e lo ispezionò attentamente. Tutto d'un tratto, Amanda inorridì. Non avrebbe dovuto portare quei biscotti. Caos ci aveva sbavato sopra. Che Max potesse accorgersene?

Uffa. Perché lei non era nemmeno in grado di preparare dei semplici biscotti? L'idea era di ringraziare Marc, non di procurargli qualche disagio intestinale. Avrebbe destato sospetti se in quel momento avesse agguantato il biscotto che Max teneva in mano e lo avesse gettato nella pattumiera insieme a tutti gli altri?

"Sono avvelenati?"

Senza attendere una risposta, Max affondò i denti bianchi e perfetti nella soffice pasta frolla. Amanda rimase in silenzio finché lui non ebbe finito di masticare.

"Sì," rispose sorridendo.

Lui esitò per un istante, poi mangiò anche il pezzettino che gli era rimasto in mano. "Beh, buoni. Ti farò riavere il vassoio."

Amanda annuì e gesticolò verso il cinturone. "Cos'è tutta quella chincaglieria?"

La domanda chiaramente sorprese Max. Amanda ipotizzò che lui non si aspettasse di scoprirla interessata all'argomento.

In effetti, lei non lo era, ma per qualche ragione voleva attaccare bottone... anche se non avrebbe saputo dire perché, visto che trovava Max estremamente irritante.

Drizzando leggermente la schiena e visibilmente inorgoglito, cominciò a illustrare il proprio equipaggiamento, cominciando dal fianco destro e posando la mano su ogni oggetto che nominava. "La mia pistola; è una Glock 45. Sfollagente telescopico. Due caricatori extra. Dentro questa custodia c'è la torcia elettrica."

"La torcia avrei dovuto riconoscerla," disse lei con vago sarcasmo, appena un pizzico...

"Portaradio. Spray urticante. E queste..." Aprì una custodia di pelle nera e ne estrasse un paio di luccicanti manette color argento, poi le fece oscillare appese alle lunghe dita. "...sono per le bambine cattive. Vuoi vedere se sono della tua taglia?"

Cacchio, erano esattamente come quelle che aveva visto in sogno. Chiuse gli occhi e per un secondo rivisse quella fantasia. Sentì Max schiarirsi la gola e li riaprì.

"Grazie molte, ma preferisco usare quelle che ho a casa." Lo guardò con un sorrisetto maligno stampato sul volto. "Sono rifinite in peluche rosa."

Si girò sui tacchi e si diede un colpetto ai capelli, che le ricaddero oltre le spalle. "Gustati i biscotti... e resta fuori dai miei sogni."

Mentre si allontanava, dopo averlo lasciato senza parole, il senso di colpa si fece nuovamente strada dentro di lei. Amanda, però, lo ricacciò: Max meritava di essere trattato in quel modo.

Lo sentì dietro di sé chiedere "Cosa?" mentre lei apriva la porta, ma lo ignorò, immergendosi nella luce del sole.

Un po' di bava di cane non lo avrebbe certo ucciso.

AMANDA AVEVA ARCHIVIATO la faccenda dei biscotti e aveva restituito il vassoio alla signora Ficcanaso; glielo aveva lasciato in veranda, in piena notte. Ottobre muoveva rapido verso novembre e Amanda continuava a detestare Manning Grove... No, non la detestava, ma certo non ne andava matta, anche se doveva riconoscere che il fogliame autunnale che ne ornava le strade era meraviglioso.

Del clima freddo, invece, avrebbe fatto volentieri a meno.

Amanda era riuscita a stare alla larga dai guai, come Max le aveva suggerito di fare in più di un'occasione. Anzi, ancora meglio: era riuscita a stare alla larga da lui. Di tanto in tanto, quando vedeva una volante in giro per le strade, si chiedeva chi ci fosse alla guida: se Marc, Max o magari il misterioso terzo fratello, che lei non aveva ancora avuto il piacere di incontrare. Preferiva non attirare l'attenzione dei poliziotti, anche se gli agenti continuavano a fare irruzione nei suoi sogni... Sogni che almeno servivano a riscaldarla sotto le coperte.

Aveva rinnovato la camera da letto principale, quella in cui lei dormiva, in base al proprio gusto, il che la faceva sentire un po' più "a casa".

In effetti, se ne usciva solo per andare al supermercato o a fare commissioni. Cercava di evitare occhi curiosi, soprattutto quelli della signora Ficcanaso.

Non era nemmeno andata dall'avvocato Wells. Lo aveva chiamato per dirgli che si sarebbe trattenuta in città per qualche tempo e che lo avrebbe avvertito qualora i piani fossero cambiati. Per il momento, all'avvocato sembrava bastare quella rassicurazione.

A ogni modo, non si era certo abituata alla vita di provincia. In un posto come Manning Grove, anche solo il modo in cui Amanda si vestiva dava nell'occhio. Ciononostante, si era rifiutata di barattare il suo guardaroba alla moda con il look prediletto dalle donne del paese: jeans da casalinga e felpone decorate con stampe sdolcinate. In città, quello sembrava essere il concetto di ultimo grido.

Tra lei e Teddy era nato un bel rapporto. Trascorrevano ore e ore insieme, a chiacchierare come amiche del cuore, al telefono o rintanati nel negozio di parrucchiere che gestiva lui. Gli ricordava casa e alcune delle persone più care che si era lasciata alle spalle. Miami brulicava di gente pittoresca. Le mancava molto.

Almeno, Amanda era finalmente riuscita a procurarsi un laptop e a dotare la casa di una connessione internet. Chi poteva più permettersi di vivere senza una connessione? Con il wi-fi, poteva recuperare un rapporto con il mondo esterno.

Mentre controllava la propria, trascurata pagina Facebook, il familiare suono di un messaggio diretto catturò la sua attenzione. La finestra della chat si aprì sullo schermo.

Guardò il nome del mittente. *Carlos.*

Lesse il messaggio. *Ciao, piccola. Che fai di bello?*

Sfortunatamente, Amanda non aveva reso invisibile il proprio status, quindi il cerchietto verde aveva suggerito a Carlos che lei era online.

Niente, scrisse lei, prima di premere Invio con un po' più forza di quanta il gesto ne richiedesse.

Passò un secondo. *Mi manchi.*

Ne sono certa, rispose Amanda.

Mi Xdoni?

No. Si affrettò a bloccare il profilo di Carlos ed eliminò la chat. La faccenda era chiusa.

Si riaprì trenta secondi più tardi, quando le squillò il telefono. Amanda guardò lo schermo e riconobbe il numero: Carlos, il sedicente *"burrito caliente"* la stava chiamando.

Strisciò il dito sullo schermo per rispondere. "Cosa vuoi?"

Risentire quel pesante accento le diede sui nervi. "Non dovresti ancora avercela con me?"

"Perché no?"

Carlos sapeva bene che lei aveva tutte le ragioni per avercela ancora con lei, come le confermò la pausa prima della risposta. "Mi manchi, *pocita*."

"Questo me l'hai già detto."

"Posso venire a trovarti."

Amanda rise. Carlos a Manning Grove. Ci mancava solo quella.

Era già abbastanza ridicolo che in quel posto ci fosse *lei*. Fece una smorfia.

"Posso portare tua madre."

"No!"

"Manchi anche a lei. Dice che andandotene hai commesso un errore."

"È libera di pensarla come vuole. L'unico vero errore che ho fatto è tornare con te per la seconda volta, dopo che ho scoperto che sei andato a letto con Rena." Infido *perro* bugiardo.

"Non succederà più." Aveva la voce di un bambino sorpreso a fare una marachella e Amanda si chiese cosa mai ci avesse visto in lui. Carlos l'aveva conquistato con il suo fascino latino, tutto lì. Non c'era mai stato nulla di importante. Era immaturo, in effetti era ancora un bambino. A volte sembrava persino più infantile di Greg.

"Infatti, non succederà più, perché ho chiuso con te."

"Hai trovato un altro uomo."

"No." Beh, forse. Una specie. Di certo c'era un uomo nei suoi pensieri. E nei sogni erotici. Un uomo con un'uniforme blu scuro. Un uomo orgoglioso, forte e incredibilmente antipatico... ma un *vero* uomo.

Non un bambino. Amanda aveva chiuso con i bambini di trent'anni e anche con i cani doppiogiochisti.

"*No me llama otra vez.*" Sentì un sospiro dall'altra parte del telefono, poi chiuse la chiamata."

Il telefono squillò di nuovo. Non gli aveva appena detto di non chiamarla più?

Lasciò che si attivasse la segreteria telefonica e tornò a concentrarsi sull'interminabile fila di mail ricevute.

Due minuti dopo, il telefono squillò ancora. Sua madre.

Tenne premuto il tasto laterale e spense il telefono. Non poteva essere una coincidenza. Doveva essere stata la madre ad allertare Carlos, sperando che lei non vedesse l'ora di tornare tra le braccia del *perro*.

Beh, si sbagliava.

Per quanto volesse tornare a Miami... anche se fosse riuscita a convincere Greg, Amanda avrebbe dovuto aspettare. Non voleva assolutamente che la madre e Carlos pensassero che lei tornava per loro.

Avrebbe fatto passare l'inverno, poi, in primavera, sarebbe tornata a Miami. In quel modo, avrebbe avuto tutto il tempo di convincere Greg.

***

IL GIORNO del ringraziamento arrivò e se ne andò senza lasciare il segno. La solitaria zucca che Amanda aveva comprato per Halloween servì come solitaria decorazione anche nel giorno del tacchino.

Le foglie variopinte cadevano, lasciandosi alle spalle alberi spogli. Erano giorni ventosi, e Amanda alla fine cedette e recuperò dall'armadio alcuni dei pesanti e brutti maglioni che erano appartenuti alla matrigna. Aveva cercato di resistere al freddo, ma ormai in casa si tremava anche con il riscaldamento acceso.

Passò di fronte a uno specchio, nel corridoio del piano di sopra, e si guardò con un certo disgusto. La matrigna doveva essere molto più in carne di quanto non fosse lei, dato che il maglione che Amanda si era messa le arrivava alle ginocchia, come inghiottendola in un sol boccone e facendola sembrare una palla di lardo.

Aveva usato una piccola parte dei soldi che le arrivavano mensilmente per pagare il centro di assistenza diurna dove andava Greg e per coprire le spese di casa, ma in banca si era accumulato un bel gruzzolo. Era giunto il momento di togliersi qualche sfizio.

Si sfilò il maglione. Non poteva certo uscire conciata in quel modo... Piuttosto sarebbe morta di freddo. Si assicurò che Greg fosse bene imbacuccato, prima di caricarlo sulla Buick grigia, che finalmente sfoggiava una targa anonima, e partì con l'intento di fare shopping di lusso... ai grandi magazzini. A parte Walmart, erano l'unico posto a Manning Grove dove c'era un po' di scelta.

Le strade erano ricoperte da una sottile patina di neve e Amanda si ritrovò a guidare come se fosse un'anziana signora. Non era abituata a guidare su quella roba bianca. Quando finalmente parcheggiò, si accorse di avere le nocche bianche per via dell'intensità con cui aveva stretto il volante; dovette distendere le mani lentamente. Si rese anche conto di aver tenuto la mascella serrata per tutto il tragitto e si sforzò di rilassarsi, massaggiandosi il punto dove si era accumulata la tensione.

In macchina, Greg l'aveva presa in giro senza sosta, dicendole che aveva un aspetto buffo. Amanda era troppo nervosa persino per staccare una mano dal volante e alzare il volume della radio. Avrebbe voluto sommergere nella musica le assordanti risate del fratello.

Quando aveva svoltato nel parcheggio, la macchina era scivolata leggermente all'indietro e lei aveva strillato per lo spavento; Greg, che dal canto suo aveva trovato il viaggio alquanto divertente, aveva salutato la manovra con uno "Wow!"

Lei lo aveva guardato in cagnesco; per dargli una lezione, valutò se fosse il caso di far guidare lui al ritorno.

Tuttavia, Amanda si rilassò man mano che procedevano tra i reparti dei grandi magazzini. Greg se la spassava a guardare i vari articoli; era euforico e quando parlava sputacchiava a iosa. Trovò quello che gli parve un completo perfetto per Amanda: calze viola, una giacca sintetica verde limetta e un dolcevita rosa... nonché un'indimenticabile berretta gialla. Amanda riconsegnò tutto alla commessa, scusandosi: le dispiaceva che la ragazza dovesse rimettere a posto gli indumenti.

Si diresse invece verso il reparto giovani, dove vendevano capi un po' più di tendenza. Provò alcuni top molto carini e un paio di jeans aderenti a vita bassa. Mentre raggiungeva il camerino per l'ennesima volta, afferrò un maglioncino ocra scuro, aderente e con il collo a V, e una mini verde muschio di velluto a coste. Scelse anche un paio di stivali di pelle nera alti fino al ginocchio, che calzò subito, e si mosse verso le casse, oltre la giungla degli scaffali stipati di vestiti.

"Che ne pensi, Greg?"

Greg non era seduto sulla poltrona in vinile alla destra dei camerini, dove lei l'aveva lasciato. Stava parlando animatamente con nientepopodimeno che l'agente Bryson. Amanda inspirò profondamente. Lui indossava l'uniforme e un giacca cruiser blu gli copriva le ampie spalle. Aveva in mano una cartelletta.

La fissò con occhi perforanti e Amanda sentì un brivido dalla testa ai piedi.

Si avvicinò ai due, muovendosi con cautela, visto che gli stivali erano ancora piuttosto rigidi. Inciampare e fare la figura della scema non sarebbe stato il massimo. "Ci sono problemi, agente?"

Nonostante Amanda fosse vestita di tutto punto, lo sguardo con cui lui la radiografò la fece sentire nuda. Una specie di calore le si originò nel punto tra le cosce e si diffuse lentamente per tutto il corpo.

Amanda notò aumentare la pressione con cui Max stringeva la cartelletta; prima che lui rispondesse, una specie di scatto, appena percettibile, gli fece vibrare la mascella. "No, tutto a posto." La voce era uscita leggermente roca, allora Max si schiarì la gola. "Stavo solo raccogliendo informazioni su un caso al quale sto lavorando."

"Oh. Intrigante."

"Per niente. Greg mi ha appena detto che avete passato il Giorno del ringraziamento da soli."

Amanda lanciò un'occhiataccia al fratello. Come al solito, non sortì alcun effetto. Saltellando su un piede e poi sull'altro, Greg confermò l'affermazione di Max con un cenno del capo.

"Non eravamo soli," ribatté Amanda con cautela. "Eravamo insieme."

"Non hai altri parenti con cui trascorrere le vacanze?"

Amanda corrugò la fronte, poi mormorò: "Nessuno con cui io voglia trascorrerle."

"Cosa?"

"Non ho parenti che abitano qui vicino. Non volevo trascinare Greg a Miami solo per un paio di giorni." Poi aggiunse: "Se lo trascino là è per restarci."

Il cipiglio con cui Max la guardò valeva più di un

commento a parole; d'altronde, i piani che lei aveva con Greg non erano certo affari dell'agente Bryson.

Lui si rivolse a Greg. "Vi va di passare il Natale da noi? Ci sarà l'albero, lo scambio di regali... e anche i canti di Natale."

Greg emise un gridolino euforico e cominciò a dimenare le braccia in maniera incontrollabile. Alimentare le speranze di Greg prima di chiedere a lei un parere in privato era stato un colpo basso da parte di Max.

"Ci sarà anche il vischio..." aggiunse fissandole la bocca. L'immagine di loro due che onoravano la tradizione e si baciavano appassionatamente sotto un rametto di vischio le attraversò la mente, al che Amanda si passò la lingua sulle labbra.

Max fece un passo avanti e lei indietreggiò. I loro sguardi si incatenarono l'uno all'altro.

Quando Amanda riuscì a smettere di guardarlo, si voltò verso il fratello. Non poteva deluderlo. Non voleva che trascorresse un Natale triste, anche se ciò avrebbe significato andare a casa di quell'uomo che la inquietava e della sua famiglia. *La sua famiglia.*

"A tua moglie non dispiacerà se veniamo?"

Una specie di rantolo scaturì dal ventre di Max e si fece strada fino alla gola. "No, sarà contenta."

Max fece l'occhiolino a Greg, il quale, nel tentativo di ricambiare il gesto chiuse entrambi gli occhi.

"Oh," mormorò Amanda, chiedendosi cosa ci fosse dietro la loro intesa.

Max aprì la cartelletta a scatto e scrisse in fretta l'indirizzo su un foglio che poi strappò dal blocco. "Ecco qui. Mi raccomando, arrivate un po' prima, per l'apertura dei regali." Amanda allungò la mano per prendere il foglio, ma Max lo riprese per scrivere qualcos'altro. "È il mio numero di cellulare. Nel caso in cui tu faccia fatica a trovare la casa... o sia in ritardo." Richiuse la cartelletta con un altro scatto e la infilò nella tasca di dietro dei pantaloni. "Ma vedi di non arrivare tardi."

Le stava dando un ordine!

Lo sguardo di Max la percorse dalla testa ai piedi, scottandola.

"E mettiti quelle cose lì," aggiunse, poi si girò per andarsene.

Le stava forse dicendo come vestirsi? Ma che cacchio!

Capitolo cinque

Al diavolo Max! Venire a dire a *lei* come doveva vestirsi.

Amanda si osservò nel lungo specchio, tirando un po' più giù la gonna di velluto a coste. Tolse un pelucchio dal maglioncino ocra e mosse i piedi negli stivali alti di pelle. Era vestita esattamente come le aveva suggerito Max, con l'aggiunta di calze nere velate e un gioiello con particolari in smeraldo, che richiamava il colore dei suoi occhi; l'aveva trovato nel portagioie della matrigna.

Si accertò che Greg fosse vestito decentemente, poi salirono sulla Buick, che era sempre terribilmente anonima. I regali erano già nel baule; li aveva impacchettati lei... un po' sciattamente, per la verità, ma erano pur sempre avvolti nella carta da regalo.

Mentre guidava, le si formò un piccolo nodo allo stomaco.

Cercò di convincere se stessa che a renderla nervosa fosse il fatto di portare Greg a casa di altri. In effetti, sperava che il fratello si comportasse a modo, ma la vera ragione per cui Amanda era nervosa era un'altra; in fondo, stava cominciando a gestire gli improvvisi cambi d'umore di Greg.

Ciò che la agitava era l'idea di incontrare la famiglia di Max. Immaginava che ci sarebbe stato anche Marc; magari pure Matt, il terzo, misterioso fratello, anch'egli un poliziotto. Sul resto della famiglia Amanda non poteva che congetturare. Per quel che ne sapeva lei, Max poteva benissimo essere sposato e avere un'orda di figli. In quel caso, però, era un gran sporcaccione, visto il modo in cui se l'era mangiata con gli occhi.

Forse Greg gli aveva fatto pena e la ragione per cui li aveva invitati aveva semplicemente a che fare con un sincero interessamento nei confronti del fratello e non c'entrava nulla con lei. Come se lei non fosse stata in grado di far passare a Greg delle belle vacanze di Natale...

A ogni modo, Amanda era convinta di aver fatto bene ad accettare l'invito. Voleva che Greg fosse felice e se ciò implicava passare il Natale a casa di una grande famiglia, per lei non c'era problema.

D'altronde, non aveva dubbi sul fatto che si sarebbe sentita un pesce fuor d'acqua.

Scacciò quel pensiero, ricordando a se stessa che ormai, nella sua vita, nulla riguardava solo lei.

Seguendo le indicazioni di Max, Amanda uscì dalla città e procedette lungo una strada di campagna. Controllò due volte il numero sulla cassetta delle lettere e girò a destra, prendendo uno stradello di ciottolato. Sarebbe stato impossibile non vedere l'insegna in legno verniciato. *Alberi di Natale Bryson.*

L'insegna non mentiva. Lo stradello era fiancheggiato da alberi dal fogliame verde scuro, molto curati. Una piccola pineta ostruiva la vista e Amanda e Greg non videro altro che alberi finché non arrivarono a uno spiazzo.

Era una fattoria vecchia ma tenuta molto bene, vicino alla quale sorgevano altri edifici, alcuni di legno, piccoli e datati, altri più grandi, in metallo. Nell'aia c'erano un paio di trattori. Lungo lo stradello erano parcheggiati in modo un po' caotico diversi pick-up e SUV. A bordo dell'unica berlina, Amanda si sentì fuori luogo: era finita in una landa di autocarri.

Amanda non aveva ancora fermato il veicolo, quando Greg si slacciò di scatto la cintura di sicurezza, facendo volare la linguetta di metallo contro il finestrino. Amanda trasalì. Almeno il vetro non si era rotto. Greg spalancò la portiera e corse verso la veranda che circondava l'edificio principale emettendo gridolini estatici.

Prima che Amanda spegnesse il motore, Greg cominciò a bussare alla porta con insistenza; non appena si aprì, Greg sparì all'interno della casa. Amanda scese dall'auto e si mise a fissare la porta con le mani sui fianchi.

Nessuno l'avrebbe aiutata a portare tutti i regali?

La risposta le arrivò sotto le sembianze di un uomo alto e magro che uscì dalla casa e la raggiunse subito camminando a grandi falcate.

Il fiato dell'uomo glassò l'aria gelida. "Tu devi essere Amanda."

Lei sbatté le palpebre più volte. L'immagine che le si parava davanti era quella di Max con circa venticinque anni in più. Non poteva che essere il padre.

L'uomo era robusto e quando le diede un abbraccio da orso, Amanda guaì per la pressione che sentì contro le costole.

"Pa'! Pa'! Lasciala andare!" Max arrivò dalla veranda con lo stesso passo del padre.

Quando Bryson senior la lasciò andare, Amanda dovette appoggiarsi al braccio di Max per non perdere l'equilibrio. Marc li raggiunse con una corsetta. "Pa', stai importunando la nostra ospite?"

Amanda riuscì finalmente a riprendere fiato e aprì il

baule con il telecomando. "Bene. Ragazzi, mi potete aiutare con i regali?"

I tre uomini diedero un'occhiata nel baule: era pieno di scatole ricoperte di carta dai colori sgargianti.

Il padre esclamò: "Ragazza, non era necessario che ci portassi dei regali!"

Amanda arrossì. "Non sono per voi... Sono per Greg. Volevo che anche lui avesse dei regali da aprire mentre voi aprite i vostri."

"Non dovevi preoccuparti, ci abbiamo pensato noi. Ora entra in casa a riscaldarti un po', ai pacchi ci pensiamo noi uomini."

Obbedì di buon grado, anche se in realtà nessuno dei pacchi era particolarmente pesante.

Entrare nella casa fu un'esperienza sensoriale intensa. L'enorme pino che troneggiava nel soggiorno emanava un profumo fresco che si mischiava felicemente all'inconfondibile profumino del tacchino che stava arrostendo nel forno. La stanza era illuminata da luci soffuse di candele. Avrebbe dovuto fare attenzione a Greg: rischiava di farle cadere, ustionandosi con la cera rovente o dando alle fiamme la casa. Si accorse, non senza un certo shock, che stava ragionando come una madre preoccupata per il suo bambino... un bambino curiosissimo e attirato dalle cose nuove.

Quel pensiero fu interrotto da un suono argentino di risate che riempì la stanza. Tra le risate, Amanda riconobbe i gridolini di Greg. Seguì il suono ed entrò nel bel calduccio della cucina e fu sollevata di vedere accanto a Greg una bella donna sui cinquantacinque anni: non poteva essere la moglie di Max. La donna stava mostrando a Greg come ungere il tacchino; teneva con fermezza la mano tremolante di Greg, di modo che lui irrorasse con i liquidi di cottura solo l'arrosto e non tutta la stanza.

"Ok. Ora fa' un passo indietro e lascia che rimetta il tacchino Tom nel forno; deve rimanerci ancora un po'."

"Tom." Greg gesticolò. "Buono!" Si girò e vide Amanda. "Mandy! Noi... ci mangiamo Tom!"

"Pare di sì. Tom ha un bell'aspetto."

"Buono! Tutto nella pancia!" Si sfregò il ventre mentre accennava un balletto, poi si mise a ridere, consapevole della propria scioccaggine.

La donna fece un passo in avanti e porse la mano ad Amanda, dopo essersele pulite entrambe con un canovaccio. "Io sono Mary Ann." Amanda le sorrise calorosamente. "Sono certa che hai già conosciuto mio marito Ron."

Amanda si toccò il torace. "Sì. Lui, Marc e Max sono usciti a salutarmi quando sono arrivata. Si somigliano molto."

Mary Ann sospirò. "La mela... anzi, *le* mele non cadono lontano dall'albero. Quei ragazzi sono stati una maledi... ehm, benedizione. Somigliano tutti e tre a Ron. Buon per loro: lui è un bell'uomo." Con un gesto, Mary Ann invitò Amanda a sedersi su una delle sedie che circondavano il vecchio tavolo di legno, poi si sedette di fronte a lei. "E non si somigliano solo esteriormente, ma anche nel carattere. Testardi. Possessivi. Estremamente fedeli. Sapevi che Ron è un poliziotto in pensione? Ha lavorato nella stessa stazione di polizia dove ora lavorano i suoi tre figli. Per trent'anni! E anche il padre di Ron era un poliziotto: è stato ucciso mentre mentre era in servizio. Accidenti! Ce l'hanno nel sangue."

Amanda ricordò la foto che aveva visto appesa al muro della stazione di polizia e capì: ritraeva il padre di Max.

"Non hai ancora incontrato Matt. È a casa, almeno per il momento. È un *jarhead*... come lo sono stati il padre e i fratelli. Sai che cos'è un *jarhead*?"

Amanda non cercò nemmeno di rispondere, si limitò a scuotere la testa.

"Un membro dei Marines. Ora è nelle unità di riserva, ma a suo tempo è stato inviato a combattere in Medio Oriente. È qui per le vacanze, ma fra un paio di settimane partirà nuovamente per chissà quale missione... Spero solo che finisca presto il servizio e torni a casa per restarci. Come madre, non posso che essere preoccupata."

"Mamma!" Una versione giovane di Max, Ron e Marc entrò in cucina. Il ragazzo, che probabilmente aveva la sua stessa età, inchiodò Amanda alla sedia con uno sguardo che lei trovò familiare.

"Beh, vuoi farmene una colpa? Ero in apprensione quando i tuoi fratelli erano nell'esercito. Perché mai non dovrei essere in apprensione per te? Soprattutto visto che vai laggiù, in quei posti dimenticati da Dio."

"Dai, mamma," ribatté Matt. "Resto a casa solo per poche settimane, non roviniamocele."

"Mah... Io vorrei solo che voi tre vi sposaste e mi deste qualche nipotino."

Dalla stanza vicina si sentì un lamento corale. Amanda soppresse una risata. Mary Ann tirò su con il naso e gettò il canovaccio sul tavolo. Prese Greg per mano. "Avanti, ragazzo, andiamo ad aprire i regali."

"Sì, regali! Un sacco di regali!" esclamò lui.

"Il miglior regalo che un figlio possa fare alla propria madre è mettere su famiglia e..."

Dall'altra stanza, Max e Marc gridarono in sincrono: "Mamma!"

Max guardò Greg scartare con entusiasmo un altro pacco. Il ragazzo aveva una soglia dell'attenzione bassa: appena apriva un nuovo regalo, dimenticava quello precedente. A ogni modo, sarebbe tornato a casa con un buon bottino.

Max ripensò a quando, da piccolo, sperava di ricevere certi regali. I genitori lo accontentavano quasi sempre, nei limiti del ragionevole, naturalmente. A un certo punto, poi, aveva scoperto dove finivano tutte le lettere che scriveva a Babbo Natale: nella tasca del padre, quando Ron andava a fare le spese natalizie. I genitori erano sempre riusciti ad accontentare lui e i fratelli, anche se la famiglia non era mai stata ricca.

A casa Bryson, l'amore era sempre contato più dei soldi... e le cose non erano cambiate nemmeno dopo tutti quegli anni.

Ron si rilassò nella sua poltrona preferita; cercava di tenere gli occhi aperti, non sempre con successo. Mary Ann era vicino ad Amanda e Greg, e guardava il ragazzo scartare i molti regali che aveva ricevuto con occhi pieni di gioia e commentando con vari *oooh* e *aaah* che non facevano che infervorarlo ulteriormente. Max capì che la madre era contenta di avere dopo tanti anni un bambino a casa, anche se il "bambino" in questione aveva più di vent'anni.

Quando aveva detto alla madre che per Natale aveva invitato Amanda e Greg, Mary Ann era stata al settimo cielo. Era corsa immediatamente a comprare altri regali. Non aveva esitato a dire che sarebbe stata felicissima di avere una donna tra gli invitati. In effetti, aveva già detto più di una volta che era stanca di essere l'unica donna in mezzo a un manipolo di maschiacci cocciuti.

Il pensiero indusse Max a ridacchiare, il che gli attirò l'attenzione di tutti i presenti.

"Che c'è da ridere, fratello?" gli chiese Matt. Da quando era stato in missione all'estero, Matt era diventato più serioso. Max sperava che gli passasse presto: da quando il fratello era tornato a casa, non aveva parlato molto e gli era sembrato un po' lunatico.

"Niente." A Max non dispiacque affatto che i fratelli avessero finalmente distolto gli sguardi dalla donna attraente che stava chiacchierando con la madre.

Il momento di distrazione, però, fu breve. Quando Amanda si alzò per raccogliere la montagna di carta regalo che circondava Greg, tutti gli sguardi maschili, compreso quello del padre, conversero sul sedere sodo fasciato dalla mini; poi Amanda si piegò e...

Max tossì sonoramente, rivendicando l'attenzione dei fratelli e fulminandoli con lo sguardo. Non avrebbe mai dovuto dire ad Amanda di mettersi quella gonna. Non poteva biasimare che se stesso.

Il forte colpo di tosse allarmò la madre. "Tutto bene, Max? Non ti starai ammalando?" Si alzò e si affrettò a mettergli una mano sulla fronte.

Stava bene? Beh, se solo avesse saputo la verità...

"Tutto ok."

"Hai la fronte calda."

"Non credo che Max si stia ammalando, mamma," intervenne Marc. "La ragione per cui è accaldato è un'altra."

"Oh... E qual è?"

"Ma', il fuoco acceso scalda un po' l'ambiente, tutto qui," cercò di tranquillizzarla Max.

Amanda, che si era accovacciata per gettare la carta nel caminetto, si rimise in piedi. "Scusate, mi sembrava aveste detto di bruciare la carta regalo."

Ron raddrizzò lo schienale della poltrona, il che produsse un suono forte e improvviso, che innescò qualcosa nei fratelli Bryson: tutti e tre si misero sull'attenti. "Va bene così, ragazza. Continua pure e non badare a questi... *giovanotti*."

Max si fece avanti prima che Amanda si accovacciasse di nuovo. Gli uscì dalla bocca un "Lascia fare a me" alquanto strozzato e un po' troppo alto. La invitò con un gesto ad accomodarsi sul divano. "Siediti e rilassati. Sei nostra ospite."

Noncurante delle risate maschili che si levarono intorno a lei, Amanda finì di raccogliere i cartocci, li gettò nel fuoco e rimase per qualche istante incantata dai colori cangianti delle fiamme che divoravano la carta.

"Questa sì che è vita," cinguettò Mary Ann mentre si sedeva accanto ad Amanda sul divano. Le batté con una mano sul ginocchio. "Che bel Natale. I miei ragazzi sono tutti qui e in salute... e uno di loro mi ha persino portato a casa una ragazza."

Max emise un lamento.

Matt fece una smorfia. "Mamma, non abbiamo più quindici anni."

"Lo so. È esattamente ciò che dico io: è ora che vi troviate una compagna e cominciate a pensare di fare dei f..."

"Ehi, bella puledra," la chiamò scherzosamente Ron, interrompendola. "Mi sa che sta bruciando qualcosa."

Mary Ann si alzò di scatto e si precipitò in cucina con aria preoccupata.

I tre fratelli tirarono un sospiro di sollievo simultaneo. Amanda rise di fronte all'insofferenza che tutti e tre evidentemente provavano nei confronti dell'argomento.

Ron sorrise. "Sapete, ragazzi, a volte sono in pena per voi. Comunque sia... Avanti, Amanda, siediti qui." Batté la mano sul bracciolo della poltrona.

Lei lo accontentò e si alzò dal divano. Quando gli fu abbastanza vicina, Ron le avvolse un braccio intorno alla vita, stringendola un po', mentre infilava l'altra mano tra il cuscino e il bracciolo. Tirò fuori un lungo astuccio di velluto nero.

"Che ne pensi? Credi che le piacerà?" Aprì l'astuccio e le mostrò una semplice ed elegante collana da cui pendevano tre ciondoli in cui erano incastonate pietre di colori diversi.

"È stupenda," sussurrò Amanda.

"Le tre pietre rappresentano i mesi in cui sono nati questi tre testoni."

"Le piacerà sicuramente."

Max si avvicinò, sporgendosi oltre la spalla di Amanda e osservò il monile. "Davvero carina, pa'. Quando hai intenzione di dargliela?"

"Più tardi, quando ci sarà meno confusione." Ron si schiarì sonoramente la gola. "Quando saremo soli."

"È molto romantico da parte sua," commentò Amanda.

Sulle guance già rosee di Ron apparvero chiazze di rossore. Max era impressionato. Probabilmente, era la prima volta che vedeva il padre arrossire. Incontrò lo sguardo di Amanda.

"Ho un regalo per te." Le afferrò il polso e la sottrasse alla presa di Ron, sospingendola poi verso il logoro ma comodo divano.

"Max, io non ti ho portato niente..."

"Non importa. Non mi aspettavo alcun regalo."

"Ma..."

"Vuoi un po' di privacy, Max?" intervenne Matt.

Max guardò accigliato quegli impiccioni dei suoi fratelli. Avrebbe voluto poter cancellare il sorrisetto divertito che Marc aveva stampato sul volto. "Nah, si tratta solo di un piccolo pensiero." Andò verso l'albero di Natale e raccolse da sotto i fragranti rami un pacco rettangolare avvolto in carta dai colori accesi, poi lo consegnò ad Amanda.

Greg squittì deliziato alla vista di un altro pacco da scartare e si precipitò di fianco ad Amanda. "Fammelo aprire..."

"Greg," disse pazientemente Max. "Quel regalo è per tua sorella. Perché non lasci che sia lei ad aprirlo?"

Greg replicò mettendo il broncio.

Intervenne Marc. "Greg, vieni qui vicino al camino e mostrami i fumetti che ti hanno regalato."

Greg corse da lui con un gran sorriso, dimenticandosi subito della sorella.

Max si fece l'appunto mentale di ringraziare Marc, anche se pensava che fosse il minimo che quel simpaticone del fratello potesse fare. Max si lasciò cadere sul divano, accanto ad Amanda. "Aprilo."

Amanda aprì il pacchetto solo in parte e scorse la copertina rigida di un libro. Si trattava di un manuale su come gestire gli adulti affetti da ritardi cognitivi.

Alzò lo sguardo e trovò quello di Max. Lui si maledisse. Era stato uno stupido a scegliere quel regalo per lei. Avrebbe dovuto optare per qualcosa di più carino, di più personale, di più...

"Davvero romantico, Max. Vai così," commentò Matt sarcastico.

"No, è un bel regalo. Grazie." Amanda gli si avvicinò, gli strinse una coscia e gli diede un bacio sulla guancia; trattenne la mano sulla coscia una frazione di secondo in più del necessario.

Max sentì una piccola fitta nei pressi dell'inguine e una persistente sensazione di calore laddove Amanda aveva posato la mano. Un bacino sulla guancia e una rapida carezza sulla gamba non gli bastavano. Se fossero stati soli, l'avrebbe stritolata in un abbraccio che le avrebbe fatto capire ciò che lui aveva da darle. *Dannazione.* Non certo un pensero casto e puro.

La voce di Mary Ann interruppe i suoi pensieri lascivi. "La cena è servita!"

Marc si avviò insieme a Greg e Matt si avvicinò ad Amanda, offrendole un braccio per scortarla in sala da pranzo. Max rimase seduto; fu in grado di muoversi solo dopo aver ripreso il controllo della propria mente e del proprio corpo.

Amanda lo aveva davvero attizzato.

Ron gli si avvicinò e gli diede una pacca sulla schiena. "Va tutto bene, figliolo. Hai tutto il tempo che ti serve per far colpo sulla ragazza. Oggi non era il giorno giusto, tutto qui."

Detto ciò, il padre rise e si allontanò a grandi passi.

***

Si era fatto tardi. Amanda era piena come un uovo. Greg sonnecchiava accanto al camino, con indosso la felpa della NASCAR e il cappellino da baseball, due tra i regali di Natale che aveva ricevuto; Amanda si chiese se sarebbe mai riuscita a farglieli togliere.

Gli uomini avevano portato in macchina la montagna di regali che Greg aveva ricevuto, poi erano spariti misteriosamente.

Max rientrò in casa e batté i piedi sullo zerbino per liberarsi le scarpe dalla neve appena caduta. Lei gli si avvicinò.

"Ho tolto la neve dalla tua macchina e l'ho accesa, così quando salirete sarà già calda."

"Grazie," mormorò lei mentre lui la aiutava a infilarsi la giacca con rifiniture in ecopelliccia.

"Posso seguirti in auto fino a casa."

"No, non importa. Non voglio scomodarti."

"Non mi scomodi, devo tornare a casa anch'io."

"Oh, non vivi qui?"

Max fece una risatina, poi le prese il mento tra le dita e le alzò il viso di modo che lei lo guardasse negli occhi. "Non vivo con i miei da quando avevo diciotto anni. Casa mia è più vicina alla città." Le passò il pollice sul labbro inferiore. "Sono contento che tu sia venuta."

"Anch'io."

Lui indicò con un dito qualcosa più in alto e Amanda, alzando lo sguardo, vide il famigerato rametto di vischio che incombeva su di loro.

Inarcò le sopracciglia. Che lui volesse baciarla lì? Nella casa dei genitori?

Max abbassò la testa e lei chiuse gli occhi.

Oh, sì. L'avrebbe baciata lì. Senza dubbio.

Il cuore cominciò a batterle più forte.

Avrebbe dovuto opporsi. La testa le diceva che non era una buona idea, ma il corpo era di un altro parere.

Il respiro caldo di Max le sfiorò le labbra e si mischiò al suo. Amanda attese. E attese ancora. Riaprì gli occhi dopo uno sfarfallamento di palpebre e quelli blu ghiaccio di Max la penetrarono. Cercò di dire qualcosa, ma lui le sigillò repentinamente le labbra con un bacio, poi inclinò la testa e le loro lingue si incontrarono. Lei lo afferrò per la camicia.

Oh, sì.

Max le passò le dita tra le monde color rame dei lunghi capelli e la tirò a sé. Poi il bacio finì, con la stessa rapidità con cui era cominciato, e lui appoggiò la fronte alla sua, tra i respiri lievemente affannati di entrambi.

Era stato persino più bello che nei suoi sogni erotici.

Amanda lasciò andare la camicia e gli passò le mani sull'ampio petto, poi sulla vita stretta e più giù... al che lui le afferrò i polsi.

"Faccio già abbastanza fatica a controllarmi."

Lei mostrò di aver capito con un piccolo cenno del capo, poi gli toccò le labbra con dita tremanti e si scostò da lui. Lo lasciò lì sull'entrata e andò verso Greg, avvolgendolo nel pesante giaccone invernale. Max rimase fermo in prossimità della porta, teso e silenzioso mentre la guardava uscire. Con passo incerto, Amanda camminò sulla neve.

Prese Greg per mano, accompagnandolo lungo lo scivoloso selciato che li portò all'auto. Il chiaro di luna sul manto di neve mostrò loro la via.

Amanda sentì un forte brivido percorrerle la schiena.

Cercò di convincersi che a innescarlo era stato il freddo, ma sapeva bene che la verità era un'altra.

Capitolo sei

Mentre percorreva lo stradello, Amanda rimpianse di non aver accettato l'offerta di Max di seguirla in macchina sulla via di casa. C'era più neve di quanta lei se ne aspettasse. In passato, le era capitato di guidare con la strada ricoperta da uno strato di nevischio, ma in quel momento c'era "vera" neve.

Quando si immise nella strada principale, il senso di panico si acuì: non era passato lo spazzaneve, tantomeno lo spargisale.

Sperava che la Buick non le tirasse un brutto scherzo. Non era disposta a fare la figura della pappamolle tornando a casa dei Bryson. Sarebbe andata piano e ce l'avrebbe fatta da sola.

Lanciò una rapida occhiata a Greg, che dormiva, per fortuna, e non l'avrebbe perciò scocciata criticando la sua guida. Tornò a concentrarsi sulla strada.

All'andata, il viaggio era durato appena venticinque minuti. Al ritorno, tre quarti d'ora dopo aver lasciato la fattoria, erano ancora piuttosto distanti da casa.

Ogni volta che il retrotreno slittava anche solo leggermente, Amanda si trovava a dover sopprimere uno strillo. Voleva evitare di svegliare Greg.

Di punto in bianco, da dietro la Buick apparvero luci di fanali che si fecero sempre più vicine. Erano luci alte, di un veicolo più grande, e il loro riflesso nello specchietto retrovisore quasi la abbagliava. Avrebbe voluto gesticolare alla persona che la stava tallonando, ma non se la sentiva di togliere una mano dal volante.

Poi risuonò un clacson, facendola sussultare. Dalla corsia opposta non veniva nessuno: perché mai quello semplicemente non la superava?

Il mezzo la affiancò e lei si voltò un istante per vedere chi fosse.

Max.

Amanda non sapeva se sentirsi sollevata o seccata. A ogni modo, lui non avrebbe dovuto spaventarla in quel modo.

Amanda abbassò il finestrino del posto del passeggero e sentì, non senza qualche difficoltà, Max che le diceva di accostare.

Lei lo accontentò. Spinse con il piede sul freno e la Buick scivolò per tre buoni metri, prima di fermarsi di traverso in mezzo alla carreggiata.

Max parcheggiò dietro di lei e la raggiunse.

Rimase fermo per un momento, dopodiché, vedendo che lei non faceva nulla, batté con le nocche sul finestrino.

"Abbassa il finestrino."

Amanda staccò le mani ancora fermamente aggrappate al volante e spinse il tasto per far scendere il vetro.

Lui si affacciò all'abitacolo. "Che combini?"

Lei gli lanciò un'occhiataccia. "Mi sembra evidente. Torno a casa."

"Andavi a meno di venti all'ora."

"Oh."

"Amanda, ci saranno sì e no tre centimetri di neve."

"Davvero?"

Lo sentì ridacchiare. A lei non sembrava affatto divertente. Tre centimetri? A lei erano sembrati trenta. *Cacchio.*

"Scommetto che non hai mai guidato sulla neve."

"Non prima di arrivare a Manning Grove."

"Caspita... E dire che l'inverno non è nemmeno ancora cominciato."

Grandioso.

"Facciamo così. Parcheggio il pick-up e guido io la Buick fino a casa tua." Indicò Greg con un cenno del capo. "Non voglio svegliarlo solo per dirgli di spostarsi sulla mia macchina."

E così fece. Senza nemmeno attendere una risposta, tornò al pick-up, lo parcheggiò a lato della strada, tornò e la sollecitò a sedersi dietro, visto che Greg dormiva sul posto del passeggero.

Max guidò la Buick fino a casa senza aprire bocca, ma Amanda lo vedeva sorridere nello specchietto retrovisore, dal quale ogni tanto lui la guardava. Probabilmente trovava spassoso il fatto che lei non fosse in grado di guidare su una strada innevata e in quel momento la riteneva una femmina indifesa.

Con aria impassibile, Amanda gli fece il dito, poi scivolò nell'angolo del sedile posteriore, fuori dal campo visivo che lo specchietto concedeva a Max. Dal posto di guida provenne una risatina bassa.

Amanda guardò fuori dal finestrino e si rese conto che stavano già svoltando nel vialetto di casa. Max aprì il garage col telecomando e parcheggiò all'interno, poi spense il motore e richiuse la saracinesca automatica.

Dopo esser sceso dall'auto, la aggirò e svegliò con cautela

Greg, aiutandolo poi a scendere a sua volta. Amanda restò sul sedile posteriore a guardare Max che accompagnava il fratello in casa. Evidentemente, Max aveva un debole per Greg e Amanda dovette ammettere che c'era qualcosa di bello nell'agente Bryson, qualcosa che andava al di là dell'apparenza. Che fosse tutta una messinscena? Eppure Max si era preoccupato di invitare lei e Greg al Natale in famiglia e si era scomodato per assicurarsi che arrivassero a casa sani e salvi. Non era tenuto a fare nessuna delle due cose; ciononostante, le aveva fatte.

D'altro canto, Amanda non voleva dover contare su un'altra persona. Aveva bisogno della sua indipendenza. Come poteva riuscirci, se Max continuava a saltar fuori al momento giusto per tirarla fuori dai guai?

Amanda era dipesa da altri per tutta la vita; era giunto il momento di un cambio di rotta.

In tutta onestà, però, per quanto il fatto che Max li avesse portati a casa la irritasse, le aveva procurato anche un certo sollievo. Non glielo avrebbe mai detto, naturalmente: non voleva che si sentisse in diritto di impicciarsi degli affari loro ogniqualvolta gli saltava in testa di farlo.

Meno di cinque minuti più tardi, Max tornò in garage e la guardò attraverso il finestrino. "Hai intenzione di passare la notte lì dentro?"

Lei replicò con un'alzata di spalle.

Max aprì la portiera e si sedette accanto a lei.

"Amanda..."

"Pensi che io sia un'incapace, non è vero?"

Lui la guardò sorpreso. "E perché mai dovrei?"

"Sarei riuscita a guidare fino a qui da sola."

"Ok," disse lui con calma. "Quindi?"

"Quindi avrei *dovuto* guidare fino a casa da sola. Avrei dovuto impedirti di aiutarmi. È ora che impari a contare solo su me stessa per questo genere di cose... Come guidare anche se c'è un po' di neve sulla strada."

"Dici davvero? Perché vista la velocità a cui andavi, in questo momento saresti ancora a svariati chilometri da qui." Le percorse il profilo del mento con le dita, poi le sistemò un ricciolo dietro all'orecchio. "Non essere così dura con te stessa. È vero, dovresti decisamente imparare a guidare su una strada innevata, ma... al diavolo, non era questa la serata adatta per fare pratica. Soprattutto con Greg a bordo. Posso aiutarti io, se vuoi."

Amanda sigillò le labbra e distolse lo sguardo da lui, guardando fuori dal finestrino opposto. Max si stava di nuovo mettendo in mezzo.

Le faceva piacere che lui volesse aiutarla, ma... doveva imparare a cavarsela da sola, non voleva un uomo pronto a sorreggerla ogni volta che inciampava. Lui le strinse il mento tra le dita e la esortò a voltarsi. "Amanda. Volevo solo essere d'aiuto. È il mio lavoro." *Sono qui per proteggerti e servirti.*

Lei liberò il mento dalla presa di Max e lo fissò negli occhi. "Io non faccio parte del tuo lavoro," bisbigliò.

Per un istante, lui non disse nulla, limitandosi a ricambiare lo sguardo. Amanda non riusciva a capire cosa gli passasse per la testa. Avrebbe voluto essere in grado di leggergli nel pensiero.

Max allungò la mano e le afferrò il polso con gesto repentino, poi se lo portò alla bocca e lo sfiorò con le labbra.

"Lo so," disse lui dopo una lunga pausa.

Amanda chiuse gli occhi, come per proteggersi dal calore che emanava da quelli di Max.

"Amanda... guardami."

Lei riaprì gli occhi e mormorò: "Come farai a tornare a casa?"

"Non m'interessa." Le toccò appena le labbra con le dita.

"Io... non ti ho nemmeno ringraziato per averci invitati e..." Lui le impedì di finire la frase appoggiandole sulle labbra il pollice, che poi spostò lungo il labbro inferiore e passò al mento, dopodiché Max sconfinò nei capelli con tutta la mano. "...e..." continuò lei dopo un sospiro, "...e per averci riaccompagnati a casa."

"È stato un piacere."

Lui le afferrò i capelli, poi le spostò la testa indietro, scoprendole il collo; ci si chinò sopra, strofinandolo con il naso. La lingua calda le carezzò la pelle.

Lei ansimò, già bagnata tra le cosce. Voleva che le toccasse i seni, desiderava sentirlo dentro di sé.

Max si mise a mordicchiarla appena sopra il collo del maglione, lungo l'incavo della clavicola.

Drizzò la schiena e si portò bruscamente Amanda sulle ginocchia. Mentre lei gli si metteva sopra a cavalcioni, sul sedile della noiosa Buick, la mini le salì all'altezza del bacino.

In quel momento, la Buick non era poi tanto noiosa.

Il pene eretto di Max disegnava una linea chiara sotto il tessuto dei jeans. Lei riusciva a percepirlo lungo la propria fessura accaldata, attraverso la sottile, inutile barriera del collant.

Max le passò una mano lungo la schiena, poi la infilò sotto il morbido maglione. La sensazione delle dita callose sulla pelle infuocata la indusse a strusciarsi un po' contro di lui.

"Cazzo," mugugnò lui, strusciandosi a sua volta.

Max risalì la schiena e cercò di slacciarle il reggiseno, poi però spostò le mani sul davanti e tirò su maglione e reggiseno, scoprendole il seno.

"Perfette," commentò sottovoce.

Amanda voleva sentire la bocca di Max sul proprio corpo. Voleva che lui le succhiasse con vigore prima un capezzolo, poi l'altro. Voleva che la mordicchiasse, che strofinasse il naso su di lei...

Gli afferrò la testa e la allontanò dal seno. Gli occhi di Max erano socchiusi, illeggibili. Dopo aver emesso un gemito, lei puntò dritta alla bocca. Ci fu uno scontro di labbra, seguito dalla lotta delle lingue; lei gli stringeva il viso forte, come per impedirgli di spostarlo, di sottrarsi a lei.

Max trovò i capezzoli e li strizzò. Tirava, pizzicava, girava, costringendo Amanda a dimenarsi.

Nonostante i collant e le mutandine, Amanda sentiva l'irritante ruvidezza del tessuto dei jeans, teso contro di lei per via dell'erezione. Non le importava: era una sensazione tutt'altro che sgradevole, anzi, le piaceva molto, tanto che spinse più forte il bacino contro di lui. Le parve di sentire uno strappo, ma non se ne preoccupò.

In quel momento, non desiderava altro che avvicinarsi di più a Max. Voleva mangiarselo. Voleva impossessarsi della sua bocca, mentre le loro labbra si fondevano le une nelle altre. Si ritrasse solo per ordinargli: "Più forte."

Lui obbedì. Strizzò i capezzoli più forte, li tirò più forte, li girò più forte.

Amanda doveva staccarsi da quella bocca, dare modo a Max di riprendere fiato. Fu percorsa da un fremito, girò i fianchi e i loro sessi si ritrovarono vicinissimi l'uno all'altro, seppure ancora troppo lontani.

Con il viso nascosto nella spalla di Max, Amanda gli slacciò il bottone dei jeans. La chiusura lampo le creò qualche difficoltà in più; la pressione esercitata dal pene eretto rendeva complicato abbassarla.

Prima che lei riuscisse a farlo, Max la prese per i fianchi con le mani possenti e la sdraiò sul sedile, poi le si mise tra le gambe e le afferrò i polsi, tenendola ferma.

"Hai le idee chiare su quello che stiamo facendo?"

Avrebbe voluto urlare *Certo!* Invece, le uscì dalla bocca solo un piccolo *sì*.

Max le strinse ancora di più i polsi, portandole le braccia sopra la testa. "Ti piacciono le maniere forti?"

Il cuore di Amanda saltò un battito. "Oh, sì."

Il sorriso di Max si ingrandì.

Il cellulare di Max, dalla *console* dove lui l'aveva appoggiato in precedenza, intonò un'odiosa melodia country.

Max aggrottò la fronte, ma non si mosse.

Amanda alzò i polsi che lui le stringeva e agitò il corpo sotto di lui, per ricordargli ciò che stavano facendo e che lei voleva continuare a fare.

La melodia si fermò e un *bip* segnalò l'arrivo di un messaggio vocale.

Gli occhi blu ghiaccio di Max la inchiodarono al sedile. Lui abbassò una mano, continuando a tenerle bloccati entrambi i polsi con l'altra, e trovò l'apertura dei collant, *molto* opportunamente collocata in corrispondenza dell'inguine.

Ci infilò le dita e tirò, aprendo un piccolo squarcio che gli diede un più comodo accesso a ciò che si celava là sotto. Con qualche sforzo, riuscì a scostare di lato le mutandine e infilò due dita nella fessura del corpo di Amanda. L'affondo delle dita non incontrò alcuna resistenza: lei era già umida e calda.

"Sei bagnatissima, cazzo," disse lui a denti stretti. "Bagnatissima. Dannazione."

Amanda ansimò di piacere alle spinte delle dita. Voleva di più. "Pensi di essere abbastanza uomo per me?"

Improvvisamente, lui si fermò, come esitando. La domanda lo aveva colto di sorpresa.

"Piccola, io sono tutto ciò di cui avrai mai bisogno."

"Dimostramelo."

La sciocca melodia country li interruppe di nuovo e Max

si lasciò scappare un'imprecazione. Si scostò da lei con uno scatto e agguantò il cellulare. "Marc, che c'è?"

Amanda fece un profondo respiro, nel tentativo di recuperare un barlume di lucidità. Ma cosa stavano facendo? Erano sul sedile posteriore dell'auto parcheggiata in garage. Al piano di sopra c'era Greg.

"Sì, sto bene... No, il pick-up l'ho lasciato là io... Macché incidente... Amanda aveva bisogno d'aiuto per tornare a casa."

Lei si irrigidì e tirò su le ginocchia, facendo perdere l'equilibrio a Max, che a quel punto dovette mettersi seduto per continuare la conversazione al telefono.

"Oh, immagino di sì... Ok... Fra quanto? Ah, davvero?" Amanda vide Max innervosirsi e grattarsi la testa. "D'accordo." Max chiuse la telefonata spingendo sullo schermo con più vigore di quanto l'operazione non ne richiedesse e si voltò verso Amanda. "Marc è parcheggiato qui fuori."

"Cosa?" Lei si affrettò a mettersi seduta e a stirarsi con le mani la mini e ciò che rimaneva dei collant.

"Dice che se non esco entro cinque minuti, entra lui." Si accigliò. "Ora lo ammazzo."

Amanda si riagganciò il reggiseno, risistemò i seni nelle coppe e abbassò il maglione. "Perché è venuto qui?"

"Ha visto il mio pick-up sul ciglio della strada e si è preoccupato. Ha notato le tracce lasciate sulla neve da un secondo veicolo e ha immaginato che fosse la tua macchina."

"Oh. Beh, cacchio."

"Già, cacchio. Dice che vuole riportarmi al pick-up."

"Oh."

"*Cazzo*. È tutto ciò che riesci a dire?" Si sistemò i jeans, poi tirò su la cerniera e li riabbottonò. I movimenti erano scattosi, la mascella rigida. Amanda si chiese con chi ce l'avesse. Con lei? Con Marc? Con se stesso?"

"E cos'altro dovrei dire?"

"Magari che ti dispiace?"

"Io..." *Sì che mi dispiace. Avrei voluto scoparti fino a farti perdere i sensi. Ecco qua... Ora sei contento?* "Beh, forse è meglio così?"

Lui la guardò incredulo. "Meglio così?"

"Guardaci. Stiamo pomiciando in macchina. In realtà, non siamo nemmeno davvero attratti l'uno dall'altra."

"Ah, no?"

"Beh, no. Tu sei un tipo troppo prepotente per i miei gusti e io secondo te sono irresponsabile e immatura." *Scuse, un sacco di scuse.* D'altronde, non era disposta ad ammettere che era profondamente dispiaciuta per l'interruzione.

"Amanda..."

Il telefono di Max suonò ancora e lui diede di matto, sbottando in una serie di improperi contro il fratello. Aprì lo sportello e scese dall'auto. Prese il giaccone, che si era tolto durante il *tête-à-tête*, e se lo infilò.

"Ci sentiamo dopo. Ora ho un omicidio da commettere."

"Buon Natale," disse lei a voce alta, ma l'unica risposta che ricevette fu il fragore della porta laterale del garage che sbatteva.

Quella notte, i sogni erotici non le avrebbero dato tregua.

Capitolo sette

Il carrello della spesa era strapieno. Vasetti di burro d'arachidi, panetti su panetti di burro, pacchi di farina, uova, latte... Amanda ricontrollò la lista. Doveva ancora passare dal banco delle carni. In fondo a un ripiano della dispensa aveva scovato una pentola a cottura lenta e aveva deciso di cimentarsi in una nuova ricetta. Non servivano molti ingredienti e il procedimento sembrava piuttosto semplice. Poteva farcela. Fare la spesa, però, era un altro paio di maniche...

La lista della spesa era lunga tre pagine, scritte su entrambi i lati. Amanda era in quell'enorme supermercato già da tre quarti d'ora e non osava immaginare quanto avrebbe dovuto pagare alla cassa.

Come se non bastasse, aveva preso un carrello con una ruota difettosa, il quale si inchiodava ogni tre metri, producendo un suono stridulo, simile a quello emesso da un maiale sgozzato, che le faceva invariabilmente digrignare i denti.

La ruota si bloccò di nuovo mentre Amanda svoltava all'angolo di una corsia. Lei spinse forte e la ruota si sbloccò bruscamente, facendole perdere il controllo del carrello.

Seguì un frontale con un altro carrello. Amanda sussultò e l'occhiataccia che le lanciò la persona di fronte a lei la indusse a scusarsi sentitamente. "Mi dispiace, quella fottuta... ehm, dannata... ruota si è bloccata."

In preda al terrore, la giovane madre strinse a sé il bimbo che le stava a lato. Sembrava sul punto di fare ad Amanda un bel cazziatone.

"Temo che dovrò stendere un verbale del sinistro. Chiamo anche i soccorsi?" Max si affiancò alla "scena dell'incidente" con il proprio carrello, dando ad Amanda l'impressione che i soccorsi fossero già arrivati.

"È tutto a posto, signora Leonard. Ci penso io, lei può andare." Si chinò e diede al bimbo un grattino sotto al mento. "Anche tu, Jessie."

La signora Leonard prese in braccio il figlio e lo mise nel proprio carrello. Mentre si allontanava, borbottò: "Max, dovresti farle una multa per guida pericolosa."

Lui le sorrise con nonchalance. "Lo farò." Poi si voltò verso Amanda, ridimensionando leggermente il sorriso.

"Che ci fai qui?" Amanda arrossì. Che domanda sciocca.

"La spesa?" Max osservò il contenuto del carrello di Amanda. "*Tu*, piuttosto... Hai intenzione di aprire un ristorante?"

"No. Voglio provare alcune ricette e questi sono gli ingredienti che servono. Ho comprato qualche libro di cucina al mercatino della chiesa."

Lui pescò dal carrello un vasetto di burro d'arachidi. "Così pare. Dieci vasetti di questo? Scommetto che hai intenzione di preparare i tuoi deliziosi biscotti al burro d'arachidi. Puoi portarli alla centrale quando vuoi, sono stati un successone."

"Uh... Certo, ve li porterò." Il rossore che le era appena

sparito dalle guance ritornò con prepotenza. Doveva cambiare argomento. Diede un'occhiata al carrello di Max. Giacevano sul fondo succo di verdura, cibi surgelati salutari, frutta di vario tipo e una confezione grande di latte magro. Nemmeno una ciambella nella sua dieta da sbirro. "Stai attento alla linea?"

"Già, cerco di preservare il mio fisico da fotomodello," scherzò lui.

Effettivamente, Max era messo bene. Aveva un fisico invidiabile. I muscoli disegnavano contorni nitidi e profili mascolini che erano davvero...

"Amanda?"

"Eh?" Distolse lo sguardo dai jeans aderenti di Max per spostarlo sul viso, o quasi... In realtà, lo sguardo le si arenò sui massicci bicipiti che gonfiavano le maniche lunghe della camicia di cotone. Alla fine, lo guardò negli occhi.

"Devo andare, fra poco entro in servizio." Non si mosse. "Se hai bisogno di un assaggiatore per le tue nuove ricette, tieni presente che io sono disponibile."

"Ti farò sapere."

"Hai il mio numero di telefono."

"Già."

"Lo tengo sempre acceso."

"Non mi dire."

"Devo, per via del mio lavoro e..." La voce di Max scemò e lui le si avvicinò senza toglierle gli occhi di dosso.

Amanda disse sottovoce: "Non ne dubito." Che stesse per baciarla? Lì? Nella corsia dei cereali del Walmart?

"Ok. Devo andare."

"Anch'io." L'avrebbe baciata. Lei dischiuse le labbra in trepida attesa.

"Ci vediamo," disse in una specie di rauco bisbiglio.

"Ok." Il cuore le batteva all'impazzata.

Lui le passò il pollice sulle labbra. "Stai alla larga dai guai." Si scostò da lei, sebbene controvoglia.

"Va bene." L'interruzione del contatto fisico le provocò un brivido di freddo. *Cacchio.* "Max?"

Lui si fermò. "Sì?"

Amanda gli sorrise incerta. "Sii prudente."

Lui rispose con la sua caratteristica ruvidità. "Sì."

Poi Max si allontanò, lasciandola lì da sola, nei pressi delle crocchette di frumento integrale, a chiedersi come si sarebbe evoluta la situazione... e quanto in fretta.

AMANDA PARCHEGGIÒ la Buick nel garage e spinse il tasto per aprire il baule. Doveva scaricare la spesa e metterla a posto prima che Greg tornasse a casa, visto che quando il fratello cercava di aiutarla nell'operazione, per quanto lui fosse in buonafede, si finiva sempre con qualche uovo rotto, una busta della spesa sfondata o una decina di mele sparse per il garage o il vialetto. Le sue intenzioni erano buone, ma...

Mentre girava intorno alla macchina, Amanda notò il pick-up di Max che imboccava il vialetto.

Ma che cavolo...

Max saltò giù dal Chevy e gridò: "Ehi! Ti sei dimenticata una cosa!"

Lei aggrottò le sopracciglia e si tastò le tasche. Che avesse lasciato la carta di credito al supermercato?

Max le corse incontro, costringendola a fare un passo indietro per la sorpresa. "Cos'ho dimenticato?"

"Questo," disse lui mentre la prendeva tra le braccia. La baciò.

Oh, sì. Che smemorata!

Lui inclinò la bocca per consentire alle loro lingue di rigirarsi e intrecciarsi. La prese per i fianchi e la tirò a sé; Amanda sentì la durezza dell'erezione che lui aveva sotto i jeans premerle contro il basso ventre.

Max le passò le dita tra i capelli, tirandole ancora più indietro la testa e scoprendole il collo. Le leccò il labbro inferiore, poi scese con la lingua fino al collo, valicando il punto dove si percepiva la pulsazione della giugulare, e finì con un bacio sulla piega del collo.

"Non immagini la voglia che ho di portare a termine quello che abbiamo cominciato sul sedile della tua dannata Buick."

Un brivido scese lungo la schiena di Amanda. *Oh, anch'io.*

Il forte schiocco di una porta a zanzariera che si chiudeva attirò la loro attenzione ed entrambi si voltarono verso la casa della signora Ficcanaso.

"Merda," bisbigliò Max.

"Pensavo stessi per entrare in servizio."

"Infatti." Lanciò un'occhiata all'orologio. "Arriverò in tempo. Volevo aiutarti a scaricare la spesa e... volevo baciarti. Al supermercato ho esitato, poi me ne sono pentito."

"E con la tua spesa come pensi di fare?" Attraverso il finestrino del pick-up, si vedevano diverse borse sul posto del passeggero.

"La metterò nel frigorifero della centrale."

Max prese in mano più borse di quante Amanda non sarebbe riuscita a portarne in più tornate e nel giro di pochi minuti tutta la spesa era appoggiata sui vari ripiani della cucina.

Lei si voltò per ringraziarlo e lui la prese tra le braccia, tirandola a sé.

"Non voglio andare al lavoro. Voglio restare qui e sprofondare dentro di te."

Quelle parole presero forma nella mente di Amanda e lei sentì una fitta nelle parti intime. Sì, lei voleva la stessa cosa.

Max le risalì con la mano lungo i jeans, fino ad arrivare alla passera, che si mise come a cullare nel palmo. Con l'altra mano, lui si mise a giocare con i capezzoli, stringendoli attraverso il maglione; erano dritti e duri e Amanda voleva sentirli avvolti dalla bocca di Max. Voleva che lui glieli succhiasse e strizzasse. Max le mordicchiò il collo, scendendo fino alla clavicola nuda. Il maglioncino a collo largo gli diede modo di spaziare qua e là con lingua, poi suggellò la leccata con un bacio.

Emise un gemito e si tirò indietro. "Sarà meglio che vada prima che si faccia tardi e Dunn non cominci a maledirmi; devo dargli il cambio."

Amanda si raddrizzò il maglione e imprecò mentalmente quando si rese conto di avere le mutandine fradice; avrebbe dovuto cambiarsele una volta che Max se ne fosse andato.

"Faccio una pausa per la cena verso le sette. Posso passare di qui. Ti andrebbe di preparare la cena per un lavoratore affamato?"

Amanda ebbe un attimo di panico. Oh, era meglio per lui che lei non cucinasse.

"Io... lo so che ho appena comprato tutta questa roba, ma il piano per stasera era di prendere una pizza da asporto per me e Greg. Non ho tanta voglia di mettermi in cucina." Buon salvataggio in corner, pensò.

"Allora che ne dici se passo io a prendere le pizze e arrivo qui verso le sette. Sempre che non ci siano chiamate urgenti all'ultimo minuto. Se sono in ritardo, ti mando un messaggio."

Prim'ancora che lei potesse acconsentire a quello che aveva tutta la parvenza di un appuntamento, Max tornò verso il pick-up. Pochi secondi dopo, si sentì una sgommata.

Amanda si toccò le labbra e sorrise.

GREG SI PRECIPITÒ alla porta quando dalle finestre si intravide il bagliore dei fari della volante.

"C'è Max! C'è Max!"

Caos si unì all'entusiasmo del padrone, mettendosi a girare intorno e ad abbaiare di fronte alla porta.

"Caos!" tuonò Amanda dalla cucina. "Greg, vai ad aiutare Max con le pizze."

Uno spiffero di aria gelida la raggiunse quando Greg si fiondò fuori, seguito a ruota da Caos, senza richiudere la porta.

Sicuramente il fratello non si era nemmeno preoccupato di mettersi le scarpe. Amanda sospirò.

Poco dopo, tre maschi invasero la cucina. Uno abbaiava. Un alto balzava e parlava a macchinetta contorcendo le mani. Il terzo...

Amanda smise di sistemare i tovaglioli e drizzò la schiena. *Oh, sì.*

Il terzo indossava quella sua divisa blu scuro, che lo rendeva l'uomo più snello e composto che lei avesse mai visto. Scrutandolo, Amanda capì perché le donne tendevano a subire il fascino dell'uniforme.

Greg e Max portavano una pizza a testa e Amanda si affrettò ad aiutare Greg ad appoggiare il cartone sul tavolo prima che gli cadesse sul pavimento. Max mise il secondo cartone sopra al primo.

Portò una mano alla ricetrasmittente che aveva fissata alla spalla e spinse un tasto. "Centrale, qui Manning Grove otto."

La radio emise un suono stridulo che echeggiò nella stanza. Greg spalancò gli occhi, nei quali si accese un brillio, e cominciò a saltellare su un piede e poi sull'altro. "Manning Grove otto, sono in ascolto."

"Sono in pausa cena. Reperibile sulla linea mobile."

"Ricevuto, Manning Grove otto."

Max sganciò il microfono dalla spalla e si sfilò la radio dal cinturone, poi appoggiò entrambi sul top.

"Oh... posso... posso... posso parlarci anch'io?"

Amanda anticipò Max nella risposta. "No, Bud, non è un giocattolo. Solo Max può usare la radio."

Greg alzò gli occhi al cielo, evidentemente deluso. "Ooooooh."

"Vai a lavarti le mani." Gli diede una spintarella in direzione del lavello. "Santo cielo, Caos, sta' giù."

Finalmente il cane si accucciò, cominciando a sbattere la coda sul pavimento di linoleum. Amanda ebbe la chiara impressione che Caos le sorridesse deliberatamente. Lei scosse la testa e si voltò verso Max.

Lui si chinò per baciarle una guancia. Lei avrebbe preferito un bacio più serio, ma capì che Max voleva andarci piano, visto che avevano almeno uno spettatore facilmente impressionabile.

"Quella è una pistola o sei solo felice di vedermi?" scherzò lei sottovoce.

Lui le si avvicinò ancora di più e sussurrò: "Entrambe le cose."

"Pistola! Posso... tenerla? Max? Max! Posso?"

"*No!*" risposero i due all'unisono. Evidentemente, Amanda non aveva parlato a voce troppo alta. Si fece un appunto mentale.

Greg sbuffò. "Perché no?"

Max raggiunse il lavello per lavarsi a sua volta le mani e spiegò a Greg: "Le pistole sono pericolose, Greg. Bisogna aver fatto un addestramento molto lungo prima di poterle tenere in mano. Non vorrai mica far male a qualcuno, vero?"

"Certo che no," rispose lui, scuotendo la testa più del necessario. "Però..."

Amanda doveva cambiare argomento prima che Greg facesse venti domande di fila sul perché non potesse prendere in mano la pistola di Max. "Quindi, Manning Grove otto... che pizze hai preso?"

"Non conoscevo i vostri gusti... ho optato per una metà funghi e metà salame piccante e una margherita."

"Sono giganti... È un bel po' di pizza per sole tre persone."

"Beh, io e Greg vogliamo diventare grandi e grossi."

Greg si piazzò su una sedia. "Già, Mandy... io e Max... vogliamo... ingrossare."

Max alzò e abbassò le sopracciglia rivolto ad Amanda. Sì, lei sapeva esattamente dove Max si stava ingrossando... e non c'entrava nulla con la stazza.

Nel giro di pochi minuti, Max si scofanò tre fette di pizza; Greg cercava di tenere il passo, ma a differenza di Max, che mostrava una tendenza a usare il tovagliolo, lui aveva salsa di pomodoro sparsa per tutta la faccia; in quel momento, si stava spingendo in bocca un pezzo di crosta.

Cacciò un rutto talmente poderoso che Caos si mise ad abbaiare.

"Un minimo di buona educazione!" lo sgridò Amanda.

Max, tuttavia, scoppiò a ridere, coinvolgendo Greg nella risata, all'interno della quale il fratello riuscì a balbettare: "Scu... Scusate".

Amanda guardò Max di sbieco. "Non dargli corda."

Max fece spallucce, poi chiese a Greg: "Ora ti senti meglio?"

Greg annuì mentre attaccava un altro pezzo di crosta.

Max strizzò l'occhio verso Amanda. "Bene."

"Quanto dura la tua pausa cena?"

"Finché la radio non la fa finire."

Naturalmente, l'affermazione gli portò iella. La radio cinguettò e Max si alzò dalla sedia in un batter d'occhio. "Centrale chiama Manning Grove otto."

Max afferrò il microfono. "Qui Manning Grove otto. Sono in ascolto."

"Incidente tra due veicoli all'incrocio tra Williams Road e Hollow Hill Lane. Non sappiamo se ci sono feriti. I vigili del fuoco e i soccorsi stanno raggiungendo la scena."

Amanda osservò in Max un cambio di atteggiamento immediato: il tranquillo ragazzo che si gustava la pizza lasciò il posto al tutore dell'ordine dalle spalle quadre, pronto a proteggere e a servire. Le parve persino che gli si gonfiasse un po' il petto.

"Ricevuto, centrale. Ci vado subito."

"Posso andare con Max?"

Amanda scostò i capelli dalla fronte del fratello mentre entrambi guardavano Max infilarsi la pesante giacca da pattugliamento. "No, Bud. A volte le persone hanno bisogno di fare le cose per conto loro."

Max le sorrise con aria dispiaciuta e si diresse alla porta.

Beh, cacchio.

Mentre Amanda stava cominciando a sparecchiare la tavola, un *bip* risuonò dal suo cellulare. Controllò i messaggi.

Ci vediamo nel tuo vialetto alle 23:15.

Max era puntuale, se non altro.

Amanda scivolò nel posto del passeggero del Chevy. Una volta che ebbe richiuso la portiera senza fare rumore, restarono solo le luci fioche del cruscotto a illuminare l'abitacolo.

Non voleva assolutamente svegliare Greg, né i vicini, soprattutto la signora Ficcanaso.

Lui non aveva più l'uniforme, indossava jeans consunti e apparentemente molto comodi e una maglietta a maniche corte che lasciava in bellavista il tatuaggio dei Marines che gli adornava il braccio. Amanda si sarebbe volentieri chinata per leccargli il tatuaggio… e quello non sarebbe stato che l'inizio.

"Sai che fuori ci saranno trenta gradi sotto zero?"

La risatina bassa di Max le mandò un brivido giù per la schiena e le provocò un fremito nelle parti intime. "La temperatura è più quattro… ho il giubbotto appeso alle schienale e il riscaldamento acceso."

Lei inclinò la testa ed esaminò la linea marcata del mento di Max e le labbra, che erano piegate in un sorriso

"Se non la smetti di guardarmi in quel modo, forse è il caso che spenga il riscaldamento."

Lei gli appoggiò il palmo della mano sul sottile strato di cotone che gli copriva il petto. "In effetti ti sento un po' accaldato."

Lui intrecciò le dita a quelle di Amanda, poi le alzò la mano, portandosela alla bocca. Premette le labbra contro la pelle del polso e passò la lingua sul punto dove si percepivano le pulsazioni.

"Vorrei conoscerti meglio, Amanda…"

Il modo in cui Max esitò dopo aver pronunciato il suo nome la mise sull'attenti. C'era qualcosa che complicava la situazione.

"…ma?"

Lui sospirò, lasciandole andare la mano, che le ricadde sulla coscia; Amanda la ritrasse.

"Ma piaci un sacco ai miei genitori."

Se avesse potuto, Amanda si sarebbe schiaffeggiata le

guance come per riprendersi da uno shock. Cosa? "E allora? Come può rappresentare un problema?"

"Ascoltami. È una vita che sono single."

Oddio, cominciamo...

"Sì, voglio dire, esco... sono uscito con delle ragazze, ma finite le superiori sono subito entrato nei Marines, poi ho fatto la scuola di polizia e in seguito mi sono concentrato sul lavoro... insomma, non ho mai avuto una relazione seria."

"Chi ha mai parlato di avere una relazione seria?" Amanda sentì un nodo allo stomaco. Dove cavolo voleva andare a parare Max?

"Nessuno... per il momento." Max si schiarì la gola e si fissò le mani strette al volante. "Facciamo un patto..."

Lei guardò il profilo di Max, sperando che lui arrivasse al punto. La situazione cominciava a farsi sgradevole. "Ok, quindi vuoi solo scopare, senza che ci sia nulla di serio tra di noi. Non c'è problema. A me va benissimo. Passi di qui, facciamo sesso finché io non vengo, poi tu te ne torni a casa."

Max si voltò verso di lei con un'espressione corrucciata sul volto. "No..."

"Sì. Ho capito. Tu cerchi solo una trombamica."

"No. Aspetta. Stammi a sentire."

"Che c'è, Max? Cosa vuoi da me? Cosa stai cercando di dirmi?"

"Li hai sentiti i miei genitori... anzi, solo mia madre, il giorno di Natale... era al settimo cielo perché le avevo portato a casa una ragazza. Ci ha sempre tormentati perché ci siste-massimo e procreassimo... Sì, insomma, ce lo ripete tutte le volte che andiamo a casa loro."

"Ok, mi è tutto chiaro. Non sono il tipo di ragazza con cui vuoi accasarti e avere dei figli."

"No. Beh, sì... No! Cazzo!" Max si passò una mano tra i capelli corti e ispidi. "No. È solo che non voglio che si metta in testa strane idee. Come ti ho detto, vorrei conoscerti meglio, ma... io... non voglio che mia madre mi faccia delle pressioni, tutto qui."

"Quindi mi stai dicendo che sei un pappamolle che non è in grado di affrontare la propria madre."

Max si portò due dita alla base del naso e scosse il capo.

"Stai dicendo che se cominci a frequentare una ragazza, tua madre sente subito le campane a nozze in lontananza."

Max emise un sospiro lungo e vibrato.

"Stai dicendo che hai paura di fare sesso senza impegno perché se la mamma ti scopre poi ti assilla perché vuole che cominci subito a sfornare mocciosi."

Amanda rise e le sopracciglia di Max balzarono in alto.

"Sai benissimo di avere manie di controllo, ma sembra che tu le subisca anche. Ti piace controllare gli altri, ma hai paura che tua madre controlli te." Amanda si rendeva conto di andarci giù un po' pesante. Aveva provato sulla propria pelle cosa significasse avere una madre con manie di controllo, che per giunta aveva sempre cercato di manipolarla. Mary Ann, d'altronde, le sembrava del tutto diversa. "Dal poco che ho potuto vedere, lei è una brava mamma che vuole solo il meglio per i propri figli. Sei fortunato ad avere una mamma così."

"Lo so... e sono fortunato anche ad avere un padre così. Però mi sa che non hai afferrato."

"Sì che ho afferrato. Vuoi scopare con me, ma non vuoi che si sappia in giro. Ho afferrato eccome."

"Mi basta che non lo sappiano i miei genitori."

Amanda sapeva dove Max voleva arrivare, ma non aveva alcuna intenzione di aiutarlo a togliersi dall'*impasse* in cui si era infilato.

"Neanche a te piacerebbe se mia madre cominciasse a impicciarsi delle nostre faccende e a ingrandire tutto quello che succede. Lei non riesce a concepire che due persone che provano attrazione l'una per l'altra decidano di prendere le cose con calma e di conoscersi meglio prima di fare grandi passi... e questa è una buona ragione perché in giro non si sappia di noi."

"Uno sbirro una volta mi ha detto che questo è un paesino piccolo dove tutti sanno tutto di tutti," lo sfotté.

Lui sbuffò e scosse la testa. "Sono proprio un coglione."

Lei sorrise. "Su questo non ho nulla da ridire. D'altronde, hai un culetto da favola e io voglio fare sesso con te senza per questo dover fecondare il tuo seme. Quindi che si fa?"

"Ci spogliamo e scopiamo?" suggerì lui, poi le fece un sorriso timido che le sciolse il cuore.

"Qui? È davvero possibile farlo nell'abitacolo di un pick-up?"

"Oh, sì. Tutto è possibile, dipende da quanto disperatamente uno lo vuole."

"E così, agente Bryson, stai dicendo che mi vuoi molto disperatamente?"

"Tanto disperatamente da sentire in bocca il sapore della disperazione."

Amanda ridacchiò. "Dev'essere buona." Si guardò intorno e l'abitacolo le parve decisamente angusto. "Però non ho ancora capito come possiamo organizzarci, qui dentro."

Max alzò il volante, che era regolabile, guadagnando qualche millimetro. Si girò sul posto di guida in modo da poterla guardare negli occhi. Le passò delicatamente il pollice lungo il labbro inferiore.

Dopo averle accarezzato i capelli, la tirò a sé. Le parlò labbra contro labbra. "Voglio farti venire. Voglio che gridi di piacere e che urli il mio nome."

Ad Amanda parve un buon piano.

Le lisciò le labbra con le sue, facendola gemere, poi i loro respiri si fusero e le loro lingue si trovarono. Appena lui intensificò il bacio, le si indurirono i capezzoli sotto il maglione, fin quasi a farle male.

Lui si tirò indietro, interrompendo il bacio. "Vedi quella maniglia sopra il finestrino? Aggrappati lì e sollevati, così mi metto sotto di te."

Lei si tirò su e lui scivolò sul posto del passeggero, ma prima che Amanda gli si sedesse sopra, lui le afferrò i pantaloni da yoga e li tirò giù. Amanda si congratulò con se stessa per aver deciso di indossare quelli più larghi e facili da togliere. Inoltre, non indossava mai le mutandine sotto i pantaloni da yoga. Max le sfilò i pantaloni e li buttò sul sedile del posto di guida insieme alle sneakers.

Lei lasciò andare la maniglia e si tolse non senza difficoltà il maglione. Oh, sì... prima, quando si era cambiata, si era anche tolta il reggiseno. Si era organizzata.

Prima che lei potesse girarsi, Max scese con la mano dal fianco all'interno delle cosce, che fremevano mentre lui le separava le labbra con le dita, le premeva il clitoride, le solcava la fessura per scoprirne tutto l'umore. Amanda si morse il labbro e chiuse gli occhi. Puntò le mani sul cruscotto per mantenere l'equilibrio, poi la testa le cadde in avanti nell'istante in cui le dita di Max entrarono in lei. Lui dovette trovarla molto calda e bagnata, perché le sussurrò esattamente quelle parole sulla pelle, prima di punteggiarle di baci la spina dorsale.

Lui le strizzò un capezzolo, mentre con l'altra mano la masturbava con intensità crescente, finché non le cedettero le ginocchia e lei si rovesciò indietro, su di lui, urlando.

"Voltati." Le disse in tono severo e anzi imperativo, tanto che lei si sentì quasi esplodere il punto caldo tra le cosce.

Lei gli si rigirò sulle ginocchia, finché non furono faccia a faccia. Max aveva gli occhi socchiusi, il respiro affannato e sotto i jeans un'inequivocabile erezione.

Le diede un bacio lungo e appassionato, poi la lasciò andare in modo da potersi concentrare sul collo e in particolare sul giugulo. Le prese i seni tra le mani e abbassò la testa per succhiarle i capezzoli.

Amanda inarcò la schiena; voleva che lui succhiasse di più, che strizzasse più forte, che le tormentasse il capezzolo.

Lui la accontentò; anzi, andò oltre e si mise a mordicchiarla, ad accarezzarla, a leccarle la pelle, le spalle... il tutto mentre continuava a massaggiarle il clitoride.

Amanda aveva bisogno di sentirlo dentro di sé, in quel momento, altrimenti sarebbe crollata. Rischiava di perdere la ragione.

"Ti voglio. Adesso." Gemette e sollevò il bacino, cercando di dare a Max lo spazio che gli serviva per togliersi i jeans. Lui riuscì ad abbassarli fin sotto le ginocchia, poi si lasciò cadere sullo schienale, tirandola a sé. Aveva cosce grosse e muscolose e quando Amanda ebbe abbastanza spazio di manovra per piegare le ginocchia, allargò ulteriormente le gambe, cavalcandolo, invitandolo a prenderla, offrendosi a lui.

Max la afferrò per le natiche e si portò Amanda ancora più vicino, poi posizionò il pene e lei si mosse in modo da averlo in corrispondenza della propria fessura. Lei si lasciò andare e sentì l'uccello affondarle dentro in tutta la sua lunghezza.

Lei mosse leggermente il bacino, per prenderne qualche millimetro in più. In quel momento lo aveva tutto dentro, dalla base alla punta.

Lui affondò le unghie nella carne dei fianchi, assecondando il moto sussultorio con cui Amanda gli cavalcava il sesso pulsante.

Si guardavano. Amanda avrebbe voluto sorridergli e dirgli che le piaceva tantissimo, che sentiva l'uccello duro dentro il proprio corpo, ma dalla bocca non le uscivano che frasi sconnesse, imprecazioni, gemiti, gridi di piacere. Mentre lei lo montava con foga, Max si unì a quel concerto di suoni privi di significato.

Poco dopo, le pareti vaginali di Amanda si contrassero e Max rimase immobile, con le narici dilatate, gli occhi serrati e la mascella rigida.

I muscoli della vagina stringevano l'uccello come in un pugno, poi si rilassavano. Si contraevano ancora. Si rilassavano.

Amanda abbassò completamente il bacino su di lui. Una volta. Poi un'altra. Un piacere travolgente si generò al centro del suo corpo e si espanse fino a farle stringere le dita dei piedi e rovesciarle gli occhi.

Lei emise un ultimo grido, mentre il corpo fremeva tutto intorno a Max e la spirale dell'orgasmo si allargava.

Lui rovesciò la testa indietro. "Cazzo!" Poi eiaculò dentro di lei.

Amanda si abbandonò con la testa sulla spalla di Max e lasciò uscire dalla bocca un lungo, vibrante sospiro.

———

AMANDA GIACEVA con la testa sul grembo di Max, che era seduto al posto di guida. Le teneva le gambe piegate contro la portiera del posto del passeggero e i muscoli cominciavano a indolenzirsi per via della posizione scomoda. Il cambio le premeva sulle costole, ma valeva la pena restare lì e continuare a guardarlo mentre lui le accarezzava i capelli. Era da un po' che nessuno dei due apriva bocca e Amanda non voleva interrompere quel silenzio confortevole. Sentire le dita di Max tra i capelli le faceva venire voglia di fare le fusa.

Con la mano libera, Max le spostò il maglione, che era già tutto storto, e prese a disegnarle con le dita dei cerchietti intorno all'ombelico; ogni volta che completava un cerchio, Max dava un colpetto sul piercing ad anello che lo ornava.

"Qual è il tuo sogno, Mandy?"

Lei aveva la mente rallentata e quasi sopita e quella era l'ultima domanda che si sarebbe aspettata da un "duro" come Max. Il sogno di Amanda...

"Non lo so. Comunque, non avrei avuto una risposta nemmeno qualche mese fa, quando la mia vita era completamente diversa. Non aveva una direzione precisa. Vivevo alla giornata, a volte persino all'ora. Ero sempre in giro per locali con amici, facevo la barista per avere qualche soldo in più e passavo la maggior parte del mio tempo nelle discoteche di South Beach, a Miami... o dovunque ci fosse da divertirsi." Sospirò. "Adesso... mi sento semplicemente persa."

"Non sei persa."

"Mi sembra che mi sia venuta a mancare la terra sotto i piedi."

"Ritroverai un punto d'appoggio."

"Forse... quando tornerò a casa." A Miami. All'ambiente che le era familiare. Alla vita di prima. "E il tuo sogno qual è?"

"Quello che sto vivendo."

Lei si girò per poterlo guardare meglio. "Davvero? Indossare l'uniforme? Arrestare persone? Tirare giù i gatti bloccati sugli alberi?"

"Essere fiero del mio lavoro, che è un lavoro fisso e sicuro... Mettere da parte i soldi che mi serviranno quando andrò in pensione. Avere una casa tutta mia. Aiutare chi ha bisogno. Avere abbastanza soldi da poter aiutare i miei genitori, se un domani ne avessero bisogno."

Amanda finse di sbadigliare. "Emozionante."

Max scosse il capo, poi le scrutò il volto. "Sei ancora molto giovane."

"Ho ventotto anni."

"Quello è solo un numero. Fidati, sei ancora giovane; fra qualche anno capirai ciò che intendo."

"Non so. Quella che descrivi non mi sembra un tipo di vita che mi si confà."

Lui fece un profondo respiro. "Ok." Guardò l'orologio. "Merda, è già l'una di notte. Sarà meglio che vada a dormire un po'."

Amanda sbadigliò... per davvero. "Già, anch'io. Ero abituata a fare le ore piccole, ma non credo che sarei in grado di arrivare a mattina. Devo svegliarmi presto, per preparare Greg. Domattina sarà dura alzare le chiappe dal letto."

Si mise seduta e si riassettò i vestiti, poi sgusciò fuori dall'auto.

"Ci si vede in giro, agente Bryson."

"Ehi," la chiamò lui.

"Sì?"

"Stai alla larga dai guai."

"E perché mai? Ora ho un aggancio alla stazione di polizia." Gli fece l'occhiolino, poi richiuse lo sportello e corse verso la casa.

Capitolo otto

"Le migliori ricette sono quelle che si tramandano da generazioni."

"Beh, diciamo che il mio albero genealogico è povero di buoni cuochi," disse Amanda a Mary Ann. Si trovavano nella cucina di Amanda.

"Ma dai... Non posso credere che tua madre non ti abbia insegnato a cucinare."

"Ci crederesti, la cosa non ti stupirebbe affatto."

Mary Ann assaggiò uno dei biscotti che erano rimasti nel vassoio che Amanda aveva appoggiato sul top senza troppa cura, dopo essere tornata dalla casa della vicina. "Oddio."

Strappò un pezzo di carta assorbente dal rotolo e ci sputò il boccone, poi lo accartocciò e lo gettò nel bidone dell'immondizia.

Amanda fece una smorfia. Pensava di essere migliorata almeno un po', soprattutto dopo le prime teglie di biscotti, che aveva bruciato in forno. Perciò aveva chiamato la mamma di Max in cerca di aiuto. L'espressione sul viso di Mary Ann, tuttavia, ne era la riconferma: in cucina, Amanda era un caso disperato.

"Oh, tesoro, non sono poi tanto male... anche se non sono nemmeno particolarmente buoni. È stato un buon tentativo. Hai solo bisogno di un po'... d'accordo, di molto aiuto. Sono felice che tu mi abbia chiamato, così potremo passare un po' di tempo insieme. Voglio conoscerti meglio, se non altro perché tu e mio figlio vi state frequentando."

"In realtà, noi non..."

Mary Ann la interruppe agitando la mano. "Ok, sarà meglio che cominciamo: ci aspetta *un sacco* di lavoro."

Sfogliarono insieme tutti i libri di cucina che Amanda aveva trovato nella casa e anche quelli che aveva comprato al mercatino della chiesa; era stata in quell'occasione che le due si erano incontrate per caso e Mary Ann si era offerta di insegnarle a cucinare, *se* ne aveva bisogno... e chiaramente Amanda ne aveva bisogno.

La prima lezione non prevedeva nemmeno l'uso del calore e del fuoco, in modo da evitare che bruciasse qualcosa. Mary Ann si era seduta accanto ad Amanda e leggeva con lei le numerose ricette, indicandole quelle che erano più facili da provare, spiegandole le tecniche descritte, dandole qualche dritta sugli ingredienti e mostrandole le differenze tra i vari utensili da cucina.

Il tempo volava, ma la quantità di informazioni da assorbire fece venire il mal di testa ad Amanda. Mary Ann aveva suggerito di concentrarsi sulla cottura al forno, ma Amanda aveva insistito perché le mostrasse anche altre tecniche, perché voleva cominciare a cucinare pasti salutari per Greg appena possibile. Mary Ann aveva acconsentito, seppure un po' controvoglia, e aveva deciso che ogni volta che si incontravano, a casa di Amanda o alla fattoria dei Bryson, le avrebbe insegnato a cucinare un piatto in pentola o padella e uno al forno.

Amanda sapeva preparare il caffè, perciò non si era fatta mancare la propria dose di caffeina mentre entrambe sedevano al tavolo della cucina esaminando le ricette.

Alla fine del pomeriggio, entrambe erano esauste. Amanda bevve l'ennesimo sorso di caffè bollente. "Le iniziali del tuo nome sono MA... Mary Ann: Ma'..."

L'altra ridacchiò in un modo che ad Amanda ricordò Max. "Lo so."

"Perciò posso chiamarti Ma'? Ti dà fastidio?"

"Macché fastidio, tesoro... anzi, mi fa piacere." Mary Ann sospirò e il suo sguardo si smarrì nel vuoto oltre la tazza di caffè. "Mi è sempre dispiaciuto non aver avuto una figlia, ma non potevo permettermi un'altra gravidanza. Tre figli mi sembravano abbastanza. Dicevo a Ron che se mi avesse messo ancora incinta l'avrei castrato con le mie mani. È sempre stato un allupato... e lo è ancora. E i nostri figli hanno preso da lui. Che il cielo aiuti le donne che si sceglieranno... Quei testoni pieni di idee strambe..." Mary Ann si fermò come se si fosse improvvisamente ricordata con chi stava parlando. "Ops... Forse dovrei concentrarmi sui loro punti forti. Non riuscirò mai a trovare loro delle compagne, se dico solo la verità." Mary Ann scoppiò in una risata talmente forte che dovette appoggiare la tazza di caffè. "Beh, sarà meglio che torni a casa a preparare qualcosa da mangiare per mio marito. Diventa scorbutico se non cena in orario." Mary Ann scostò la sedia dal tavolo e si alzò in piedi.

"Non so come ringraziarti per avermi aiutato."

"Nessun problema. Che ne dici se ci rivediamo fra un paio di giorni? Nel frattempo, ti darò un compito." Allungò sul tavolo due libri aperti. "Per la prossima volta, prepara queste due ricette. Vediamo come te la cavi."

"Grazie, Ma'."

Quando Mary Ann fu uscita, Amanda tornò a sedersi in cucina. Era deliziata: trascorrere il pomeriggio con la madre di Max le aveva fatto bene.

Immaginò che Max non sarebbe stato entusiasta del loro avvicinamento.

D'altronde, perché mai avrebbe dovuto dirglielo?

Entrò nel centro estetico annunciata dallo scampanellio della porta. Teddy alzò gli occhi dalla testa a cui stava facendo lo shampoo e la accolse con un grande sorriso.

"Ciao, amica."

"Ciao, tu."

Lui protese il labbro inferiore in una specie di broncio finto. "Cos'è quel muso lungo?"

"Muoio di noia. Te l'ho detto che la signora Bryson mi sta insegnando a cucinare?"

Teddy inarcò un sopracciglio. "No, dev'esserti sfuggito."

"Comunque... non me la cavo neanche male, ma... non si può stare sempre in cucina."

"Perché non ti cerchi un lavoro?"

"Prendersi cura di Greg è un lavoro."

"No, dico sul serio. Magari un impiego part-time, qualcosa che ti tenga impegnata mentre lui è al centro. Ti assumerei io, ma non ho abbastanza clienti. Se il barbiere in fondo alla strada chiudesse, probabilmente sarei oberato di lavoro e allora potrei aver bisogno di una shampista."

Amanda arricciò il naso. "Bleah... Non ho intenzione di lavare i capelli della gente." Guardò la signora la cui chioma Teddy stava sciacquando nel lavandino. "Senza offesa."

La signora sbuffò vagamente irritata.

"Oh, ti senti superiore?"

Amanda ignorò la domanda. "Ho solo bisogno di svagarmi un po'."

"Bryson lo stallone non ti concede abbastanza occasioni di svago?"

La cliente di Teddy sollevò la testa tanto quanto le bastava per non perdersi nessun dettaglio del pettegolezzo. Amanda arrossì.

Poi si voltò verso lo specchio vicino. "Non so di cosa tu stia parlando, qualcuno deve averti informato male."

"Sì, sì, come ti pare." Finì di sciacquare i capelli turchini della signora. "Pensavo sapessi nuotare."

"Certo che so nuotare... Che c'entra?"

"Sai com'è, mi sembra che tu stia an-*negando*."

Amanda si voltò ancora verso lo specchio per nascondere una risatina, ma si accorse che il gioco dei riflessi la rendeva comunque visibile. Fece la lingua a Teddy, che si mise a ridere.

"Siediti là. Avrò finito con la signora Anderson in men che non si dica. Dopodiché potremo farci una bella chiacchierata, la prossima cliente non arriverà prima di tre quarti d'ora."

Una bella chiacchierata. Teddy l'avrebbe messa sotto torchio fino a farle vuotare il sacco in una specie di confessione. "Padre, perdonami perché ho peccato..."

Inoltre, l'amico si sarebbe gustato i "peccati" di Amanda, come un gattino alle prese con una ciotola di panna; non se ne sarebbe lasciato sfuggire una sola goccia e alla fine si sarebbe pure leccato i baffi.

Quell'immagine la indusse a mordersi il labbro, mentre procedeva rassegnata verso la poltrona vicino all'entrata.

D'altronde, Amanda era ben felice che a Manning Grove ci fosse Teddy. Lui riusciva a tenerla con i piedi per terra, per quanto fosse difficile per lei rimanerci. Inoltre le curava l'immagine. Con lei sperimentava spesso nuovi trucchi e acconciature e si sbizzarriva con manicure e pedicure ogniqualvolta le serviva una cavia.

Amanda si lasciò cadere su una poltrona imbottita che sembrava uscita dagli anni Cinquanta. Il giornale del giorno precedente giaceva sulle riviste da parrucchiere precariamente impilate sopra un tavolino in vetro e metallo cromato. Afferrò il giornale e si mise a sfogliarlo. La pagina degli annunci di lavoro era fitta.

Cameriera in una tavola calda. No.

Volontaria alla biblioteca. No.

Cuoca della mensa alla scuola elementare. Mai!

Sospirò. In realtà, Amanda non aveva bisogno di un lavoro, né voleva privare qualcun altro di un'opportunità di lavoro, visto che le offerte non erano molte in una cittadina come quella. Inoltre, imparare a cucinare la teneva abbastanza impegnata. Eppure...

Sfogliò le poche restanti pagine del quotidiano e la sua attenzione fu catturata dalla pubblicità di un bar.

Da Pete il Matto.

Mercoledì sera karaoke dalle 20 alle 23. Lunedì serata donne. Martedì sera happy hour con drink a metà prezzo. Alette di pollo barbecue e cestello di birra a prezzo speciale venerdì 31 dicembre.

Venerdì 31 dicembre. Era quel giorno.

Wow, avrebbe potuto prendersi una serata per se stessa per cercare di togliersi dalla testa "Bryson lo stallone".

Teddy finì con la signora Anderson e non appena l'ebbe accompagnata fuori, raggiunse Amanda e sprofondò nella poltrona accanto emettendo un sospiro.

"Che donna impossibile. Le dico che la tinta turchese è *troppooo* fuori moda e lei se ne frega. Sono tutti così indietro da queste parti. D'altronde, se non fosse per le signore di questa città, non avrei abbastanza lavoro. Se avessi più clienti giovani, vorrei..."

"Dov'è il *Pete il Matto*? Che altri locali ci sono in città?"

Teddy la guardò con aria preoccupata. *"Da Pete?* È l'*unico* bar della città e credimi se ti dico che basta quello. È in fondo alla Terza Strada."

"Passiamo l'ultimo dell'anno insieme?"

Teddy le lanciò un'occhiata scettica. "La matta sei tu, altro che Pete! Ti aspetti che un gay dichiarato vada in quel posto? No, grazie."

"È davvero un locale tanto scarso?"

"Amica mia, quando ci passo di fronte in macchina, cerco persino di evitare il contatto visivo con chiunque esca di lì."

"Stai scherzando, vero?"

"Sì, ma non vengo comunque. Ho un appuntamento con quel belloccio di Ryan Seacrest."

Nella mente di Amanda balenarono le immagini di Max che si raccomandava a più riprese che lei stesse "alla larga dai guai".

"Beh, io ci vado. Voglio vedere com'è la vita notturna qui a Manning Grove."

"Tesoro, c'è più vita notturna nei boschi."

Lei saltò in piedi. "Manicure e capelli!"

Teddy applaudì euforico. "Ora sì che ragioniamo. Manicure in arrivo. Io la faccio a te e tu la fai a me!"

Anche lui si alzò e i due si scontrarono mentre ridevano di gusto.

Dopo aver lasciato il negozio di Teddy, Amanda passò a prendere Greg con un certo anticipo; doveva parlare con Donna.

Entrando nell'edificio, si ricordò della prima volta che aveva incontrato il fratello e di quanto fosse spaventata in quell'occasione; non che la paura di non essere all'altezza se ne fosse del tutto andata.

Vide Donna alla reception, che la guardò sorpresa mentre metteva in ordine dei documenti. Amanda si diresse da lei.

"Amanda, è un piacere vederti. Come te la cavi con Greg? Mi aspettavo di ricevere molte chiamate da te... In effetti mi aspettavo che mi avresti chiamato di continuo." La donna rise, poi fece ad Amanda un sorriso sincero.

Amanda lo ricambiò. "Veramente? Comunque io e Greg ce la passiamo bene. Giorno per giorno, sto imparando a gestirlo." E cerco di non avvelenarlo con i piatti che cucino per lui, aggiunse silenziosamente.

"Greg ti vuole davvero bene, parla sempre di te."

"Sì?"

"Certo."

"E dice cose carine sul mio conto?"

Donna rise ancora. "Sì. Sono contenta che si sia adattato alla nuova situazione. All'inizio ero un po' preoccupata." Fece un profondo respiro. "Quindi, sei passata solo per portarlo a casa? Lo trovi nella stanza sul retro, sta facendo uno spuntino."

"Sì... ma volevo anche chiederti un favore. Mi chiedevo se conoscessi qualcuno disposto a stare con Greg quando io non sono a casa." Non voleva dire *baby-sitter*, visto che Greg non era un bambino e che non era sicura che fosse il termine appropriato.

"Intendi una tata?"

Amanda tirò un sospiro di sollievo. "Sì, esatto."

"Beh, c'è Joni. Ha qualche anno meno di te e lavora part-time qui da noi, perciò conosce già Greg… e Greg conosce lei. Secondo me potrebbe essere la persona giusta e scommetto che qualche soldo extra le farà comodo."

"Grandioso. Ora è qui?"

"No, oggi è in ferie perché domani è Capodanno. Ti do il suo numero di telefono." Donna prese il rolodex che teneva sul tavolo e scorse con le dita le schede. "Eccolo." Scrisse velocemente il numero su un foglio, poi lo strappò dal blocchetto e lo passò ad Amanda.

"Grazie. La chiamo subito." Amanda estrasse il telefono dalla borsa.

"Intanto io vado a preparare Greg."

Nel giro di pochi minuti, Amanda si era accordata con Joni perché stesse a casa con Greg quella stessa notte. Quanto a lei, sarebbe uscita. Si sarebbe divertita e nessuno glielo avrebbe impedito, tantomeno un uomo con l'uniforme blu e le cui iniziali erano MB.

Capitolo nove

Tutti gli uomini che erano nel bar avevano la bava alla bocca e Max non poteva certo biasimarli.

Si asciugò la propria con il dorso della mano.

Si portò la bottiglia di birra alle labbra e il liquido fresco gli scese giù per la gola. Purtroppo, non servì ad abbassargli la temperatura corporea.

"Dannazione!" imprecò suo fratello, dandogli un colpetto con il gomito. "Te la sei già portata a letto?"

Lui e Marc guardavano nella stessa direzione: verso Amanda Barber, chinata sul tavolo da biliardo, che tentava un colpo praticamente impossibile, sfoggiando una minigonna... *molto mini*. La palla verde finì nella buca d'angolo. Lei fischiò, cambiò posizione e si piegò nuovamente sul tavolo.

A Max parve di sentire il coro di fischi d'apprezzamento dei presenti. Tutti gli sgabelli del bar erano orientati verso il tavolo da biliardo. In effetti, a Max sembrava persino di sentire levarsi dalla folla qualche gemito e sospiro, ogniqualvolta la microscopica gonna di pelle rossa, ritirandosi, lasciava intravedere quel centimetro in più di cosce. Un po' più su... Ancora un po'...

Per la miseria! Max si augurò che almeno Amanda indossasse le mutandine.

Un uomo le si avvicinò da dietro, le appoggiò una mano sul fianco e si chinò accanto a lei, forse per darle un consiglio sul tiro che lei si apprestava a fare. *Merda.* Come se Amanda avesse bisogno di consigli... Se la cavava alla grande da sola, come tutti i presenti avevano capito da un pezzo!

Max sbatté sul bancone alle sue spalle la bottiglia ormai vuota e imprecò. Marc gli lanciò un'occhiataccia. Lo sguardo inquisitore del fratello non fece che irritarlo ulteriormente.

Osservò Amanda lasciarsi consigliare con un sorriso stampato sul volto. Probabilmente lei aveva detto qualcosa di spiritoso, dato che il tizio che l'aveva consigliata con tanta "solerzia" reagì con una risata, per la verità un po' troppo rumorosa.

Amanda sbagliò il tiro. Alla faccia del parere dell'esperto.

Max vide Amanda divincolarsi con *nonchalance* dalle grinfie possenti e risolute del tizio.

Marc si alzò di scatto dallo sgabello e si piantò di fronte a Max, di fatto bloccandogli la vista sul tavolo da biliardo. "Fratello, non fare sciocchezze. Hai bevuto e non saresti saggio a giocarti il posto di lavoro." Marc attese che il fratello lo guardasse negli occhi. "E poi tu... anzi, *noi* siamo i tutori della legge, in questa città. Dobbiamo dare il buon esempio, il che non comprende scatenare risse da bar. Non ne vale la pena."

Max replicò con una specie di grugnito, poi agguantò la birra ghiacciata che il barista aveva fatto appena scivolare sul bancone. Fece da parte il fratello con un braccio e si diresse al tavolo da biliardo. Amanda era appoggiata alla propria stecca e osservava il tizio con cui aveva parlato prendere la mira.

"Chi è il tuo nuovo amico?"

Amanda fece spallucce. Guardò di sbieco l'avversario. "Come ti chiami?"

Un'espressione amareggiata attraversò il volto del tizio, che poi rispose: "Jack."

Amanda si voltò verso Max e ripeté: "Jack."

"Vi conoscete da molto tempo?"

"Oh, circa da..." Diede un'occhiata all'orologio al neon della Budweiser, appeso sopra gli scaffali del bar. "...un'ora?"

Max si rivolse a Jack. "Di dove sei, Jack?"

"Parsington."

"Parsington?" Ecco perché non sapeva chi fosse. Max conosceva tutti, in città; faceva parte del suo lavoro. "E che ci fai da queste parti?"

Lentamente e con grande cura, Jack appoggiò la stecca sul tavolo da biliardo e si concentrò su Max. "Mi hanno detto che siamo in un paese libero."

Max gli si avvicinò, finché i due non furono faccia a faccia. "Stammi a sentire, Jack..."

Amanda si schiarì sonoramente la gola e Max si rese conto di essere in procinto di fare una colossale cazzata. Raddrizzò la schiena e fece un passo indietro, pur tenendo gli occhi stretti e fissi sull'uomo che aveva di fronte.

Jack si mise le mani aperte di fronte al petto e indietreggiò a sua volta. "Ehi, non ho fatto niente di male. Nessuna legge vieta di bere un drink in compagnia di una bella ragazza."

Amanda si frappose tra i due, fulminando Max con lo sguardo. "Hai ragione, Jack. Non hai fatto nulla di illegale... e grazie per il complimento." Gli sorrise, poi si girò ancora verso Max.

"Possiamo scambiare due parole?" Max esitò, al che lei aggiunse con fermezza. "Intendo adesso." Indicò con un cenno del capo un angolo poco illuminato del bar.

Lei si incamminò e Max capì che doveva seguirla. Senza "se" e senza "ma".

Osservò il didietro sodo e flessuoso di Amanda, fasciato dalla mini, muoversi con determinazione... e non era certo l'unico ad ammirare quello spettacolo; non aveva nemmeno bisogno di guardarsi intorno per averne conferma: mantenere il controllo di sé gli risultava già abbastanza difficile.

Nell'angolo buio del bar, Amanda si appoggiò di schiena sul legno vecchio che rivestiva la parete, poi incrociò le braccia e lo guardò in faccia. "Quindi?"

Lei lo guardò esterrefatta, poi assunse un'espressione severa e strinse le labbra.

Max si stava muovendo in un campo minato. Non gli era mai successo di essere tanto possessivo con una donna con la quale era andato a letto una sola volta. Una!

Perché? Cos'aveva questa ragazzina immatura che gli faceva venire voglia di caricarsela sulle spalle, uscire a grandi falcate da quel bar, portarla a casa e sbatterla sul letto?

Voleva possederla su un letto vero e proprio; non sul sedile di un'auto, non sul suo pick-up, ma in un letto, dove sarebbe riuscito ad allargarle le gambe in modo da fare con lei ciò che andava fatto, quindi...

"Ti ricordi quello che mi hai detto? Volevi che non si sapesse in giro di noi, altrimenti la tua mammina ci avrebbe scoperti, o sbaglio?"

Le aveva veramente detto quelle cose? *Dannazione.* "Non sbagli, ma..."

"Niente di serio, giusto?"

Max si batté un pugno sulla fronte, poi si accigliò. "Giusto."

"Allora dovrei forse tenerti aggiornato sulle mie uscite notturne?" Amanda inarcò le sopracciglia.

Sì. *Sì, devo sempre sapere dove e con chi sei. Dannazione.* "No."

Lei annuì. "Bene, perché sarebbe una gran scocciatura avere qualcuno che controlla ogni aspetto della mia vita, non credi?"

Max si passò una mano tra i capelli cortissimi. Amanda gliele stava cantando. Lo stava aggredendo verbalmente e faceva la spocchiosa. E pareva che in quel ruolo se la spassasse alla grande.

D'altronde, non gli importava che non fosse venuta in quel bar con lui quella sera; comunque fossero andate le cose, Amanda più tardi sarebbe finita a letto con lui e non con uno come Jack di Parsington; Max ne era dannatamente sicuro... almeno per quel che lo riguardava.

Senza attendere una risposta, Amanda si staccò dal muro con una spinta e andò da Marc, che era rimasto al bancone e al momento scuoteva la testa e se la rideva di gusto.

Gli si fermò davanti. "Di' a tuo fratello di farsi trovare a casa mia fra dieci minuti, altrimenti non lo lascio entrare."

Max sospirò guardandola uscire dal bar mentre si spostava i capelli dietro le spalle con gesto altero. "Buon anno!" le gridò Marc, prima di rimettersi a ridere.

Poi si rivolse al fratello: "Che aspetti, citrullo?"

AMANDA APRÌ la porta di casa senza fare rumore, per non svegliare Greg. Appoggiò le chiavi della macchina sul tavolo ed entrò in soggiorno. Si tolse dalle tasche qualche banconota, gettò la borsetta sulla vicina poltrona marrone e si tolse le scarpe scalciando.

Joni, la nuova tata di Greg, si era appisolata in veranda, di fronte alla TV. Amanda la svegliò dandole qualche colpetto delicato sulla spalla, poi la accompagnò alla porta, dopo averla pagata e ringraziata. Si appoggiò alla porta chiusa ed emise un sospiro di stanchezza.

Ok, il ragazzo era sexy e tra di loro c'era decisamente un'attrazione reciproca, almeno a livello sessuale, ma Max rimaneva uno sbirro dispotico e incapace di farsi i fatti i propri. Non era tipo da una botta e via. Sembrava di gran lunga troppo possessivo per qualcosa del genere.

Un picchiettio sulla porta la distolse da quei pensieri. Amanda sbirciò dalla tenda che copriva il vetro della porta. Era lui.

Amanda restò immobile. Forse non era stata una grande idea invitarlo a casa. Poteva fingere di non aver sentito e infilarsi semplicemente a letto. Oppure...

"Amanda, lo vedo che sei lì." Il suono della voce le giunse attutito attraverso la porta. Poteva ancora far finta di niente e andare a dormire. Il fatto che Max fosse un poliziotto non lo autorizzava ad entrarle in casa ogni volta che gli pareva. A meno che non avesse un mandato di perquisizione. Che ce l'avesse?

Al diavolo. Era già entrato ben più di una volta senza chiedere permesso.

Lui girò a vuoto la maniglia dall'esterno. "Amanda," la chiamò con un bisbiglio vigoroso. "Avanti, fammi entrare."

"E perché mai dovrei?" Si avvicinò al vetro e scostò la tendina per guardarlo. Sì, era decisamente sexy. *Cacchio.*

"Perché sei stata tu a invitarmi."

Ah, già. In effetti era andata in quel modo.

"Non ci hai messo molto ad arrivare." Gli aprì la porta quasi d'istinto e lo lasciò entrare; la stanza si riempì subito di profumo maschile.

"Hai detto dieci minuti... e non volevo darti il tempo di cambiare idea."

In quel momento, tuttavia, l'urgenza che Amanda aveva di rimettere Max in riga superava il desiderio di stringerlo a sé. "Stavo facendo una semplice partita a biliardo, senza nessuna malizia... Come *se* fossero affari tuoi, poi. Cosa ti dà il diritto di interferire con la mia vita notturna? Stavo solo cercando di divertirmi un po' in questa noiosissima città."

Chiaramente irritato, Max si passò una mano sui capelli a spazzola. "Non è vero che non c'era malizia... la tua gonna rossa lasciava molto poco spazio all'immaginazione, sai." Adocchiò l'indumento, trasmettendo ad Amanda onde di calore.

Amanda strinse le labbra e si appoggiò una mano sul fianco. "Forse sì. Forse volevo portarmi a casa Jack e passare la notte a fare sesso scatenato con lui. Una cosa del tipo piacere-bum-bum-grazie-e-arrivederci. Hai presente?"

Max non replicò immediatamente e Amanda gli vide il pomo d'Adamo salire e scendere un paio di volte. Poi lui disse di punto in bianco: "Beh, se cerchi volontari..."

"Hai intenzione di fare domanda?"

"Forse." Max la prese per un braccio e la tirò a sé. "Al diavolo... Sei davvero sexy quando ti arrabbi."

Amanda si liberò dalla sua presa e si diresse alla vicina scrivania. Prese carta e penna e glieli infilò nella camicia.

"Ecco, compila il modulo. Ti chiamerò per un colloquio." Si voltò di scatto e si avviò verso la cucina. Lui la seguì, poi lanciò il foglio e la penna sul tavolo. Lei incrociò le braccia e si appoggiò al top.

"Amanda..."

Lei alzò una mano e gli diede l'alt. Prima di tutto voleva stabilire alcune regole. "Tu non sei il mio sorvegliante."

"Lo so."

"Quello che faccio non ti riguarda."

Max fece una pausa leggermente più lunga del dovuto. "Lo so."

"Lo dici solo per rabbonirmi." Se fosse seguito un altro *lo so*, Amanda gli avrebbe dato un calcio nelle parti basse.

Lei si diresse verso la veranda.

"Certo, vattene pure... Tipico comportamento da ragazzina, quale sei."

Amanda si fermò.

Che bastardo! Si girò su se stessa e gli si parò davanti, forte del suo metro e sessanta contro il metro e novanta di Max.

Mormorando una parolaccia, Amanda lo prese per il colletto della camicia e lo tirò a sé. Mentre le loro labbra si trovavano, lei poteva percepire tutta la sorpresa di Max, che dischiuse le labbra, consentendole di varcarle con la lingua.

Le lingue si accoppiarono, lottarono; lui inclinò la testa per poter addentrarsi ulteriormente, mentre la afferrava per i fianchi. Rossa in viso e in debito d'ossigeno, Amanda fece un passo indietro e lo guardò studiandolo. Si sbottonò la camicetta color avorio, mostrandogli l'addome abbronzato al cui centro spiccava l'oro del piercing. Gli occhi di Max corsero sul reggiseno di pizzo nero e sulle rotondità che conteneva. I capezzoli erano turgidi. Le mancava il fiato.

Amanda fece scivolare il morbido tessuto della camicetta giù dalle spalle e l'indumento cadde al suolo con una scrollata.

Portò le mani alla fibbia anteriore del reggiseno, che a malapena conteneva il seno florido.

"Amanda," ripeté lui come per metterla in guardia, ma quando lei sganciò la fibbia liberando il seno in tutto il suo splendore, non poté far altro che inspirare profondamente ed esclamare: "Oh!"

"Quindi, agente Bryson," disse lei a bassa voce, "sono ancora una ragazzina?"

Gli occhi scuri di Max brillarono allorché lui spostò lo sguardo dal seno al viso. Muoveva la mascella a piccoli scatti. "No." Aveva le narici dilatate, come di chi sta lottando con i propri demoni. "No, dannazione."

Amanda rise di gola e si tolse il reggiseno, lasciandolo cadere sul pavimento, vicino alla camicetta. Si portò una mano alla gola e con un dito tracciò una linea che portava al torace, poi a un capezzolo, di cui fece il periplo; il dito viaggiò fino orizzontalmente e girò intorno anche all'altro capezzolo. Si morse il labbro inferiore e rovesciò la testa all'indietro, gli occhi socchiusi. Il ritmo del respiro aumentò quando Amanda scese con la mano sul ventre, disegnando con l'unghia rossa un cerchio intorno all'anello d'oro che le ornava l'ombelico. Poi scese ancora più giù.

Max era immobile. Completamente immobile. Lei lo desiderava. Voleva che lui la prendesse. Lì in cucina. In quel preciso istante. Perché Max non faceva la sua mossa?

"Cazzo," gemette lei. La calata della mano proseguì, finché Amanda non si sbottonò la minigonna; il suono della cerniera che scendeva le parve assordante.

Si leccò le labbra, lasciando lungo il contorno della bocca tracce di umidità. Ansimava quanto bastava perché lui la sentisse.

Max monitorava ogni suo gesto. Era rimasto come incollato con i piedi al pavimento fino a quel momento, ma allora si mosse...

La prese per la vita, la sollevò, si girò e praticamente la gettò sul top. Afferrò l'orlo della minigonna e gliela abbassò con uno strattone, portando giù al contempo il tanga.

Amanda non disse nulla. Qualsiasi parola avrebbe rovinato la magia del momento e lei non voleva certo che succedesse. Voleva piuttosto sentire lo scontro dei loro corpi, il peso di Max che la schiacciava, le sue labbra che la esploravano. Voleva che la lingua di Max penetrasse ogni sua fessura.

Voleva urlare dissennatamente, avere un orgasmo dopo l'altro.

Max non la deluse.

La sovrastava e l'istante dopo era inginocchiato davanti a lei, intento ad allargarle le gambe, guardandola da vicino.

Poi cominciò a lavorare di bocca. Le colpì la lingua sul clitoride una volta, poi un'altra, poi la usò per accarezzarlo. Amanda appoggiò la testa all'armadietto ed emise un gemito sommesso. Brancolando, trovò la testa di Max e la tirò ancora più vicino al proprio sesso, per quanto fosse possibile.

Lui le separò le labbra della vagina e leccò la fessura in senso verticale, assaggiando, mordicchiando. La stuzzicò finché i muscoli interni non le si contrassero, bisognosi di lui.

Affondò la lingua e per Amanda fu un supplizio. La stava torturando! Le dita si sostituirono alla lingua, penetrandola in profondità mentre il clitoride finiva ancora una volta nella morsa delle labbra. Succhiava mentre i movimenti delle dita trovavano un proprio ritmo.

Amanda soffocò un grido; non voleva svegliare Greg, per evitare che il fratello vagando per la casa la trovasse sul top della cucina con le gambe spalancate, in compagnia dello sbirro del paese che si stava praticamente cibando di lei.

Quei pensieri evaporarono nell'istante in cui Max si rialzò e, sul clitoride, il pollice diede il cambio alla lingua. Max, però, si fermò a mezza via, agganciando un capezzolo con le labbra e usando la mano libera per occuparsi dell'altro seno. Le strizzò il capezzolo, inducendola a inarcare la schiena; i denti, intanto, grattavano sull'altro, alternandosi con la lingua che leniva il dolore da loro provocato.

Dalla bocca di Amanda uscì un piccolo rantolo, seguito

da un lamento basso che segnalava l'innesco dell'orgasmo. Le pareti vaginali cominciarono a contrarsi spasmodicamente intorno alle dita che le percorrevano. Max si irrigidì e smise di muoversi. Alzò la testa e la guardò.

"Oh, cazzo." Fu tutto ciò che disse, poi la baciò e riprese a depredarla, spingendo le dita in profondità, rimettendo in moto il meccanismo del piacere. Sulle labbra di Max, Amanda assaporò i propri umori e stava per venire una seconda volta, quando lui si ritrasse.

In quella che le parve una frazione di secondo, si ritrovò Max davanti, completamente nudo. Un bellissimo stallone bruno. Aveva il pene eretto, duro a tal punto da sembrare in agonia. Una goccia di liquido preseminale ne imperlava la punta. Amanda sentì l'urgenza di leccarla via.

Alzò lo sguardo per incontrare quello di Max, la cui intensità sembrò inchiodarla al top e quasi la spaventò. La paura, tuttavia, svanì quando lui la afferrò per i fianchi e la penetrò in profondità, riempiendola, dilatandola.

Il gemito che lei emise lo indusse a fermarsi, mentre l'eccitazione e l'affanno gli facevano sussultare il petto. Allora fu lei a spingere il bacino contro di lui, bramosa di sentirlo più in fondo, più forte... ma Max la tenne ferma. "No. Non ti muovere... solo per un secondo." Poi digrignò i denti e cominciò a stantuffare, ancora e ancora.

Lei gli avvolse le gambe alla vita. Accoglieva ogni spinta con una spinta, determinata ad appropriarsi di ogni centimetro del sesso di Max.

Le braccia di Max erano piantate sul top, ai lati di Amanda, e tremavano; lui stava lottando con se stesso per non perdere il controllo. La baciò ancora e le loro lingue si aggrovigliarono per qualche istante, prima che Max si ritraesse per riprendere fiato. Gli si irrigidì la mascella, mentre il bacino fremeva a ogni affondo. Ci stava dando dentro, senza alcuna delicatezza: era ciò di cui lui aveva bisogno e non era il momento di essere romantici. Niente smanceria. Solo la voglia. Solo la necessità.

Amanda inarcò la schiena, abbandonandosi al secondo orgasmo, e gli affondò i denti nella spalla per reprimere le grida di piacere.

Le patine di sudore che ricoprivano i loro corpi si fusero. Lui alzò le mani e la afferrò i capelli, tirandole bruscamente indietro la testa per garantirsi l'accesso al collo; lo morse, senza provocarle lesioni, ma abbastanza forte da innescare un brivido che finì giù, nei muscoli della vagina, che gli si strinsero intorno più di quanto già non stessero facendo.

Amanda gemette... non si rendeva conto di cosa le stesse succedendo, né del fatto che il corpo di Max si fosse irrigidito e che lui stesse venendo dentro di lei. Il corpo di Amanda lo prosciugò. Le crollò addosso, il viso sepolto nel collo.

Entrambi erano senza fiato e Amanda sentiva il cuore di Max batterle contro.

Max tirò su le mani e intrecciò le proprie dita a quelle di Amanda. Era ancora dentro di lei e l'erezione quasi la teneva in posizione sul top. Le diede un fuggevole bacio sul collo, dove posava ancora il capo.

Amanda non era in grado di muoversi. Non che sentisse il bisogno di farlo... Sentiva ancora dentro di sé l'erezione di Max premerle sulle pareti vaginali. Non voleva perdere quel contatto intimo. Non ancora, almeno.

Dopo averle preso le mani, anche Max era rimasto praticamente immobile. A un certo punto alzò la testa e la guardò negli occhi. Amanda avrebbe voluto sentirgli dire parole profonde, toccanti... per esempio che era innamorato di lei, che non voleva più starle lontano. Qualsiasi cosa!

"Oh, cazzo." Le sfiorò le labbra con le proprie. "È stato fottutamente incredibile."

D'accordo, forse non proprio *qualsiasi* cosa. Se anche lei era incline a considerarlo sesso occasionale, perché mai il commento di Max la indispettiva tanto? Amanda si scostò leggermente, al che Max si tolse da lei e drizzò la schiena, poi le porse una mano per aiutarla ad alzarsi. Lei si mise seduta più comodamente sul top, nuda nata, e guardò l'uomo a cui si era appena data.

Gli fece il verso. "Già, fottutamente incredibile."

Max le scostò dal viso i riccioli umidi e scompigliati, sistemandole una ciocca dietro l'orecchio. Le percorse il mento con il pollice, poi la baciò ancora.

Tutto d'un tratto, le luci della cucina le parvero accecanti. Provò imbarazzo. O almeno, si sentì in dovere di provarlo: era completamente nuda sul top della cucina, reduce da un amplesso furioso con uno sbirro.

Cacchio. Scese dal top con un saltino e cominciò a raccogliere i propri vestiti. Si fece un appunto mentale: l'indomani avrebbe dovuto pulire il ripiano con la candeggina.

Accidenti, avrebbe fatto bene a comprarne uno nuovo.

"Amanda, vuoi uscire con me?"

Lei restò di sasso e lo guardò incredula. "Cosa?"

Max si stava rivestendo, si era appena abbottonato i jeans. Il petto nudo luccicava ancora di sudore. La peluria scura circondava l'ombelico per poi scendere e sparire oltre la cintura. Un gran bel bocconcino.

Cacchio. Smettila. Erano stati pensieri del genere a metterla nei pasticci, la prima volta che lo aveva visto.

"Dico davvero, mi piacerebbe uscire con te." Max si chinò per raccogliere la camicia. "Tipo... un appuntamento."

Un attimo. Le stava chiedendo un appuntamento? Quindi... il loro rapporto non si riduceva a fare sesso occasionalmente, come avevano pianificato di comune accordo?

Un vero appuntamento. In pubblico? Al diavolo l'essere scoperti dalla madre?

Al diavolo. Cosa poteva importare ad Amanda della madre di Max, in quel momento?

Mentre Max si rimetteva la camicia, l'attenzione di Amanda fu piuttosto catturata dal flessuoso bicipite su cui campeggiava il tatuaggio con il motto dei Marines, *semper fidelis.* Quando la visione sparì, lei rispose: "Non sono certa di potermi fidare abbastanza di te. Se usciamo insieme potresti cercare di approfittarti di me."

Max fece una risatina sommessa, che intenerì Amanda. Una delle espressioni preferite di Greg le balenò nella mente: *gnam gnam.* Max le faceva venire l'acquolina in bocca.

"Senti... Puoi portare anche Greg. Passeremo una bella serata." La prese per i fianchi e la strinse a sé, poi appoggiò la testa alla sua e la diede un bacio casto sulle labbra. Il bacio si fece più appassionato, poi Max si tirò indietro. "Passo a prendervi domani sera. Dimmi di sì."

No, no, no.

"Sì."

Capitolo dieci

Max noleggiò pattini classici per Greg e rollerblades per sé e Amanda. Lei continuava a guardarlo con la coda dell'occhio. Meno male che la sera prima era andata in un bar per cercare di levarselo dalla testa... Il piano che lei stessa aveva concepito le si era ritorto contro, per quanto la nottata avesse avuto anche un lato positivo di una certa importanza. Al momento, sul tabellone campeggiava la scritta *Tutti in pista* e un sacco di gente pattinava intorno a loro. Max aveva portato Greg al centro della pista, dove la situazione era un po' più tranquilla, e gli stava insegnando a mantenere l'equilibrio. Greg trascinava i piedi, aggrappato con entrambe le mani al braccio teso di Max. Aveva stampato sul viso un sorrisone a trentadue denti. Adorava quando Max si dedicava completamente a lui.

Uff... Almeno *qualcuno* stava catalizzando l'attenzione dello sbirro.

Amanda, nel frattempo, stava morendo di noia, tra un giro in tondo e l'altro. Avrebbe di gran lunga preferito pattinare sul lungomare della Florida, per esempio a Miami Beach, dove c'erano il sole e lo spasso.

Nel posto dimenticato da Dio dove si trovava, invece, non c'era *né* l'uno *né* l'altro. D'accordo, forse Amanda era un po' troppo severa...

Si allontanò dal centro della pista, decisa a osservare i giovani di Manning Grove che schettinavano e socializzavano. Non si capacitava del fatto che tutti sembrassero apprezzare quella musica. Ad Amanda pareva una vera e propria lagna.

Un ragazzo che doveva avere più o meno l'età di Greg la puntò, per poi fermarsi in derapata a pochi centimetri da lei, in un chiaro tentativo di stupirla. "Ciao!"

"Ciao," ricambiò lei, scrutando l'enorme sorriso del ragazzo.

Lui la radiografò con aria scaltra, poi si batté il pugno sul petto. "Io sono Toby."

Era giovane ma piuttosto carino, anche se sprizzava immaturità da tutti i pori. Ricordò ad Amanda un focoso ispanico che aveva lasciato a Miami.

Lei si rese conto che Toby era rimasto in attesa di un cenno di riscontro. "Oh, io sono Amanda."

Le luci della pista si abbassarono e dagli altoparlanti antidiluviani risuonò una melodia melensa. La scritta sul cartellone cambiò: *Solo coppie.*

"Ti va?"

Amanda guardò la mano che Toby le aveva porto e si sforzò di trattenere una risata. Nello stesso momento, tuttavia, le venne la pelle d'oca: era finita nel mirino di uno sguardo blu ghiaccio, sull'altro lato della pista.

Le rimbalzò in testa l'immagine dell'agente Bryson che a più riprese si raccomandava che lei stesse "alla larga dai guai". Per la prima volta, decise di dare ascolto a quell'avvertimento.

"No, grazie."

"Sei carina."

Amanda roteò gli occhi. *Santo cielo*, le uscite di Toby erano al livello della musica. "Grazie."

"Sei nuova di qui." Era più un'affermazione che una domanda, perciò Amanda non si preoccupò di rispondere. "Hai un ragazzo?"

Amanda aprì la bocca per dirgli di no, o per informarlo che non era in cerca di un ragazzo, o per fargli notare che lì intorno c'erano un sacco di belle ragazze giovani come lui... ma non ne ebbe l'occasione.

Successe invece che Toby sbottò in un *uff*, nel momento in cui Max lo urtò "accidentalmente".

"Oh, scusami, Toby. Tutto bene?"

Toby sembrava leggermente irritato, ma quando alzò lo sguardo e riconobbe l'omone che gli era finito addosso, disse con vaga riluttanza: "Sissignore."

"Ti dispiace se faccio un giro con la mia amica?"

"No, faccia pure, agente Bryson... sempre che ad Amanda non dispiaccia."

Smidollato.

Max allungò un braccio, la prese per mano e se la portò via. "Nah, non le dispiace."

Non appena si furono allontanati di qualche metro, Max le chiese: "Ti fai dei nuovi amici."

"Sì."

"Toby è un po' acerbo."

"Quindi?"

"Immagino che dopo la scorsa notte tu preferisca un uomo a un ragazzino."

Amanda roteò gli occhi, assicurandosi che lui non si perdesse l'espressione. "Certo, *se* ne conoscessi uno." Poi si guardò intorno. "Dov'è Greg?"

"Gli ho dato qualche spicciolo, è nella sala giochi."

"Oh." Fecero un altro giro, immersi nei riflessi colorati con cui la strobosfera punteggiava la pista e i muri. "È meglio che andiamo da lui."

"È in buone mani, ci sono Dunn e la sorellina a tenergli compagnia."

Si concessero altri due giri completi, che fecero restando in silenzio. Le dita calde di Max si intrecciavano alle sue, il che non sarebbe stato nulla di che, se Max, strisciandole il pollice sul dorso della mano, non le avesse innescato brividi di piacere lungo la schiena.

Max la condusse in un angolo poco illuminato della pista e la guardò intensamente negli occhi.

Doveva essere impazzito. Completamente, ufficialmente impazzito.

E la causa era Amanda.

Si era trasformato in un bastardo geloso. Ogni volta che un uomo parlava ad Amanda, la toccava o anche solo ne incrociava lo sguardo, Max si abbruttiva, diventava una specie di cavernicolo.

Non era da lui. In vita sua, non era mai stato tanto possessivo con una donna. Max era un buon partito. Ne era consapevole e sua madre glielo ricordava spesso. Era un uomo rispettato a Manning Grove. Un bravo poliziotto. Aveva qualche soldo da parte ed era di bell'aspetto. Poteva scegliersi qualsiasi donna single della città. Beh, quasi.

Max, però, non voleva "qualsiasi" donna.

Voleva Amanda.

Le scostò qualche ciocca ribelle dal viso e le passò un pollice sulla carnosità del labbro inferiore.

Quella donna gli stava facendo perdere il senno. Gli stava causando un eccesso di testosterone. La lingua di Amanda spuntò dalle labbra per leccargli il pollice, al che lui sentì una piccola scossa all'inguine.

Le disse con voce incerta: "So che siamo solo al primo appuntamento, ma... posso avere un bacio?"

Lei spalancò gli occhi, poi li socchiuse per scrutargli il viso. "Non so. Non vorrei passare per una facile."

Lui ridacchiò. "Troppo tardi."

Anziché accettare la battuta passivamente, Amanda schettinò all'indietro, aumentando lo spazio che li separava. Si piantò le mani sui fianchi. "Mmmh... Mi sa che d'ora in poi dovrò essere più dura con te."

Max cercò di avvicinarsi, ma lei scivolò ancora più indietro. "Non so se tu puoi essere più dura... ma io sono già bello duro."

Le luci si riaccesero e la melodia melensa sfumò in una vecchia hit da discoteca. Amanda si voltò e pattinò via, gettandosi la chioma oltre le spalle con gesto repentino e lanciando a Max un'occhiata di sbieco. Quello sguardo conteneva una promessa. Le labbra le si curvarono in un sorriso e gli fece l'occhiolino. Max si diede una spinta sfruttando il vicino muro e si mise all'inseguimento.

Quando la raggiunse sull'altro lato della pista, le posò una mano sul fianco e roteò dietro di lei. Amanda gli spinse contro il sedere, dondolandolo al ritmo di *Love to Love You, Baby* di Donna Summer.

Poi portò le mani dietro al collo di Max, spingendo in fuori i seni mentre cominciava a canticchiare il pezzo. Gli si rigirò tra le braccia, gli rimise le mani dietro al collo e fece un'espressione da orgasmo cantando l'ultimo "Uh, love to love you, baby".

Dannazione. Era ora di andare. *Subito.* Nonostante Amanda fosse stonata come una campana, a Max era venuto durissimo; ce l'aveva tutto costipato nelle mutande e quella pista di pattinaggio era l'ultimo posto dove poteva occuparsi della furente erezione.

"Alziamo i tacchi, subito. Andiamo a prendere Greg."

"È per qualcosa che ho detto?" gli chiese con aria improvvisamente innocente.

"Eh, sì... e mi aspetto che tu mi ridica la stessa cosa fra un po'." *Basta che non canti.*

Recuperarono Greg, riconsegnarono i pattini e venti minuti più tardi erano a casa.

MAX ASPETTÒ DI SOTTO, in soggiorno, mentre Amanda aiutò Greg a mettersi il pigiama e gli accese la TV in camera da letto. Dal piano terra si sentiva solo il chiacchiericcio basso della TV. Max aspettò. E aspettò.

Che fosse il caso di andarsene? Che Amanda lo avesse solo preso in giro, quando alla pista di pattinaggio lo aveva stuzzicato? Lì, in piedi nel soggiorno, si sentiva uno sciocco, un illuso. Si voltò per andarsene, ma un rumore di passi proveniente dalle scale lo indusse a fermarsi.

La vista di Amanda che scendeva gli scalini avvolta in una vestaglia spessa e démodé lo colse impreparato.

"Ma che..."

"Sssh." Lei lo prese per mano e lo trascinò verso il garage. "Vieni con me senza fiatare."

Lui inarcò le sopracciglia ma si lasciò tirare in garage da Amanda, che poi richiuse la porta dietro di loro. Tirò entrambi i catenacci chiuse a chiave. Erano bloccati lì dentro.

"Cosa..."

"Sssh." Lo portò verso il retro della Buick e aprì lo sportello di dietro. "Entra."

"Ma..."

"Sssh. Entra."

Gli lasciò la mano e si sedette anche lei, poi gli passò oltre e richiuse la portiera.

Si voltò verso di lui, di modo che a separare i loro visi non ci fossero che pochi centimetri. "Adesso..."

"Adesso..."

"Adesso chiudiamo la bocca tutti e due, visto che parlare non è il nostro forte, e tu finisci quello che hai cominciato qui la sera di Natale."

Anche nella semioscurità in cui erano, Max riusciva a vedere il sorriso birichino di Amanda. *Dannazione.* Lei non faceva che stupirlo.

Che ragazza impertinente... La adorava.

Max trattenne un sorriso e le chiese: "Ti ricordi cosa ti stavo facendo quella sera?"

"Sssh. Niente chiacchiere. Non fotterti quest'occasione."

"Vuoi che fotta solo te?"

Lui le prese il viso tra le mani, le inclinò la testa e la tirò un po' più vicino a sé. Si chinò per baciarla e si mise a succhiarle il labbro inferiore. Le lingue si aggrovigliarono e Amanda gli afferrò i bicipiti. Lui irrigidì i muscoli e si fece indietro quel tanto che gli bastava per sfilarsi dalla testa la maglietta a maniche lunghe.

La reazione di Amanda non gli sfuggì. Lei lo voleva. Quella consapevolezza gli elo fece venire duro e anche i testicoli si rassodarono. Lui la voleva altrettanto; anzi, la voleva ancora di più.

"Amanda..."

Lei lo mise a tacere sigillandogli le labbra con un dito, costringendolo a ingurgitare le parole prima che uscissero.

Già. Niente chiacchiere. Solo azione. Che ragazzina prepotente...

Max si mosse in modo da poterle succhiare il lobo,

mentre con lingua giocherellava con l'orecchino. Poi cominciò a mordicchiarle la pelle sensibile dietro l'orecchio. Scese al collo, scostò il tessuto della vestaglia e addentò delicatamente la clavicola. Con le mani trovò la cinta dell'indumento e la slegò. Voleva vedere cosa Amanda indossasse sotto.

Lei diede un colpetto di spalle per far scendere la vestaglia e mostrò a Max di non avere un bel niente sotto: era completamente nuda. Solo pelle, carne e i suoi epici seni.

Erano perfetti, con i capezzoli già turgidi circondati da morbida pelle. Li prese entrambi e roteò i pollici sulle areole. Un giro, poi un altro. Amanda chiuse gli occhi e inarcò la schiena, al che lui si gettò con la bocca su un capezzolo, succhiandolo forte. Quando lei si lasciò scappare un gemito, l'uccello di Max tentò una giravolta, ma i jeans erano troppo stretti: una prigione da cui Max doveva farlo evadere al più presto.

Se li sbottonò, ma prima che potesse procedere con l'operazione, le mani di Amanda glielo impedirono, perciò lui tornò alla "contemplazione" dei seni, carezzando, pizzicando e girando i capezzoli mentre lei si preoccupava di abbassare la cerniera.

"Togliteli." Quell'ordine gli arrivò affannato e lui alzò lo sguardo verso di lei. Amanda aveva gli occhi semichiusi, assenti, e le labbra appena dischiuse. "Sbrigati."

Lui si fece da parte, sollevò il bacino e si occupò dei jeans in fretta e furia: scalciò via scarpe e calzini e li sfilò completamente. L'uccello era libero. E pulsante. Se lo stava per accarezzare, ma Amanda lo batté sul tempo: lo afferrò e strinse delicatamente, rimuovendo con il pollice una goccia di liquido seminale che era affiorata dalla punta.

Cazzo. Cazzo! Max si sentiva come un diciottenne senza esperienza, sul punto di venire da un momento all'altro.

Non sarebbe successo. Niente affatto.

D'altronde, quello era il potere che Amanda aveva su di lui. Max doveva mantenere il controllo anche per evitare che lei rimpiangesse la decisione di farsi avanti in quel modo.

"Ce l'ho durissimo."

Amanda si chinò e ne sfiorò la punta con le labbra, prima di lanciare a Max un'occhiata fuggevole e maligna.

Che razza di strega!

Lo prese nella bocca calda e umida. Max gemette. Aveva il respiro accelerato, si sforzò di deglutire mentre la lingua di Amanda vorticava intorno al glande. Lo stava provocando. Poi lo prese tutto in bocca, andando su e giù più volte.

Max avrebbe voluto darle piacere. Toccarla. Baciarla. Eppure era come pietrificato. Non riusciva a muoversi. Bisognava che lei smettesse... quanto prima... Subito!

Con un lamento, lui si sottrasse, interrompendo il contatto fisico.

Le fu sopra con un balzo e la spinse in basso con il petto finché lei non fu sdraiata lungo il sedile. Le prese le ginocchia e le allargò le gambe, per quanto lo spazio angusto dell'abitacolo gli consentisse di farlo. Poi tuffò il viso nel sesso caldo e bagnato di Amanda.

A quel punto stava ad Amanda urlare, mentre Max le succhiava il clitoride e la saettava con la lingua. Aveva un sapore delizioso. Mentre le alzava il bacino, infilò dentro due dita e subito sentì la stretta dei muscoli interni. Continuò a leccare e a succhiare laddove la carne era più morbida, mentre le gli cavalcava freneticamente le dita. Amanda rovesciò indietro la testa, curvando tutto il corpo. Gridò: "Vengo!"

Il calore e l'umidità aumentarono mentre lei gli fremeva intorno alle dita. Prima che potesse riprendere fiato, lui cambiò ancora posizione ed entrò in lei. Era stretta ma bagnata. Bagnatissima. Il corpo di Amanda lo accolse, seguendo gli affondi. Le oscillazioni dei loro bacini erano speculari. I loro corpi sembravano combaciare.

Max digrignò i denti nel tentativo di non perdere il controllo. Voleva prolungare il piacere il più possibile. Lo tirò fuori e dalla bocca di Amanda fuoriuscì una specie di piccolo vagito.

Lui si mise seduto e tirò Amanda a sé finché lei non gli fu sopra a cavalcioni. la guardò in faccia e vide il desiderio in purezza. Una goccia di sudore rotolò sul seno e lui la catturò con le labbra.

Le sorreggeva con forza il bacino, di modo che lei non si abbassasse. Non ancora. Lei cercò di opporsi a quello che doveva sembrarle una crudele attesa.

Max le succhiò prima un capezzolo, poi l'altro, sempre tenendola sospesa su di sé. Mentre Amanda si dimenava, una chiazza rossa le apparve sul petto. Max diede un altro morso ai capezzoli, poi la lasciò cadere. Lei scivolò lungo l'erezione, poi rimase ferma, con la testa appoggiata al torace di Max, respirandogli affannosamente contro la pelle.

L'uccello era completamente dentro. Max non osava muoversi. Era sull'orlo dell'orgasmo.

Lei mosse il bacino quasi impercettibilmente.

Amanda stava giocando con il fuoco.

In quel momento, a cavalcioni sopra di lui, era lei ad avere il comando. Non che la cosa a Max dispiacesse. Le diede una sculacciata e lei cominciò a muoversi. Lo cavalcava con vigore.

Lui la sentiva prossima all'orgasmo, le pareti della vagina stavano contraendosi. I piccoli gemiti di Amanda lo mandavano in estasi, gli facevano voglia di spingere in su ancora più forte, fino a venire.

Chiuse gli occhi e cercò di respirare più lentamente. Sentiva il sudore rigargli la fronte. Era arrivato, davvero arrivato. Aveva l'uccello talmente duro da fargli quasi male. Anche i testicoli si erano induriti, erano pronti a rilasciare il seme.

Amanda si irrigidì e urlò. La passera pulsava intorno all'uccello e quella sensazione bastò perché anche Max cedesse. Si lasciò andare, unendosi all'urlo di Amanda e affondando in lei un'ultima volta.

Crollarono l'uno tra le braccia dell'altra, al solo suono dei loro respiri pesanti e tremanti.

Appena ebbe ripreso un minimo di fiato, Max la chiamò: "Amanda..."

Lei aveva gli occhi chiusi e gli giaceva sfinita in grembo; gli sigillò le labbra con un dito.

"No. Non fotterti quest'occasione."

TEDDY ALZÒ lo sguardo dalla spazzola che stava pulendo e vide Amanda entrare nel centro estetico. "Ciao, amica. Avanti, vieni qui e appoggia quel culetto d'oro sulla poltrona."

Si avvicinò alla postazione shampoo e si lasciò cadere sul cuscino in finta pelle. Roteò sulla poltrona in modo da potersi guardare allo specchio. Il suo aspetto non era cambiato, vero?

Teddy le si avvicinò da dietro e con gesto automatico le coprì il corpo con la mantellina di plastica e gliela legò dietro al collo. I loro sguardi si incontrarono nello specchio.

"Sei un po' troppo silenziosa." Teddy si morse il labbro inferiore e ad Amanda parve di sentire il rumore degli ingranaggi che si muovevano nella testa dell'amico.

Cacchio.

"Ok, vuota il sacco. Che ti è successo?"

"Niente." Cercò di distrarlo. "Dammi solo una spuntatina."

Teddy rigirò la sedia, bloccandola poi bruscamente con il piede quando poté guardare in faccia Amanda. L'improvvisa fermata le fece scrocchiare il collo.

"Nah. Nessuna spuntatina finché non sento qualche sconceria."

"Non è successo *niente*." Amanda calcò sull'ultima parola.

"*Mmmh...* ragazza mia, *qualcosa* c'è..."

"Ma chi sei? Il nuovo detective del Dipartimento di polizia di Manning Grove?" La voce di Amanda scemò sul finire della frase, quando lei si accorse che gli aveva appena fornito un indizio.

Teddy spalancò gli occhi e aprì le labbra in una grande O. "Non l'avrai fatto sul serio..."

Al gridolino stridulo di Teddy, Amanda fece una smorfia.

"No, non puoi averlo fatto!" Rigirò la poltrona e la reclinò e in un batter d'occhi si mise a lavarle i capelli. "Voglio sapere tutti i dettagli."

"No."

"Per favore?"

"No."

"Si tratta di Bryson lo stallone, vero?"

Amanda avrebbe voluto ignorarlo, ma non poteva: aveva la testa a mollo in un lavandino e la faccia di Teddy gravitava a quindici centimetri dalla sua. Lui la fissava. Era un dannato interrogatorio.

Teddy le sciacquò i capelli, poi sospirò con lo sguardo trasognato. "Ci ho preso! *Mmm. Mmm. Mmm.*" Le tirò su la testa senza troppa grazia e le strofinò bene la testa con un asciugamano. "Stiamo parlando di Max 'sono così sexy che quando cammino si voltano anche le vecchiette' Bryson?"

"Teddy!"

"Eddai, fa' contento un povero ragazzo solo soletto." Sghignazzò alle sue stesse parole. "È stato bello?"

"È stato grandioso," ammise lei.

"E allora di che ti lamenti? Perché invece non fai i salti di gioia?"

"Non lo so."

"Hai fatto del sesso fantastico... perché scommetto che è stato fantastico: non dire bugie... e te ne stai lì mogia mogia?"

"È una faccenda più complicata di quanto non sembri."

Teddy si portò una mano alla bocca per celare una reazione da melodramma. "Oddio." Teddy girò ancora la sedia e si chinò per guardarla dritta negli occhi. "Eh, sì. Ti sei innamorata."

Amanda sbiancò. Amore? No. Lussuria, forse. Del buon sesso. Tutto lì.

"È difficile chiamarlo amore, Teddy. Cavolo, ufficialmente siamo usciti insieme una sola volta... e c'era Greg con noi."

"Eppure vi siete conosciuti carnalmente, giusto? Non dirmi di no."

Suo malgrado e con le guance arrossatissime, Amanda annuì.

"Ooooh... Quindi? Sesso scatenato e rovente? Sono davvero invidioso."

"Se devo essere sincera, però, c'è qualcosa che non mi torna. Un momento vogliamo saltarci addosso l'un l'altra e il momento dopo... A volte Max non fa che confondermi le idee. Il problema è che lui ficca sempre il naso nei miei affari e non è quello che cerco in un uomo. Lo faceva anche mia madre e ne ho avuto abbastanza."

"Tesoro, Max è uno sbirro, per forza è dispotico e ha

manie di controllo. Sai come si dice: il confine tra amore e odio è sottile."

Quel confine era la fune su cui lei e Max stavano camminando. Un passo falso e...

"Quindi... Ti sei divertita l'altra sera da Pete il Matto? O il posto ti ha deluso? Dovremmo aprire un grande locale gay dove ci si possa scatenare, con musica vera, la pista da ballo, le luci... Ooooh, che ideona. Vedrai quanti compaesani faranno outing. Tu potresti stare al bar e..."

Teddy continuò a parlare a macchinetta, muovendo le labbra sempre più velocemente. Amanda non aveva idea di cosa le stesse dicendo.

Capitolo undici

AMANDA SI SVEGLIÒ e si sgranchì gambe e braccia. Era giovedì, uno dei giorni in cui Greg non andava al centro diurno di assistenza per adulti. Le venne in mente il preparato per pancake che aveva acquistato qualche giorno prima insieme alle fragole fresche. Sarebbe stato il suo primo tentativo con i pancake; quelli riscaldabili al microonde non contavano.

Si spazzolò i lunghi capelli, cercando di lisciare con le dita le parti più ribelli. Dopo cinque minuti, ci rinunciò e gettò la spazzola nel lavandino; se ne sarebbe occupata dopo essersi fatta uno shampoo. Si raddrizzò i pantaloni del pigiama a strisce rosa e si accertò che la striminzita canottiera bianca coprisse tutti i punti chiave, poi si avviò lungo il corridoio in direzione della camera di Greg.

La porta era semiaperta. Le si formò un nodo alla bocca dello stomaco. Aprì completamente la porta. "Greg?"

Emise un lamento e si affrettò a scendere le scale. Caos le venne incontro a metà della rampa. Almeno il cane c'era, il che era un buon segno.

"Caos, dov'è Greg?" Il cane rispose abbaiando. Amanda si lasciò sfuggire un'imprecazione. D'altronde, che si aspettava? Che il cane facesse come Lassie e la portasse da Greg?

Eh sì, cavoli, si aspettava proprio qualcosa del genere.

"Su, Caos... Dov'è Greg?"

Il cane abbaiò ancora e si precipitò giù per le scale, poi girò due volte su se stesso, emise un latrato acuto e trotterellò fino alla porta d'entrata.

Amanda si batté il palmo della mano sulla fronte. Greg era uscito di casa da solo. Ancora.

"È uscito da lì?" chiese conferma al cane. Caos abbaiò e girò su se stesso.

Cacchio! Stava conversando con un cane!

Amanda corse in soggiorno, agguantò il telefono e chiamò il 911.

"Qui polizia. Come possiamo aiutarla?"

"Mio fratello! È scomparso!"

"D'accordo signora, si calmi. Suo fratello è scomparso?"

Non era quello che Amanda aveva appena detto? "Sì!"

"Da quanto tempo?"

"Non lo so. Un'ora?"

Dall'altra parte del cavo ci fu una pausa. "Quanti anni ha suo fratello?"

"Ventidue."

Un'altra pausa. "Signora, suo fratello è adulto... Ci richiami se..."

"Ma lui... lui... non è a posto!" Amanda sbatté il telefono. "Al diavolo!"

Si morse il labbro fino a farlo sanguinare. Cercò di fare mente locale, ma le girava la testa.

Non sarebbe dovuta andare in quel modo. Lei e Greg avrebbero dovuto essere seduti in cucina a gustarsi una buona colazione a base di pancake e sciroppo d'acero.

Prese le chiavi della macchina dal gancio a cui erano appese.

Doveva trovare Greg da sola.

"Andiamo, amico!"

I LAMPEGGIANTI della volante apparvero dietro la Buick, illuminando l'abitacolo ed evocando in Amanda immagini di balere di terz'ordine.

Imprecò e sbatté la mano sul volante. Proprio quello che ci voleva.

Abbassò il finestrino e presto apparve la testa di Max. Amanda ebbe un déjà vu.

"Amanda. Che diavolo stai combinando? Sei passata con il semaforo rosso. Di questo passo ti ammazzerai."

"Beh, forse questo è l'unico modo per farsi aiutare dagli sbirri!"

"Cosa?"

"Ho chiamato la polizia, ma mi hanno ignorata."

"Cos'è successo?"

"Greg è scomparso."

"Oh, cazzo. Ancora?"

Ancora? Sì, ancora. Amanda aveva fallito ancora una volta. Aveva dimostrato a se stessa e a Max Bryson di essere un'irresponsabile. Ancora.

Stringendo le mani sul volante, si morse il labbro per trattenere i singhiozzi che cercavano disperatamente di uscirle dalla bocca. "Mi dispiace tanto." Chiuse gli occhi.

"Non è con me che ti devi scusare." Accese la radio fissata alla spalla e diede al centralino la descrizione di Greg. "Ora torna a casa. Devi essere lì, nel caso lui torni. Chiamami, se lo fa. Intanto io e i ragazzi lo cerchiamo in giro."

Max allungò una mano e le passò un pollice sulla guancia, rimuovendo una lacrima solitaria. Parlò con voce bassa e morbida. "Andrà tutto bene."

Il tono era davvero convincente.

Amanda non tornò a casa. Non poteva.

Non avrebbe fatto altro che starsene seduta in preda alla preoccupazione. Dopo che Max se ne fu andato, fece un altro giro per la città. Poi parcheggiò, Caos le girava intorno, scortandola lungo i marciapiedi. Andò alla chiesa sulla Quinta Strada, ma Greg non c'era.

Si sedette sulla gradinata che portava al sagrato e il freddo che saliva dalla pietra sembrava raggiungerle le ossa. Cominciò a tremare incontrollabilmente. Avrebbe dovuto mettersi la giacca. E le scarpe. Se ne andava in giro in pieno inverno con indosso nient'altro che il pigiama. Cosa le passava per la testa?

Niente! Ecco qual era il problema. Eppure doveva rimanere lucida.

Con ogni probabilità, Greg stava cercando la propria madre. Anche se non era in chiesa. Allora dove poteva essere? Amanda doveva spremersi le meningi!

L'ultima volta che Greg aveva visto la madre era stata in chiesa.

Amanda raddrizzò la schiena. In realtà, no. L'ultima volta che l'aveva vista era stata... al cimitero! A tre isolati da lì.

Si alzò di scatto e cominciò a correre, incurante del cane che si era messo a mordicchiarle i talloni e dell'asfalto su cui battevano i piedi scalzi. Corse finché non vide il cimitero.

Finché non le vide.

Due volanti con i lampeggianti accesi, parcheggiate l'una di fronte all'altra. Una aveva lo sportello del posto di guida aperto. Entrambe erano vuote.

Amanda provò un enorme sollievo nel vedere i visi familiari di due uomini con le spalle larghe e i giacconi blu scuro; tra loro c'era Greg e i tre stavano parlando pochi metri oltre il cancello del cimitero.

Greg era sano e salvo. Rinfrancata, Amanda lo chiamò. Tutti e tre si voltarono verso di lei.

Improvvisamente, si rese conto che doveva avere un aspetto ridicolo. Indossava ancora i pantaloni del pigiama a righe rosa e la canottiera bianca. Sopra non aveva nulla, nonostante il freddo. Ed era scalza! Si fermò sul marciapiede, guardando i tre sull'altro lato della strada.

Greg vide Caos e il border collie, riconoscendo il padrone, drizzò le orecchie e cominciò ad abbaiare. Con gesto automatico, Greg si batté la mano sulla coscia, sul volto un sorriso sempre più grande. Caos reagì spalancando gli occhi verso di lui.

Amanda non avrebbe mai dimenticato quella scena, le sarebbe per sempre rimasta impressa nella memoria.

Un clacson. Uno strillo. Un tonfo.

Un orribile tonfo.

Suoni che Amanda non avrebbe più voluto sentire.

"Caos!" L'orrore la travolse, lasciandola come pietrificata. Scosse la testa, le sembrava che tutto si muovesse al ralenti. Emise un urlo muto, la voce incapace di prendere forma.

Mentre scendeva dal marciapiede, riuscì a malapena a sentire il fragore di un altro clacson. Improvvisamente, avvertì la presa di braccia grosse e forti. La strinsero tanto da indurla a ribellarsi violentemente contro quel vincolo. Udì le proprie grida isteriche: "No! No! No! Caos!"

Percepì il viso di Max contro il proprio, poi lui le sussurrò all'orecchio parole di conforto. Lei, però, non riusciva a sentirlo, né a vederlo. Tutto ciò che vedeva era il cane bianco e nero, disteso senza vita in mezzo alla strada, la voluminosa coda immobile.

Amanda alzò lo sguardo. Marc stava trattenendo Greg. L'espressione sul viso del fratello le diede il voltastomaco. Amanda si dimenò tra le braccia di Max, il corpo mosso da conati a secco.

Pur conoscendo la risposta, chiese con la voce roca: "Greg sta bene?"

Intorno a loro, si stava formando una piccola folla. Qualcuno raccolse Caos, avvolgendone il corpo in un telo marrone. Poi tutto sfumò nel nero.

AMANDA SENTÌ un lieve tocco di dita sulla guancia. Non voleva aprire gli occhi. Non era pronta per affrontare ciò che era successo. Non ancora. Se teneva gli occhi chiusi ancora per qualche minuto...

"Amanda? Amanda, svegliati."

Il freddo dell'asfalto era insopportabile, le penetrava fin dentro le ossa delle gambe. Max era accovacciato vicino a lei, le sorreggeva il busto e il calore del suo corpo la riscaldava.

Le batté ancora con le dita sulla guancia.

Il fiato di Max le riscaldò l'orecchio. "Dannazione, Amanda. Lo so che sei rinvenuta. Apri gli occhi... o dovrò tirare fuori i sali per rianimarti."

Lei obbedì e riaprì gli occhi, mettendo al contempo il broncio. Era sdraiata sul marciapiede, nell'esatto punto in cui era svenuta. Il corpo di Max le impediva di vedere la strada.

"Greg?"

"Marc lo porterà dai miei genitori. Mia madre si prenderà cura di lui."

Mary Ann. Cos'avrebbe fatto Amanda se non ci fosse stata lei?

"Riesci a reggerti in piedi?"

Amanda annuì. "Credo di sì."

Max la prese da sotto le braccia e la aiutò a rialzarsi. La avvolse in una coperta isotermica. Lei cercò di guardarsi intorno, allora lui la fermò tenendole le spalle, poi le alzò il mento con una mano. La guardò negli occhi, come per scrutarle l'anima. Amanda si incrociò le braccia sullo stomaco e premette contro il vuoto che sentiva dentro.

"Sei in grado di guidare?" le chiede Max.

Lei rimase in silenzio, ma annuì.

"Sei sicura?"

"Non sono sicura di nulla, ora come ora."

"Torna a casa e resta lì finché non arrivo io. Noi ci occuperemo di Caos." La tenne ferma. "E... Amanda?"

Lei lo fissò assente.

"Stavolta ascoltami: torna a casa."

Lei chiuse gli occhi per un istante e dopo aver annuito debolmente ancora una volta, s'incamminò verso la Buick, rimasta a tre isolati di distanza. Si strinse la coperta intorno alle spalle tremanti e si rifiutò di voltarsi indietro.

MAX GUARDÒ AMANDA ALLONTANARSI. Camminava scattosamente, come se provasse dolore a ogni passo. Era scalza. Era gennaio.

Sciocchina.

Avrebbe dovuto offrirle un passaggio fino all'auto, ma in quel momento Max si sentiva tutto fuorché generoso.

D'altronde, Amanda non era l'unica a stare male. Max pensò a Greg, che doveva essere fuori di sé: aveva quasi visto morire davanti ai propri occhi il suo fido compagno. Non sarebbe dovuto succedere in quel modo.

Anzi, non sarebbe dovuto succedere e basta.

Greg era andato al cimitero in cerca della madre, perché

non riusciva a comprenderne la scomparsa… e mentre era lì, il suo compagno era stato gravemente ferito; anzi, era quasi rimasto ucciso. Max si chiese se Greg fosse in grado anche solo di comprendere la morte, la fine di una vita.

Forse la madre di Max sarebbe riuscita ad alleviare il dolore del ragazzo, a calmarlo, a distoglierlo dal pensiero della tragedia che si era appena consumata.

Amanda, nello stato in cui si trovava, non poteva essere d'aiuto al fratello.

Dannazione.

Dannazione! Come poteva essere stata tanto sciocca?

Lui le aveva detto di *tornare a casa e aspettare*.

Max attraversò la strada e raggiunse Marc, che cercava di tenere fermo un Greg frenetico. Marc riuscì a far sedere il giovane sulla volante, poi disse a Max che Dunn aveva portato Caos al più vicino ospedale veterinario; era partito con codice di emergenza tre e le sirene spiegate, mentre Max stava cercando di far rinvenire Amanda.

Con un cenno del capo e lo sguardo assente, Max salutò Marc, che avrebbe portato Greg a casa dei genitori. Lasciò andare anche l'autista del veicolo che aveva quasi investito Amanda.

La donna che aveva colpito il povero animale era in piedi fuori dalla propria auto, chiaramente scossa. Max prese le sue generalità e si accertò che non fosse ferita e che non ci fossero danni al veicolo. Le disse che avrebbe steso il verbale dell'incidente e si scusò per l'accaduto con voce cava e legnosa.

Seguì meccanicamente la procedura, ma per tutto il tempo si sentì come se avesse un attizzatoio rovente puntato alla bocca dello stomaco.

L'immagine di Amanda che scendeva dal marciapiede di fronte all'auto in movimento gli era rimasta impressa nella mente.

Avrebbe potuto morire.

Aprì le mani e se le guardò. Stavano ancora tremando. Strinse i pugni per tenere sotto controllo la propria debolezza e sul viso gli prese forma un tetro cipiglio.

***

AMANDA CHIUSE gli occhi e li riaprì, cercando di mantenere un barlume di lucidità.

Era tornata a casa, come Max gli aveva detto di fare. Aveva tirato giù le tendine, per restare al buio. Poi si era raggomitolata nel letto, con gli occhi chiusi, per cercare di isolarsi dal mondo.

Non c'era riuscita.

La salvietta fresca che si era messa sulla fronte si era scaldata. Disgustata, la gettò sul pavimento accanto al letto: nemmeno la salvietta l'aveva aiutata a stare un po' meglio. Quel martellante mal di testa non se ne voleva andare. Pensò che nemmeno un flacone intero di aspirina glielo avrebbe fatto passare.

Amanda sentì qualche lieve colpo alla porta della camera da letto.

Si tirò su mentre Max entrava in camera, riempiendo il piccolo spazio ai piedi del letto con il suo corpo grande e visibilmente teso. L'uniforme gli conferiva un'aria severa e autoritaria. L'espressione sul volto era imperscrutabile.

Amanda si aspettava di scorgervi preoccupazione, forse tristezza. Invece non rivelava nulla.

"Greg?"

"Incolume ma emotivamente distrutto." Le parole gli uscivano stanche.

"Caos?" chiese lei speranzosa.

"Mentre io cercavo di farti rinvenire è arrivato Dunn e

l'ha portato dal veterinario. Le ultime informazioni che ho ricevuto lo davano in condizioni critiche. Sapremo di più dopo che gli avranno fatto i dovuti esami e probabilmente anche un'operazione."

Lei chiuse gli occhi nel tentativo di trattenere le lacrime.

Era una fortuna che Caos non fosse morto sul colpo, ma era in pericolo di vita; Amanda sapeva che il peggio poteva ancora succedere. Per il bene di Greg, si augurò che il fratello non perdesse il suo amato cane a una distanza di tempo tanto breve dalla morte della madre.

"È stata una mossa stupida... stupida! Ti avevo detto di tornare a casa. *Ti avevo detto di tornare a casa e aspettare.*" Nelle sue parole non c'era semplice rabbia; c'era ferimento, dolore e furore. "Ma tu non mi hai dato retta... Sei una ragazzina viziata che pensa di poter fare tutto quello che le passa per la testa. Non devi ascoltare nessuno, vero? Avresti potuto farti ammazzare... e fare ammazzare anche Greg... e di certo hai messo in pericolo la vita di Caos."

"Volevo solo aiutarvi a trovare Greg?" La voce le tremava.

"Quando imparerai? Diventerai mai abbastanza responsabile da preoccuparti di qualcuno che non sia te stessa?"

Quelle parole la ferivano, ma dicevano la verità. Amanda provava vergogna e tristezza. Soprattutto, si sentiva di aver deluso se stessa.

Combatteva la rabbia che le montava dentro. Rabbia rivolta a se stessa. Rabbia rivolta all'uomo che la giudicava dai piedi del letto.

Perse la battaglia.

"Io non ci volevo nemmeno venire in questa città. Rivoglio la mia vita!" Si portò le ginocchia al petto e se le abbracciò. "Mi manca la mia vita di prima. I miei amici. Andare da Starbucks in piena notte, o in spiaggia a ravvivare l'abbronzatura, o andare in taxi a bruciarmi lo stipendio nelle boutique del centro. Ora la mia vita si riduce ad andare ai grandi magazzini. Com'è successo? Come sono finita così? Io non appartengo a questo posto!"

"Pare proprio di no." Quella replica la ferì in profondità.

"Vattene!" gridò lei in modo isterico, sentendo il cervello pulsare come per voler fuoriuscire dal cranio. "Fuori da casa mia, cazzo!"

Il mal di testa continuò a martellare mentre lei guardava Max chiudere gli occhi e tremare. Una serie di emozioni gli si avvicendarono sul viso, poi lui la guardò; gli occhi si erano raddolciti e il corpo si era fatto meno rigido.

"Amanda..."

No. No. No. Non poteva accettare la pietà di Max. Lui si era ammorbidito, ma se Amanda avesse fatto altrettanto, si sarebbe disintegrata in un milione di pezzi.

Aveva bisogno di rimanere sola.

"Vattene e basta," bisbigliò.

E Max se ne andò.

Max scese due scalini alla volta; i vari oggetti che teneva appesi al cinturone gli sbattevano su cosce e fianchi.

Respirava profondamente, aveva le narici dilatate. Stava cercando di controllare le proprie emozioni. *Dannazione*, doveva recuperare anche solo un minimo di controllo su di sé. Era un poliziotto e si doveva confrontare con incidenti come quello davanti al cimitero praticamente ogni giorno. Eppure, quella per lui non era una situazione tipica. C'era di mezzo Amanda. Guardarla rischiare di farsi investire da quell'auto...

Si sentiva come se gli avessero strappato il cuore dal petto.

Attraversò il soggiorno a grandi e pesanti falcate, poi uscì dalla casa. Sbatté la porta, ma restò deluso: anche se l'urto aveva fatto tremare i vetri delle finestre sulla facciata, quello sfogo non gli diede alcuna soddisfazione, non sciolse il nodo che gli si era formato nello stomaco. Si stava dirigendo verso la volante, ma tutto d'un tratto si fermò e invertì il senso di marcia. Raggiunse la scalinata d'ingresso, ma poi si impedì di rientrare nell'abitazione e tornare in camera di Amanda.

Non l'avrebbe fatto. Non avrebbe ceduto.

Serrò la mascella. Amanda aveva bisogno di tempo. Anche lui stesso aveva bisogno di tempo. Entrambi dovevano metabolizzare l'accaduto, ricomporsi.

Strinse i pugni e cominciò a camminare su e giù lungo il vialetto.

Sentì un fruscio e alzò lo sguardo. Nella veranda della casa accanto c'era la signora Myers, appoggiata alla ringhiera. Naturalmente, lo stava osservando comportarsi come uno sciocco.

"Che succede, Max?"

Al diavolo. Non in quel momento. Max digrignò i denti. "Niente, signora Myers. Perché non torna in casa. È freschino qua fuori e non vorrei mai che si ammalasse."

La mani della signora Myers atterrarono sui fianchi grassocci. "C'è sempre scompiglio in quella casa. Da quando la ragazza è arrivata, la situazione non è che peggiorata. Dovrebbero toglierle la custodia di Greg."

Max sospirò. "Amanda ce la sta mettendo tutta, signora Myers."

Era la verità. Amanda faceva del proprio meglio. Non era perfetta. La vita non era tutta ordine e pulizia. I problemi ci sarebbero sempre stati. Eppure, dannazione... ciò che era successo quella mattina lo aveva emotivamente squarciato e rivoltato come un calzino.

Arrivò Marc a bordo di un'altra volante. Abbassò il finestrino mentre entrava nel vialetto.

"Come sta Greg?"

Marc scosse la testa e guardò il fratello con il volto scuro di tristezza. "Non bene. È piuttosto sconvolto. Ma sta facendo il possibile."

Max strinse le labbra e prese atto delle parole di Marc con un cenno del capo. Lanciò un'occhiata all'orologio. "Vado a casa a cambiarmi, poi raggiungo subito mamma e vedo cosa posso fare."

"Va bene. Ci vediamo stasera." Marc uscì dal vialetto in retromarcia, accennando un saluto alla signora Myers con la mano.

Lei rivolse la sua attenzione a Max. "Cos'è successo al ragazzo?"

"È scosso. Poco fa un'auto ha investito il suo cane."

"Non posso certo dire che sia una tragedia... Quella bestiaccia chiassosa."

Max emise una specie di grugnito e salì in macchina prima di dire qualcosa di cui avrebbe poi dovuto pentirsi.

***

Dopo essersi fatto la doccia e rivestito, Max si diresse a casa dei suoi genitori. Si accertò che Greg si fosse almeno un po' tranquillizzato, uscì in veranda: aveva un gran bisogno di una boccata d'aria fresca.

Un rumore di ruote sulla ghiaia del vialetto lo indusse a scendere dalla veranda per vedere chi fosse arrivato. Riconobbe la Buick grigia.

Era determinato a rimandare a casa Amanda. La madre era finalmente riuscita a calmare un po' Greg e Max non voleva che il ragazzo si agitasse di nuovo.

Raggiunse la Buick con una corsetta, avvicinandosi ad

Amanda, che ne era appena scesa. Le si piazzò davanti con le braccia incrociate e le gambe divaricate.

Lei non si mostrò felice di vederlo. D'altronde, neanche lui era entusiasta del fatto che lei si fosse presentata lì tanto in fretta. "Che ci fai qui?"

Lei si tirò su gli occhiali da sole quel tanto che bastò per consentirle di passarsi una mano sugli occhi con gesto frustrato; Max vide che erano gonfi e arrossati.

"Sono venuta a prendere Greg."

"Non è la migliore delle idee, in questo momento."

Amanda cercò di aggirarlo. "Ha bisogno di me."

"Se vuoi essergli d'aiuto, devi lasciare che passi la notte qui. Mia madre si prenderà cura di lui."

Lei fece una pausa. "Ma..."

"Lascia che per stasera i miei genitori lo distraggano, Greg ora deve pensare ad altro... Mio padre te lo riporterà domani."

"Domani deve andare al centro..." La vista di Amanda che si mordicchiava il labbro nell'incertezza aprì una breccia nel muro che Max aveva eretto tra loro.

"Dirò a papà di portarlo direttamente lì, se Greg sarà in vena di andarci." Le prese le mani e la tirò a sé, poi abbassò la fronte e appoggiò la fronte a quella di Amanda. "Quello che è successo prima... non solo riguardo a Greg e a Caos, ma anche tra di noi..."

Amanda si irrigidì e si sottrasse a lui. "Ringrazia i tuoi genitori da parte mia... e grazie a te, per aver portato Caos dal veterinario." Risalì sulla Buick. "Credo sia il caso che noi due stiamo alla larga l'uno dall'altra."

La sofferenza con cui lo disse non sfuggì a Max. Del resto, soffriva anche lui... ma Amanda non era lucida e lui non poteva semplicemente lasciarla andare. Non in quel momento. Forse in nessun momento. "La pensi così, eh?"

Lei annuì e gli occhiali scuri le scesero un po' lungo il naso, abbastanza da lasciargli intravedere lacrime nuove; lei se li rimise su.

"E il fatto che io non sia d'accordo ti importa qualcosa?" Strinse i pugni, sopprimendo l'urgenza di tirarla fuori dall'auto a forza e abbracciarla. Gli si dilatarono le narici. No, non aveva intenzione di perderla.

"Al diavolo!" Allungò le mani verso di lei.

AMANDA ALZÒ LO SGUARDO, sorpresa dallo scatto di Max. Prima che lei riuscisse a impedirglielo, Max la tirò fuori dall'abitacolo, richiudendo poi la portiera con un calcio.

Lei aprì la bocca per protestare, ma si limitò ad annaspare quando lui se la sollevò da terra e si avviò a grandi e decisi passi verso il vicino fienile.

Lei si dimenava e gli batteva i pugni sul petto. "Che diavolo stai facendo?"

"Quello che dovrei fare ogni volta che rompi le scatole."

Aprì la porta del fienile con una spallata e senza troppa grazia lasciò cadere Amanda su una balla di fieno rotta. Tornò alla porta, la chiuse e tirò il catenaccio.

Amanda cercò di mettersi seduta, lottando con la paglia in cui a ogni spinta le affondavano le braccia.

"Non ti muovere da lì."

Un brivido le percorse la schiena. Era paura? Forse non sapere ciò che sarebbe successo la spaventava un po', ma ciò che provava non era paura. Amanda desiderava Max, a prescindere da quante volte i due si potessero scontrare.

"Dovrei metterti sulle mie ginocchia e sculacciarti, te lo meriteresti."

Lei corrugò la fronte e scosse la testa. "Non lo farai."

"Non scommetterci."

Max si mise in ginocchio accanto a lei e Amanda fece per alzarsi.

Lui la prese per i capelli e il tirone la indusse subito a fermarsi.

Che fosse impazzito? O era semplicemente frustrato? O cos'altro?

Si leccò le labbra secche. "Cosa vuoi da me?" gli chiese con un filo di voce.

"Niente." Si lisciò i capelli corti con una mano." "Tutto. *Cazzo*." Si protese verso di lei.

"Se devi farlo, FALLO e basta, così la finiamo!"

Quelle parole lo indussero a fare una pausa. Espirò. "Come vuoi."

La prese per la vita dei jeans e se la trascinò in grembo. "Tirati giù i pantaloni."

Cosa? No! Era impazzito!

Eppure...

Amanda abbassò le mani, si sbottonò i jeans e tirò giù la lampo.

Max li afferrò da entrambi i lati e li spinse in basso, fino alla metà delle cosce. L'aria fredda le solleticò le natiche. Le si contrassero i muscoli vaginali, mentre cercava di resistere all'urgenza di strusciarsi contro di lui.

"Fallo e basta," disse con un gemito Amanda, prima di abbassare la testa sulla paglia.

Sentì l'erezione di Max contro il fianco. Lui le passò le mani sulle natiche, provocandole un'ondata di calore sulla pelle fredda. Le venne la pelle d'oca su tutto il corpo e i capezzoli le si inturgidirono fino a diventare dure cuspidi.

Amanda non vide più le mani di Max e restò in attesa dell'impatto. Aspettò ancora. I secondi le sembravano minuti.

Girò un po' la testa. Lui la stava fissando con un'espressione che lei non seppe interpretare.

"Vuoi che ti sculacci, sì?" Era a malapena una domanda.

Si voltò dall'altra parte. "No."

"Piccola bugiarda."

"Io non..."

Sciaf!

Lei sussultò e sentì l'erezione premerle più forte nel fianco.

"Ahi!" Amanda portò indietro una mano per massaggiarsi la natica colpita, ma la voce di Max la fermò.

"No."

Sciaf!

L'altra natica bruciava. Si issò sugli avambracci e si girò per dare un'occhiata: entrambe erano arrossate.

Guardò Max incredula. Lui aveva gli occhi sgranati e le narici dilatate.

"Mi hai sculacciata!"

Lui la prese per i fianchi e la sollevò abbastanza da potersi spostare dietro di lei. Le abbassò i jeans ancora un po', di modo che lei riuscisse a separare leggermente le cosce.

"Ti è piaciuto."

"No!"

Da dietro, Max le circondò la vita con un braccio e la tirò contro di sé; con la mano libera, si sbottonò i jeans e tirò fuori l'uccello.

"Ti è piaciuto. Ne volevi ancora."

"No!"

"Vedo che sei bagnata, Amanda. So che mi vuoi dentro di te."

No. Però non poteva dirglielo ad alta voce, perché si sarebbe trattato di una bugia. Lo voleva dentro di sé. Le sculacciate l'avevano stupita più di quanto non le avessero fatto male. E l'avevano eccitata, era bagnatissima.

Si sentiva vuota e aveva bisogno che lui la riempisse.

Le dita di Max passarono sulla passera, poi sulle chiazze rosse che i colpi le avevano lasciato sulle natiche. Poi tornarono alla passera. Le immerse negli umori vaginali e le passò sulle labbra. Più volte, con un ritmo lento che la stava facendo impazzire.

La punta dell'uccello si sostituì alle dita. La accarezzò con quella, poi se la inumidì con gli umori di Amanda e la appoggiò appena sulla fessura.

Ogni volta che l'uccello arrivava alla soglia del suo corpo, proprio lì, Amanda cercava di spingere indietro con il bacino, per cercare l'affondo, ma Max indietreggiava a sua volta, quanto bastava per impedirle di catturarlo.

Dalla bocca di Amanda uscì un gridolino frustrato. "Hai intenzione di scoparmi?"

"Sì." Max si chinò su di lei e si mise a mordicchiarle la pelle sulla parte bassa della schiena. Le afferrò saldamente i fianchi e la tenne ferma. "Sei pronta?"

Lei gli sibilò un *sssì*.

Sentì nuovamente il glande sulla fessura. In procinto di entrare. Da un momento all'altro...

Lui le chiese: "Sei sicura?"

Il *fottiti* con cui gli rispose non andò oltre la prima sillaba, che si allungò in un *ooooooh* nell'istante in cui lui la penetrò, arrivando subito in profondità. L'erezione sbatté contro la cervice, inducendo Amanda a inarcare la schiena. Lo sentiva tutto dentro.

Max rimase immobile in quella posizione. Le pareti interne di Amanda, sentendo l'uccello lungo e pieno, lo avevano chiuso come in una morsa. La base dell'erezione pulsava, picchiettandole contro il clitoride.

Perché Max non si muoveva?

Più a lungo lui restava fermo, più cresceva in Amanda il desiderio che cominciasse a spingere. Lei voleva venire. Ne aveva bisogno. Doveva smarrirsi in un orgasmo che spazzasse via tutto ciò che era successo quel giorno.

Non vedeva l'ora di vivere quel momento, quel secondo, quel millesimo di secondo.

Si girò per guardare Max. Aveva gli occhi chiusi, le labbra leggermente aperte e le dita bianche per via della stretta sui fianchi.

"Max..."

Lui aprì gli occhi, i loro sguardi si incontrarono e lui finalmente le diede ciò che lei voleva.

Caricò. Spinse. Ancora e ancora, tra i suoni informi che uscivano dalle bocche di entrambi.

Non c'era nulla di romantico in quell'amplesso. Era grezzo, rabbioso. Era ciò di cui lei aveva bisogno e che lui poteva darle.

Max non accennava a rallentare il ritmo, procedeva un colpo dietro l'altro. Era un modo per punirla, per estinguere le frustrazioni che Amanda gli aveva provocato. Lei accettava ogni botta, assecondandola con i propri movimenti, accogliendo Max nel proprio corpo per tutta la lunghezza che lui era in grado di percorrere in lei. Anche lei si stava punendo.

Lui era infaticabile. Amanda cominciò a gridare. Allentò ogni suo freno. Si stava servendo di Max per scacciare la tristezza di quel giorno. Lui faceva altrettanto con lei.

Amanda non voleva pensare a niente. Voleva solo viversi quel momento, il proprio desiderio, la propria urgenza.

Il respiro di Max si fece affannato: si stava avvicinando all'apice; nel rendersene conto, Amanda tese ancora di più i muscoli, stritolandolo dentro di sé.

Poi lei crollò. Lanciò un urlo mentre ogni muscolo del proprio corpo si contraeva, compresi quelli che pulsavano intorno all'uccello di Max. Un fiotto di liquido caldo le bagnò l'interno delle cosce. Subito pensò che si trattasse dell'eiaculazione di Max, ma poi si accorse che lui stava ancora pompando. Un colpo, un altro... poi lui si irrigidì e gridò a sua volta, rovinandole sulla schiena. Cercò di non schiacciarla reggendosi sulle braccia tremanti, ma fallì ed entrambi caddero sul fieno.

Lei si pulì il viso dalle lacrime e fece un profondo respiro. Voleva che Max la stringesse forte, che le dicesse che tutto si sarebbe sistemato, che Greg non avrebbe sofferto, che Caos sarebbe guarito. Che la vita sarebbe stata perfetta.

Rotolò via da lui e si tirò su i pantaloni, dandogli le spalle.

"Amanda..."

Lei recuperò gli occhiali da sole dal pavimento del fienile e se li rimise, nascondendo i propri occhi.

"Amanda!"

Senza dire nulla, lei si rialzò, scivolò fuori dalla porta del fienile e raggiunse velocemente la sua auto. Temeva di guardare in direzione della fattoria, come pure di voltarsi indietro, verso il fienile.

Ogni cellula del proprio corpo le diceva a gran voce che era prossima a un tracollo nervoso. Amanda, però, non poteva permetterselo. Per Greg. Inoltre, non voleva andare a pezzi di fronte a Max: lui si sarebbe precipitato ad accudirla, a salvarla.

Nel profondo, era proprio quello che Amanda voleva, ma prima di lasciarsi salvare doveva cercare di farcela da sola.

Salì a bordo dell'auto e mise la sicura alle portiere. Fu sollevata quando la Buick partì al primo giro di chiave.

Fece manovra, poi premette forte sull'acceleratore, alzando la ghiaia con una sgommata.

Guardò nello specchietto retrovisore e vide Max, in piedi sulla soglia del fienile, intento a scrutare il polverone che lei si era lasciata alle spalle.

Capitolo dodici

Amanda era seduta sul freddo pavimento piastrellato, di fianco alla gabbia dove riposava Caos. Teneva le dita appese al fil di ferro della porticciola e fissava il grande gomitolo di pelo bianco e nero che giaceva immobile all'interno. Aveva il cuore a pezzi. Era colpa sua. Aveva fatto del male a Caos. A Greg. A tutti.

Aveva parlato a lungo con il veterinario riguardo alle condizioni del cane, di quando si sarebbe rimesso e delle cure di cui avrebbe avuto bisogno dopo essere stato dimesso.

Sentire la parola *dimesso* aveva acceso in Amanda la speranza che Caos ne sarebbe uscito bene, per quanto in tempi tutt'altro che brevi. Il veterinario aveva cercato di avvertirla che la faccenda le sarebbe venuta a costare molto, ma lei aveva semplicemente scosso la testa e non lo aveva nemmeno lasciato finire di parlare. Non le importava. Voleva solo che Caos si rimettesse, che tornasse com'era prima. E voleva lo stesso per Greg. Dovevano tornare a essere un ragazzo e il suo cane.

Rannicchiata di fianco alla gabbia, parlava con l'animale.

A volte, Caos la guardava, come se la stesse effettivamente ascoltando, altre volte muoveva la coda su e giù.

Il cane aveva ancora gli aghi delle flebo piantati nelle gambe, che erano state rasate; per evitare che gli aghi si sfilassero a causa di un movimento accidentale, Caos era stato sedato. Amanda era talmente abituata a vederlo su di giri che si era stupita del fatto che i sedativi avessero funzionato.

Il border collie aveva una frattura alla zampa anteriore sinistra, perciò lo avevano ingessato; era stato operato anche all'anca, dove aveva una lussazione, e gli era rimasta una grande cicatrice con tanto di punti. Il veterinario aveva detto che forse sarebbe stato necessario spostarlo con un'imbragatura dotata di maniglia finché non fosse stato in grado di muoversi agevolmente da solo, ma Caos era ancora giovane e c'era la possibilità che si rimettesse prima del previsto.

Quella era la speranza di Amanda.

Anche se non aveva mai avuto un animale domestico tutto suo, Amanda non riusciva a immaginare la casa senza il caotico animale.

Andava a trovare la povera bestia all'ospedale ogni volta che Greg era al centro di assistenza e restava seduta accanto alla gabbia finché i tecnici veterinari non si stancavano di lei. A volte le mettevano vicino qualche altro cane fresco di sala operatoria, di modo che lei potesse accarezzarlo mentre canticchiava o parlava a Caos. Era un modo per tenere impegnate le mani e le avevano detto che le carezze aiutavano gli animali a svegliarsi dall'anestesia.

Probabilmente le stavano mentendo, ma lei non se ne curava e continuava a farlo.

MAX GIRÒ l'angolo e si diresse verso la stanza dove erano ricoverati gli animali che avevano bisogno di essere costantemente monitorati. Si fermò appena prima di entrare, poi fece un passo indietro, in modo da non essere visto dall'interno.

Amanda era rannicchiata sul pavimento, di fianco alla gabbia di Caos, e cantava per Caos una canzone di Beyoncé.

Era una performance terribile e Max ebbe la conferma che Amanda non avrebbe mai sfondato come cantante, ma la buona volontà della ragazza lo commosse. Amanda voleva semplicemente stare lì accanto all'animale ferito, alleviarne il dolore.

Dannazione. Continuava a stupirlo.

Era passato in ospedale solo per parlare con il veterinario e avere aggiornamenti sulla guarigione di Caos. Il veterinario non gli aveva detto che Amanda era lì e Max voleva solo dare un'occhiata al cane per vedere che aspetto aveva. Un tecnico gli si avvicinò da dietro e bisbigliò: "Viene qui molto spesso.... Saremmo più felici se non cantasse, anche perché di solito resta per ore." Il tecnico sghignazzò e si allontanò.

Già, nemmeno Max era sicuro di poter ascoltare Amanda cantare per ore.

Era indeciso se entrare e parlarle, magari convincendola a porre fine all'esibizione canora, oppure semplicemente andarsene prima che lei lo vedesse.

Amanda gli mancava. Gli mancava tenerla tra le braccia... e in quel preciso istante sentì l'urgenza di abbracciarla e darle conforto.

D'altro canto, Max era deciso a non intromettersi. Lei voleva essere indipendente, voleva assumersi la piena responsabilità del fratello come del cane.

Max capiva quell'esigenza, perché anche lui era fatto in quel modo. Ce l'aveva sempre fatta da solo. Anche se in ogni momento aveva potuto contare sull'affetto e il supporto dei propri cari.

Amanda aveva appena cominciato a imparare come cavarsela da sola... e non aveva una famiglia su cui poter contare, a quanto ne sapeva Max.

Lui era pronto a darle supporto... se lei gli avesse consentito di farlo.

A ogni modo, doveva muoversi con estrema cautela. Con Amanda... e con la madre, che non stava nella pelle all'idea di accoppiarlo a qualsiasi donna che entrasse nella vita di Max e ci stesse più di un paio d'ore.

Si rese conto che Amanda non stava più cantando; aveva reclinato la testa contro la gabbia, aveva chiuso gli occhi e il suo respiro si era fatto regolare.

Era scivolata nel sonno. Max girò i tacchi e se ne andò da dove era venuto.

Capitolo tredici

Amanda guardò l'orologio sportivo che aveva al polso. Mancava un'ora al rientro di Greg. Da quando si era trasferita a Manning Grove, praticamente aveva smesso di fare esercizio fisico. A parte le occasionali sessioni di yoga, Amanda non faceva altro che cucinare e restare seduta in casa come un sacco a mangiare il cibo frutto delle sue esercitazioni ai fornelli. Quando non era all'ospedale veterinario, naturalmente...

Mentre correva di fronte alla scuola elementare del paese, avvistò un gruppo di bambini dai visi rubicondi. Giocavano nel giardino della scuola, imbacuccati nelle loro giacche invernali. Alcuni di loro la salutarono agitando le manine; lei ricambiò debolmente il saluto.

Il freddo faceva sì che il fiato che le usciva dalla bocca sembrasse fumo sputato da una locomotiva. Annaspava per via della mancanza di allenamento; era bastata una salitina per mandarla in affanno. Si ripromise di tornare ad allenarsi regolarmente. Tre giorni a settimana, yoga, e altri tre, jogging. Forse in quel modo sarebbe riuscita a scaricare lo stress che...

Un pick-up la affiancò, rallentando in modo da procedere alla sua stessa velocità. Amanda sentì il ronzio di un finestrino elettrico che si abbassava e si voltò.

Uffa. Non avevano forse deciso di evitare di vedersi meno di una settimana prima?

Max le disse dall'abitacolo: "Che stai facendo?"

"Vuoi davvero una risposta?" Abbassò lo sguardo per vedere dove metteva i piedi. "Va' via. Ho da fare." Che strano... Come faceva Max a sapere che lei stava correndo lì? La stava cercando? Forse si trattava solo di una coincidenza.

"Salta su."

Amanda strinse le labbra mentre evitava una grata di drenaggio. Accelerò. Vide un'apertura nel recinto che delimitava la fine del giardino della scuola, oltre il quale si apriva una piccola macchia boschiva.

"Avanti, salta su."

Amanda si spostò con un balzo di fronte al pick-up, costringendo Max a una brusca frenata, poi scattò, oltrepassò il recinto e trovò esattamente quello che cercava: uno stretto sentiero tra gli alberi.

Saltellò con attenzione lungo il sentiero sterrato e uscì dal boschetto, sbucando su un'altra strada. Il pick-up era parcheggiato sul marciapiede.

Max era appoggiato con la schiena al veicolo, a braccia incrociate.

"Cos'è, uno scherzo?"

"Che mossa è stata quella? Ho rischiato di investirti," brontolò Max.

Amanda gli si piazzò davanti, piantandosi le mani nei fianchi. Il tentativo di assumere un'aria feroce fallì nel momento in cui il fiatone la costrinse a piegarsi in avanti.

"A te piace sfidarmi, non è vero?"

"Già lo sai," disse lei tra un profondo respiro e l'altro;

girava intorno per defaticare il corpo e prevenire i crampi. "Sfidarti è la mia missione nella vita."

Lui indicò il pick-up con un cenno del capo. "Avanti, sali in macchina, voglio portarti in un posto."

Amanda lanciò un'altra occhiata all'orologio. "Greg tornerà a casa fra poco e io non ho ancora finito di correre."

"Più tardi ti aiuterò a fare un po' di cardiofitness."

Amanda alzò gli occhi al cielo.

"E per Greg non ti devi preoccupare. I miei genitori lo andranno a prendere al centro e passeranno la serata con lui."

Lei smise di camminare su e giù. "Cosa?"

Max aveva pianificato la serata di Greg senza consultarla? Quindi non era un caso che lui fosse lì: sapeva che Amanda stava facendo jogging. Che Max e la signora Ficcanaso si scambiassero informazioni su di lei?

"Avevano una gran voglia di stare un po' con lui. Sono contenti di prendersi cura di Greg. Inoltre, io volevo trascorrere una serata da solo con te."

"Oh... e che mi dici di quello che voglio io?"

"Mi occuperò anche di quello."

Amanda alzò nuovamente gli occhi al cielo e scosse la testa. Che uomo pieno di sé, sempre convinto di essere irresistibile... Pensava che lei fosse sempre disposta ad accontentarlo... o meglio, ad eseguire gli ordini che le dava. *Al diavolo.*

"E io che ci guadagno?"

"Lo vedrai da te. Andiamo." Andò dalla parte del posto del passeggero e le aprì la portiera.

Amanda esitò, poi lo raggiunse. "Sei una specie di stalker."

"Non è vero."

"Vabbè." Salì a bordo, augurandosi di non commettere un errore. "Non mettere le sicure, nel caso in cui voglia saltare giù. Non mi importa se sei uno sbirro. A volte siete voi i tipi più strani... e poi pensavo avessimo deciso di tenerci alla larga l'uno dall'altra."

Max rise e richiuse con forza lo sportello. "Io non lo avevo deciso... e comunque ci siamo tenuti alla larga l'uno dall'altra. Per qualche giorno."

Qualche giorno. Non vedersi per qualche giorno non significava nulla. Beh, forse a Manning Grove significava qualcosa.

Pochi minuti dopo, il pick-up imboccò il viale d'accesso di una moderna casa in legno di cedro, appena fuori dalla città. Mentre si avvicinavano all'edificio, Amanda trattenne il respiro. In effetti, la sola parola che le veniva in mente era... mozzafiato. Il sole colpiva i tronchi rossastri di cui era costituita la struttura, illuminando quell'alcova incastonata nella pineta. Le ricordava l'immagine di un resort che doveva aver visto su una rivista di viaggi, anche se la casa che aveva davanti agli occhi era molto più piccola.

"Di chi è?"

"Lo vedrai."

Max parcheggiò e la aiutò a scendere dal pick-up. La casa era attorniata da enormi e vecchi pini, alcuni dei quali erano ancora imbiancati dall'ultima neve; una pedana di legno la circondava e la facciata era costituita da vetrate che si alzavano ai lati di una canna fumaria in pietra grezza.

Max si mise una mano in tasca e ne estrasse un mazzo di chiavi.

"È la tua."

Era più un'affermazione che una domanda, ma lui le rispose comunque. "Già." Girò la chiave nella serratura e spalancò la porta con una spinta. "Per il momento, Marc vive con me... ma se non comincia a fare la sua parte per tenerla pulita, presto si ritroverà a guardarla solo da fuori."

"È bellissima," disse dopo essere entrata e aver dato un'occhiata in giro, "ma che ci facciamo qui? O meglio, che ci faccio io qui?"

"Ti preparo la cena."

"Beh... idea appetitosa, immagino." Sollevò leggermente la maglietta che le aderiva al busto. "Però sono sudatissima e puzzo."

"Puoi farti una doccia."

La prese per mano e la accompagnò in camera da letto, senza nemmeno darle l'opportunità di curiosare un po' in giro; la sospinse verso il bagno annesso, decorato con inconfondibile tocco maschile.

"Gli asciugamani sono nell'armadietto. Io non uso lo shampoo... Ho i capelli troppo corti. Perciò dovrai farne a meno. Ti preparo qualcosa di pulito da metterti dopo la doccia." Si voltò e uscì, lasciando Amanda da sola in piedi al centro del bagno.

"Lei non ne ha lasciato un flacone?"

Lui si fermò e la guardò perplesso. "Lei, chi?"

"La tua ex."

"Non ho mai invitato... Non importa. Su, fatti la doccia."

Amanda chiuse la porta. Non appena fu sicura di non essere vista, sorrise tra sé e sé. Non c'era alcun segno di una precedente presenza femminile. Il che, per come la vedeva lei, era di per sé un *buon* segno. O forse no. Forse significava solo che nessuna donna sana di mente aveva mai voluto avere a che fare con questo testone affetto da manie di controllo.

Si tolse gli indumenti fradici di sudore e li lasciò ammucchiati sul pavimento. Fece scorrere l'acqua della doccia e aspettò che raggiungesse la temperatura ideale, poi entrò.

Il forte getto d'acqua le diede molto sollievo agli stanchi muscoli. Sospirò di piacere, rigirandosi su se stessa più e più volte, lasciando che l'elemento liquido agisse sul sistema nervoso, estinguendo la tensione che le derivava dall'essere dentro la doccia di Max. A casa di Max.

Amanda non aveva mai pensato sul serio a dove e come lui vivesse. Sapeva solo che non abitava con i genitori. Aveva dato per scontato che avesse un appartamento da qualche parte in città. Perciò era stata una sorpresa: non si sarebbe mai immaginata una casa di quel tipo.

A ben pensarci, però, la cosa non avrebbe dovuto stupirla più di tanto. Sapeva che Max era un uomo determinato, nonché un gran lavoratore, uno che, se voleva una cosa, perseverava fino a ottenerla.

Il sesto senso di Amanda la allertò. *Se Max voleva una cosa, perseverava fino a ottenerla.*

Non fece in tempo a sentire un tamburellamento di dita sulla porta, che quella si aprì e Max entrò in bagno. Amanda ebbe un tuffo al cuore e il battito cardiaco aumentò quando lo sentì avvicinarsi alla doccia.

"Uff, è una sauna qui dentro. Vuoi che ti aiuti a lavarti la schiena?"

La sagoma di Max era appena visibile attraverso il vetro opaco della doccia... che era l'unica barriera tra lui e il proprio corpo nudo. "Ce la faccio."

"Posso raggiungere i punti dove tu non arrivi."

Amanda rimase immobile sotto gli spruzzi di acqua calda, mordicchiandosi il labbro inferiore.

"Mandy?"

Quella voce profonda che la chiamava ebbe su di lei l'effetto di una carezza; già eccitata, contrasse le dita dei piedi nell'acqua vorticante che si era accumulata sul piatto doccia; lì sbatté rumorosamente la saponetta, dopo esserle scivolata dalle dita.

"Amanda, stai bene?" Max aprì la porta del box doccia e

la guardò senza muoversi. "Sì, direi che stai benissimo. *Dannazione.*"

I rivoli d'acqua che le scendevano lungo il corpo la rendevano consapevole di ogni centimetro di pelle su cui si soffermava lo sguardo di Max. Amanda alzò gli occhi dalla saponetta caduta e incontrò quelli di Max, che la contemplavano come se lei fosse una fantasia maschile fattasi carne. Max aveva quel potere: riusciva a farla sentire desiderata, bramata... e in quel momento, lei non voleva essere altro che la personificazione della fantasia di Max.

Le uscì dalla bocca un sospiro tremante.

"Esci tu o entro io?" Le labbra di Max accennarono un sorriso incompleto, come se lui si stesse sforzando di reprimere un istinto.

"Tutte e due le cose." Lei allungò la mano e lo afferrò per la maglietta, poi lo tirò a sé. Presto i vestiti di Max si inzupparono d'acqua. Lei gli mise le braccia intorno al collo, poi si alzò sulle punte dei piedi e gli si strusciò addosso. "Baciami."

Lui piegò la testa e le disse labbra contro labbra: "Per fortuna questi stivali sono impermeabili." Dopodiché, le catturò la bocca.

Ne esplorò gli angoli più reconditi, mentre con i pollici sfregava i capezzoli già protesi, eccitandola oltremodo. Amanda annaspò, interrompendo il bacio. Lui rialzò la testa. "Sai, mi piacerebbe scopare con te qui nella doccia, ma mi ci vorrebbe troppo tempo per togliermi questi jeans bagnati fradici. Perciò ho un'idea migliore."

Max la spinse contro la parete di piastrelle e si mise in ginocchio davanti a lei.

Non intendeva raccogliere la saponetta.

Le prese le mani e se le mise sulle spalle, poi la aiutò a sollevare una gamba e se la sistemò su una spalla.

Le teneva una mano sulla pancia, per tenerla ferma

mentre le baciava le labbra della passera, poi affondò la lingua e assaporò.

Con l'altra mano le allargò le labbra. Si mise a succhiarle il clitoride e presto le si accese un fuoco nelle profondità del ventre. Sentiva i seni grandi e pesanti e i capezzoli duri. Tirò in dentro lo stomaco e piegò il bacino in modo da consentire a Max un migliore accesso. Il lavoro di lingua di Max combinato al getto d'acqua calda la indussero a gemere. Appoggiò la testa alle piastrelle e chiuse gli occhi. Non voleva vedere la testa di Max scura di capelli tra le proprie cosce; voleva sentirlo, concentrarsi sulle sensazioni tattili che le provocava con dita e lingua. La carezzava, la mordicchiava, la succhiava. Le dita pizzicavano il clitoride, scivolavano dentro di lei per poi curvarsi all'interno.

Max raggiunse il punto giusto e lo stimolò. Ancora e ancora. Fu una sensazione strana ma profondamente eccitante che le fece serrare sia la mascella che i muscoli vaginali. Si morse il labbro inferiore, poi lanciò un grido di piacere. Inarcò violentemente la schiena. Max non aveva intenzione di fermarsi, la lingua sul clitoride, le dita che la frugavano e massaggiavano. Amanda voleva urlargli che la smettesse, che lei non ce la faceva più. Erano sensazioni troppo intense.

L'orgasmo scaturì dalle punte dei piedi, curvandole le dita in una specie di crampo, poi l'onda d'urto salì attraverso le gambe ed esplose nel sesso. Amanda lanciò un altro urlo. Gli affondò le dita nelle spalle, nel tentativo di non rovinargli addosso. Max si ritrasse, si alzò e le diede un fuggevole bacio prima di prenderla tra le braccia.

Lei si irrigidì per un istante, poi si rilassò completamente e bisbigliò: "È stato bello per te come lo è stato per me?"

La risata di Max fu un tuono sommesso che le fece vibrare tutto il corpo.

Mentre Max si affaccendava tranquillamente in cucina per preparare la cena, Amanda si prese il tempo di curiosare per la casa. Con indosso una vecchia t-shirt di Max e un paio di ancor più vecchi boxer, ispezionò rapidamente ogni stanza.

Era una casa molto bella. Amanda ipotizzò che lui ci abitasse da non più di cinque anni. Il mobilio, in stile rustico, era ridotto al minimo e si abbinava felicemente ai muri costituiti di tronchi intagliati. Qualche foto di famiglia era sparsa qua e là nel soggiorno, ma curiosamente l'unica donna che vi compariva era la madre. Il letto, che doveva essere fatto a mano, era grande e invitante; Amanda pensò a come più tardi avrebbero potuto sfruttarlo.

Scoprì anche la camera di Marc, una delle tre che erano al secondo piano, e si trovò a concordare con quanto Max aveva detto al loro arrivo. Persino la camera di Greg era più ordinata e in effetti sarebbe stata dura trovarne una più sottosopra di quella di Marc. Amanda richiuse in fretta la porta prima che qualche strana creatura spuntasse da quel caravanserraglio e se ne uscisse dalla stanza.

Il pezzo forte della casa era l'enorme focolare che si alzava lungo tutta la parete del soggiorno a due piani: in pietra lavica, era affiancato dalle vetrate che Amanda aveva visto dal di fuori, sulla facciata dell'edificio. Immaginò se stessa in una gelida notte d'inverno, comodamente sdraiata di fronte al fuoco scoppiettante, intenta ad ammirare gli enormi pini grevi di neve fresca che torreggiavano al di là delle vetrate.

Ma cosa le passava per la testa? Neve? Lei odiava il freddo.

Miami. Il caldo. Le spiagge bianche. L'acqua tiepida

dell'oceano. Corpi sensuali fasciati da succinti costumi da bagno. Colori. Vita sociale.

Quelle erano le immagini con cui avrebbe dovuto trastullarsi. Non la neve. Davvero voleva trascorrere un altro inverno in quel paesino desolato? Uno sferragliare di pentole proveniente dalla cucina interruppe il flusso dei pensieri.

Tra loro non poteva funzionare. Max era un uomo di Manning Grove. Uno sbirro di provincia. Lei era una donna di Miami. Una... cosa? Una festaiola di città? Non riuscì a darsene conferma. Semplicemente, non sapeva che tipo di persona fosse diventata.

A Miami, era andata avanti senza una direzione precisa. Aveva vissuto il momento.

In seguito, però, le cose erano cambiate: aveva dovuto assumersi la responsabilità del fratello. Finalmente, la vita di Amanda aveva uno scopo. Forse non era lo scopo che avrebbe scelto per sé, se avesse potuto scegliersene uno; ma era comunque uno scopo.

Dalla cucina giunse altro clangore, poi una mezza imprecazione.

Mettendo da parte le proprie elucubrazioni, Amanda andò in cucina. "Serve aiuto?"

Max era chino sul lavello, scuoteva qualcosa con vigore e sembrava molto concentrato. "No. Va' pure, ti chiamo io quando è pronto."

"Dove vuoi che vada? Questa casa praticamente è un enorme monolocale. Di certo non andrò di sopra, pare sia una zona pericolosa."

"Perché non fai un giro fuori? C'è una pedana di legno che circonda tutta la casa. La cena sarà pronta fra poco."

"Ok. Speriamo che il risultato giustifichi l'attesa." Amanda agguantò il giaccone di Max, che era appeso vicino all'entrata, e se lo infilò. Le maniche erano talmente lunghe da coprirle tutte le mani. Si imbaccuccò per bene e uscì dalla vicina porta finestra, dando modo a Max di ultimare con calma la preparazione della cena. Si lasciò cadere su una sedia a sdraio di legno e aspettò.

Cinque minuti dopo, la testa di Max spuntò dalla porta. "La cena è servita."

Per tutta risposta, lo stomaco di Amanda brontolò.

Il sole del tardo pomeriggio rivelava le lievi rughe intorno agli occhi di Max. Amanda si rese conto che quelle rughe diventavano più visibili quando lui era contento e specialmente quando era rilassato.

Le si avvicinò e le porse una mano per aiutarla ad alzarsi dalla sedia. Quando fu in piedi, lui la abbracciò. Le prese il viso tra le mani e la baciò con dolcezza sul naso. "Potremmo saltare la cena."

"No, ti sei impegnato troppo. Mangiamo, ho fame." Un altro brontolio proveniente dallo stomaco vuoto confermò l'affermazione.

"Anch'io... ma non di cibo." Le prese la mano e rientrarono in casa, poi Max la aiutò a togliersi il giaccone. La *mise en place* sul tavolo di legno grezzo la stupì. I bei piatti in grès erano schiariti dal lume di candela, che si moltiplicava nel cristallo dei due capienti calici.

Lo sforzo che Max aveva fatto non lasciò Amanda indifferente. Senza dubbio, si trattava di un evento raro: Max che organizzava una cena romantica. Scostò persino la sedia dal tavolo per farla accomodare.

Amanda si sistemò il tovagliolo sulle cosce, chiedendosi al contempo il perché di quel gesto, visto che indossava un paio di boxer consunti; lo rimosse e lo posò accanto al proprio piatto. "Che si mangia?"

"Stufato di scoiattolo."

"Cosa?"

"Scherzavo. Ho preparato tagliata di selvaggina, patate novelle rosse e un'insalata.

Amanda lo guardò perplesso. "Selvaggina?"

Senza guardarla, Max cercò di rassicurarla: "È carne, ricorda il sapore del manzo."

Scoperchiò le pentole e servì prima Amanda, poi se stesso. Alzò il calice. "Facciamo un brindisi."

Amanda si unì a lui.

"A..."

Amanda non fece in tempo a finire la frase che la porta d'entrata si spalancò. Marc piombò in casa e lasciò cadere sul pavimento il borsone da pattuglia, che produsse un tonfo sordo nell'impatto.

"Ehi, Max! Come mai tutte le luci sono spente... *Oh*." Marc si fermò sui suoi passi e ammirò con un accenno di ghigno la scena che gli si presentava davanti. "Scusatemi, non sapevo che..." Fece spallucce, come per mostrarsi impotente. "Ops."

Con ostentata cautela, Max appoggiò sul tavolo il calice di vino ancora pieno.

Amanda vide una serie di emozioni attraversargli il volto, poi lui parlò, articolando ogni parola con notevole lentezza. "Pensavo che fossi di turno stasera."

"Infatti lo ero, ma il capo mi ha chiesto di staccare prima, visto che Dunn voleva fare un po' di straordinario." Marc si avvicinò al tavolo e diede un'occhiata al contenuto dei piatti. "Hai cucinato il mio daino?"

"Daino?" Amanda non era certa di aver capito bene.

"Sì," rispose Max al fratello.

"Cos'è un daino?" Lanciò un'occhiata inquisitoria a Max, la cui attenzione fu improvvisamente catalizzata dal calice di vino.

Fu però Marc a risponderle. "Una specie di cervo, ma più

piccolo.”

“Quindi volevi farmi mangiare un cervo piccolo? Tipo Bambi?” Amanda li guardò entrambi incredula. “Marc, hai sparato a Bambi?”

“No, ho sparato a suo padre.”

“Oh, per favore, non mettiamoci a parlare di caccia. Non è il momento.” Max si alzò in piedi e afferrò il fratello per il braccio, poi lo tirò lontano dal tavolo, ringhiandogli a denti stretti: “Vai al diavolo.”

Marc ridacchiò, poi disse ad alta voce: “Credo che andrò a fare un giro con la jeep.”

“Fallo bello lungo.”

“Quanto lungo?” Marc diede un colpetto con il gomito al fratello. “Non dovresti durare molto...”

Max tuonò: “Marc.”

“Ok, ok. Me ne vado.” Si congedò da Amanda con uno sguardo. “Ah, già... Gran bel look. Quei boxer sono da urlo.”

Lei fece un profondo respiro e si infilò parte dell’enorme maglietta sotto al sedere, Max spinse il fratello verso la porta.

“Va bene, va bene, esco! Ma tu guarda che modi...”

Max aprì la mano davanti a lui.

Marc, che era già sulla soglia della porta, la guardò con diffidenza. “Che c’è?”

“Le chiavi di casa.”

“Cosa?!”

Max si trattenne dal dire alcunché di offensivo e si limitò ad agitare la mano aperta.

“Al diavolo.” Marc si frugò in tasca, ne estrasse un mazzo di chiavi, ne sfilò una dall’anello e la lasciò cadere sul palmo della mano di Max. “E come dovrei fare a rientrare?”

“Troverai la porta aperta, quando la situazione sarà... tranquilla.”

“Quindi, secondo te, ora dove dovrei andare?”

Max gli sbatté la porta in faccia e chiuse a chiave. Tornò al tavolo e si rimise seduto. Guardò Amanda con espressione afflitta. "Mi dispiace. Non ci disturberà più, almeno per un po'."

"Non dovevi cacciarlo fuori. Questa è anche casa sua."

"Solo in virtù della mia generosità, che al momento è scomparsa. Perciò, ora mangiamo."

"Non so," disse lei, guardando la tagliata ormai intiepidita che aveva nel piatto come se si trattasse di un animale investito. Amanda non aveva problemi a mangiare carne. Anzi, le piaceva molto. Non avrebbe mai potuto diventare vegetariana o vegana, anche se a Miami molte delle sue conoscenze lo erano. Lei no: non avrebbe saputo dire di no a un grande e succoso hamburger. Ma il cervo? Quel quadrupede adorabile e indifeso, dagli occhioni dolci...

"Amanda, assaggialo. Fidati, ti piacerà." Max rialzò il calice di vino. "Prima di tutto, però, facciamo il nostro brindisi."

Amanda lo imitò.

"A una tregua."

Sì, Amanda poteva condividere l'idea. "Ok." Toccandosi, i calici tintinnarono.

Max la invitò con un cenno del capo a procedere all'assaggio.

Amanda prese in mano il coltello da bistecca e tagliò un pezzetto della pietanza. Se lo portò alla bocca con la forchetta e cominciò a masticare con lentezza e grande attenzione sensoriale. La carne era magra ma molto tenera e Amanda dovette ammettere che aveva un sapore delizioso; inoltre, lei aveva una fame da lupi.

Durante la cena, Max la guardò con una certa ansia, rilassandosi solo quando vide Amanda ripulire il piatto in tempo record. "Dunque?"

"Non male."

"Bugiarda."

"E va bene... La carne era ottima. Però non credo ancora di sentirmi perfettamente a mio agio pensando a ciò che ho mangiato."

"Se ti è piaciuta la tagliata, aspetta di provare il salame di cervo."

"Già, aspetterò."

Max fece una risatina bassa e roboante che la scaldò. Ogni volta che rideva o anche solo sorrideva, per Amanda era una sorpresa. Di solito, lui aveva un aspetto molto serio. Vederlo rilassato la rinfrancava.

Sorseggiò dal calice, poi le chiese. "Quindi... Come sta Caos?"

Lei gli fece un sorriso sghembo. "So che sei passato all'ospedale per vedere come stava. Uno dei tecnici mi ha detto che ti ha visto lì un paio di volte."

"Hai portato Greg a fargli visita?"

Amanda scosse il capo. "Non voglio turbarlo. Lo aggiorno spesso... Greg non vede l'ora di riaverlo a casa."

"Ci credo," mormorò Max. "Hai idea di quando lo dimetteranno?"

Percorse con un dito il bordo del calice. "No, ma vorrei tanto. Greg me lo chiede diverse volte al giorno, sembra un disco rotto."

"Vuoi che lo vada a prendere io, quando sarà guarito?"

Amanda osservò l'uomo che le stava seduto di fronte. "Perché vuoi andarci tu?"

Lui allungò una mano sul tavolo e la mise su quella di Amanda. "Cerco solo di essere d'aiuto."

La lieve carezza del pollice sulle nocche la distrasse. "Posso farlo io. Lo andrò a prendere mentre Greg è al centro, così il cane avrà modo di riambientarsi prima che torni mio fratello."

"Beh... se ti serve una mano..."

Max voleva che lei avesse bisogno di lui. Amanda glielo leggeva in faccia. "Grazie, ma ce la caveremo."

Era carino da parte di Max offrire aiuto, ma ancora una volta lui cercava di immischiarsi in una faccenda che Amanda poteva gestire da sola. Lei doveva dimostrare a se stessa che era in grado di assumersi le proprie responsabilità, anche se ciò che era successo solo pochi giorni prima non lasciava dubbi sul fatto che al riguardo avesse ancora parecchio da imparare. Eppure, se avesse lasciato che Max la aiutasse di continuo, non avrebbe mai fatto alcun progresso. Non voleva dipendere più da nessuno.

Nemmeno dallo sbirro che in quel momento la stava guardando.

Più Amanda imparava a conoscere Max, più si convinceva che lui non avrebbe potuto fare nessun altro lavoro. D'altronde, la mela non era caduta lontana dall'albero: Max seguiva le orme del padre, come del resto stavano facendo i suoi fratelli... anche se nessuno dei tre giovani Bryson aveva ancora messo su famiglia.

"Sei entrato in polizia subito dopo il congedo dai Marines?"

"Già. Mi sono arruolato nei Marines all'ultimo anno delle superiori. Quell'estate, appena finita la scuola, ho aiutato i miei genitori alla fattoria, poi sono subito partito per il campo d'addestramento a Parris Island." Fece una smorfia. "Le tredici settimane più dure della mia vita." Lo sguardo di Max si perse nel vuoto, come se davanti ai suoi occhi stessero sfilando immagini di quell'esperienza.

"Hai mai pensato di mollare?"

"Mai." Le strinse la mano su cui aveva posato la propria.

Amanda non riusciva nemmeno a immaginare Max che gettava la spugna.

"Non mi sono arruolato solo per mollare. Mio padre era nei Marines. E volevo esserlo anch'io, dannazione. Inoltre, sapevo che anche i miei fratelli avrebbero preso quella strada. Dovevo dare il buon esempio."

Max sembrava proprio il tipo di uomo incline a fungere da esempio. Con ogni probabilità un giorno o l'altro sarebbe diventato un buon poliziotto.

"Sei stato mandato in missione?"

Lui non rispose subito. Forse era stupito che ad Amanda interessasse l'argomento. O forse non aveva voglia di parlarne. "Sì. Mi sono fatto qualche giro in Iraq."

"Hai avuto paura?"

"Certo non è stata una vacanza. Ho fatto i miei quattro anni nell'esercito, poi ne sono uscito. Sfortunatamente, mio fratello continua a fare il riservista. È tornato per Natale, ma è stata una visita brevissima. Il suo contratto è scaduto, davvero non so perché non se ne tiri fuori prima di lasciarci le penne."

"Tua madre si preoccupa molto per lui, è evidente da come ne parla." Quando lui la guardò insospettito, Amanda si rese conto di aver parlato troppo... Max non sapeva che lei e Mary Ann si vedessero. "Sì, insomma, voglio dire che a Natale sembrava molto preoccupata per lui."

"Beh, lo siamo tutti. Servire in Medio Oriente lo ha cambiato. Ha cambiato anche me e Marc, immagino, ma non quanto abbia cambiato Matt. Ha un buon lavoro che lo aspetta, qui. Non so perché non sfrutti l'occasione." Max si schiarì la gola e riprese il filo del discorso. "Quindi, quando mi sono congedato dai Marines, mi sono preso una pausa di un paio di settimane, dopodiché mi sono iscritto alla scuola di polizia ad Harrisburg."

"E quanto è durato il corso?"

Lui la scrutò incuriosito. "Non ti annoia questo argomento?"

Lei scosse la testa.

"Ventiquattro settimane. Rispetto a Parris Island è stata una passeggiata di salute. Trovavo assurde le lamentele di alcuni dei miei compagni di corso."

"Secondo te io riuscirei a finire l'addestramento?"

Max le lasciò andare la mano e si appoggiò allo schienale della sedia. Varie emozioni si alternarono sul suo viso, poi disse: "La scuola di polizia? Certo. Ce la faresti. Non vorrai mica diventare una poliziotta?"

"Oh, cielo, no... Ti stavo solo punzecchiando un po'." Ad Amanda non sfuggì il sospiro di sollievo che gli uscì dalla bocca.

Max pensava davvero che lei fosse in grado di portare a termine l'addestramento, come le aveva detto? O era tanto possessivo e opprimente da agitarsi all'idea che lei potesse diventare una poliziotta, come aveva lasciato intuire quel sospiro?

Max spinse indietro la sedia e si alzò. "Avanti. Aiutami a sparecchiare."

Anche Amanda si alzò, poi lo seguì nella spaziosa cucina, portando con sé i piatti sporchi. Mentre lei li sciacquava nel lavandino, Max tornò in soggiorno per recuperare i calici e li portò in cucina, non senza averli prima riempiti.

Lei allungò una mano piena di schiuma, afferrò il suo e bevve un lungo sorso di vino. Tornò a concentrarsi sui piatti. Dopo averli sciacquati, li allungò a Max, che li sistemò nella lavastoviglie. Quando ebbero finito, Amanda si lavò le mani; girandosi, trovò Max di fianco a lei, pronto a passargli un asciugamano.

"Grazie per la cena... e per prima di cena." Accennò un

sorriso, prima di sorseggiare ancora dal calice.

Max allungò una mano e le tolse il bicchiere dalla mano. "Occupiamoci dei ringraziamenti." Le alzò una mano e ne baciò il palmo. "Grazie a te."

"Per cosa?"

"Lo vedrai." Si avvicinò a lei, insinuandole una mano dietro al collo, sotto la cascata dei capelli mossi, e la tirò a sé. Si chinò per carezzarle brevemente le labbra con la punta della lingua, gustando il sapore acidulo e fruttato che aveva lasciato il vino. "Mi sa che il vino dà il meglio di sé sulle tue labbra."

"Fa' provare anche me," disse lei con voce roca. Amanda osservò ogni mossa di Max, che alzò il bicchiere e sorseggiò il vino; il residuo del vino gli fece luccicare le labbra. Lei si alzò sulle punte dei piedi, premendo il proprio corpo su quello di Max, percependone le linee maschili. Amanda gli sfiorò le labbra con le proprie, poi leccò. Si ritrasse un poco, dando modo ai loro respiri di fondersi. "Mmmh... Sì, hai ragione."

Lui riempì ancora i calici, poi condusse Amanda in camera da letto. La stanza era illuminata solo dalla luce del tramonto, che entrava dalle finestre tingendo l'ambiente di un colore rosato.

Max portò Amanda vicino al letto, poi la invitò con un cenno a sdraiarsi. Max si inginocchiò accanto a lei e le sfilò lentamente prima la vecchia maglietta poi i boxer, facendo in modo di sfiorarla con le dita, le nocche, le braccia, qui e... là. Quando Amanda fu nuda, lui si fece indietro, appoggiandosi con le natiche sui propri talloni, e la esaminò.

Amanda si coprì il seno con le mani, come in un vano tentativo di schermarsi. "No."

Max inarcò un sopracciglio. "Perché?"

"Sei ancora vestito. Così non vale."

"Posso rimediare." Max scese dal letto e si denudò con

calma, offrendo il proprio corpo allo sguardo attento di Amanda: gli avvallamenti asciutti, le sporgenze nette, le lisce superfici. Quando ebbe finito, si alzò inorgoglito e già in piena erezione, come del resto Amanda non poté non notare. Il corpo di Max era finemente cesellato e davvero irresistibile.

D'altronde, la cosa non le giungeva nuova.

Max prese il bicchiere dal comodino e disse: "Sdraiati sulla schiena. Voglio godermi un altro po' di vino."

Inclinò il calice sopra l'ombelico di Amanda e lasciò cadere qualche goccia di vino, che subito riempì la piccola cavità e anzi traboccò. Max raccolse con le labbra il liquido in eccesso, approfittandone per leccare la morbida pelle dell'addome. Intinse un dito nel vino che si era già intiepidito nell'ombelico e lo sparse per il busto come fosse tempera. Ogni linea che il dito lasciava veniva cancellata dalla lingua.

Amanda si sentiva come inchiodata al letto. Non osava muoversi, mentre guardava Max con gli occhi socchiusi. Quel cerimoniale era per lei una tortura quasi insopportabile. Nonostante ciò, resistette l'impulso di saltargli addosso, di chiedergli a gran voce di riempirla. Voleva che il supplizio durasse ancora un po'. Solo un altro po'... quel tanto che bastava per portarla al limite.

Anche per Max non doveva essere facile trattenersi, come del resto suggerivano le narici dilatate e il respiro affannato. Amanda lo sentiva tremare lievemente, nel tentativo di resistere all'urgenza di possederla. Con le dita, le esplorava i punti più sensibili, mentre con la lingua le disegnava fantasie sulla pelle accaldata. Strofinò la guancia sul seno, poi girò la testa abbastanza da riuscire a succhiarle il capezzolo; lo mordicchiò delicatamente fino a farla gemere.

I respiri affannati e i gridolini di Amanda lo indussero a muoversi più velocemente, più freneticamente... ben presto, Max capì che non poteva più aspettare.

Si mise sopra di lei e decise di chiudere la partita.

Le diede ciò che lei aveva agognato prima di cena. Non che Amanda avesse di che lamentarsi, riguardo al loro *tête-à-tête* nella doccia. Max ci sapeva fare con lingua e labbra, come ci sapeva fare con le dita. Eppure, nulla poteva eguagliare la sensazione di averlo sopra di sé, mentre con lunghi affondi colmava il vuoto che lei aveva dentro. Amanda aggiustò la posizione del proprio bacino, per poter prenderlo più in profondità, e colpo dopo colpo si sincronizzò perfettamente al ritmo di Max.

Gli afferrò il fondoschiena, sentendone i muscoli flettersi sotto le proprie dita a ogni pompata. Lo sfregamento del pube di Max contro il clitoride la fece urlare più volte, mentre la vagina continuava a gonfiarsi: ne voleva di più, lo voleva più in fondo... se mai fosse stato possibile.

Amanda sgroppò violentemente.

"Sei apertissima... Ti sento pulsare intorno all'uccello..." rantolò Max. "Mi fai impazzire."

Anche tu fai impazzire me, pensò Amanda; le sembrava di non averne mai abbastanza.

Nelle situazioni normali, lei e Max erano incompatibili; quella sera, tuttavia, erano come fusi l'uno nell'altra. In perfetta armonia.

Morse delicatamente la parte più carnosa del seno, poi ci passò la lingua per lenire il dolore. Fece altri miracoli lì vicino, mordicchiando e leccando, ma avendo cura di evitare le dure protuberanze dei capezzoli. Amanda avrebbe voluto che prendesse in bocca anche loro; lo invitò a farlo con gridolini e ondeggiamenti del busto.

Max si sollevò e la guardò, reggendosi sul gomito. La guardò intensamente. Lei non poteva distogliere lo sguardo da quegli occhi scuri e illeggibili. Fu percorsa da un brivido.

In quel momento, lo desiderava come forse non l'avrebbe mai più desiderato.

Alla fine lui cedette e si gettò sul capezzolo, pungolandolo con la lingua, pizzicandolo con le labbra.

Amanda sentì una scossa partire dal centro del proprio corpo, espandersi nello stomaco, raggiungere la vagina.

Annaspò, travolta da quell'onda che cresceva. "Sto per venire."

Con un grugnito, lui riprese a stantuffare ancora più forte. Ruotò il bacino, sfregandole il pube sul clitoride rigonfio.

Lei raggiunse l'apice ed emise una specie di basso vagito. Max affondò la testa accanto alla sua e le sussurrò all'orecchio: "Cazzo."

Dopo un ultimo fendente, rimase immobile dentro di lei, con la base dell'erezione che continuò a pulsare durante l'eiaculazione.

"Dannazione," dissero all'unisono, poi risero per via della coincidenza.

Già, dannazione.

Max le scivolò a lato e la prese tra le braccia.

Illuminata dall'ultimo bagliore del crepuscolo e con in bocca il retrogusto del miglior sesso, Amanda emise un lungo, appagato sospiro e si stiracchiò gambe e braccia a mo' di gattina. Era sazia... per via della cena e di Max, che aveva fatto da antipasto e da dessert.

Quella sera non c'entrava niente con il loro amplesso nel fienile. Nemmeno lei e Max sembravano le stesse persone. Quella sera non c'era rabbia, né frustrazione. Erano rilassati e non avevano di che battibeccare. Era una sensazione strana. Loro due *erano* incompatibili e Amanda sapeva che prima o poi quell'incompatibilità sarebbe riemersa.

Max uscì dal bagno e vide Amanda ancora raggomitolata tra le coperte. Represse l'urgenza di tornare a letto e sprofondare ancora nel suo corpo. Avrebbe voluto risentire i miagolii e i gridolini di poco prima, ma...

Scosse la testa, cercando in quel modo di schiarirsi le idee.

Aveva in mano gli indumenti con cui Amanda aveva corso nel pomeriggio. Li lasciò cadere ai piedi del letto. "Puoi rimetterti i tuoi vestiti, ora sono asciutti."

Amanda lo ignorò, sparendo sotto le coperte e sospirando. "Amanda."

Da sotto le coperte provenne un soffocato *Cosa?*

"Come "cosa"? Si sta facendo tardi."

Amanda riemerse dalle coperte e alzò la testa. Guardò alla sveglia digitale sul comodino. "Sono solo le otto di sera. Perché non chiami i tuoi genitori? Sono certa che saranno felici se Greg dorme da loro."

"No." Non aveva alcuna intenzione di chiamare la madre per dirgli di tenere Greg per la notte. Quella era l'ultima cosa di cui Max avesse bisogno. Facendosi trovare a cena con Amanda, aveva già offerto a Marc il pretesto per tormentarlo più di quanto il fratello già non facesse. Del resto, Max non aveva potuto evitarlo. A ogni modo, non voleva assolutamente che la madre sapesse di certi dettagli della sua vita *personale*; senza dubbio, non doveva sapere che lui e Amanda andavano a letto insieme... che sarebbe stata esattamente l'ipotesi che Mary Ann avrebbe fatto, se lui le avesse chiesto di ospitare Greg fino al giorno seguente.

A quel punto, la madre avrebbe cominciato a fare domande. Lo avrebbe asfissiato. Avrebbe cominciato a parlare di famiglia, matrimonio, figli. Max trattenne a malapena un lamento. *No, grazie.*

"Perché no? Perché non vuoi che accolli Greg ai tuoi genitori? O perché non vuoi che io passi la notte qui?"

Max sapeva che si trattava di un argomento spinoso, ma non vedeva come evitarlo. Qualsiasi cosa avesse detto, Amanda l'avrebbe fraintesa. Forse l'idea migliore era non dire proprio nulla. "Ne abbiamo già parlato."

"Quindi?"

"Quindi si tratta di mia madre. Ecco il quindi..."

Per quanto Amanda facesse un figurone lì nel letto... Max ebbe l'impressione che lei fosse troppo adatta, troppo a suo agio, come se quella camera fosse anche sua. Max tese i pettorali. Non era pronto. Non era pronto per qualcosa di permanente. Non era preparato a stare insieme a una donna tanto giovane... no, non giovane, ma *adolescenziale.* Adolescenziale? Immatura e ingenua, forse. Si passò una mano sopra i capelli a spazzola.

Forse era stato un errore portarla lì, nel proprio territorio. Lasciarla entrare in casa sua, nel suo spazio privato e personale. Sentì un dolore alla tempia.

"Credo sia meglio se ti vesti e andiamo a prendere Greg."

Amanda rotolò via dal letto, agguantò i vestiti e se li mise in un batter d'occhi. Spalancò la porta della camera da letto e se ne uscì a grandi falcate.

"Davvero vuoi che mia madre si metta a scegliere le bomboniere?," le gridò Max, seguendola. Si fermò sui suoi passi quando vide Marc in piedi di fronte ad Amanda. Il fratello si teneva davanti alla bocca un dito a cui era appeso un anello con le chiavi di scorta. Max si era dimenticato di quelle chiavi. *Dannazione.*

"Marc, puoi portarmi a casa?"

La bocca del fratello si aprì, ma non ne uscì alcuna

parola. Sembrava un animale selvatico sorpreso dai fari di un'auto; ad Amanda venne in mente la tagliata di daino.

"No," rispose Max invece del fratello, raggiungendo Amanda da dietro. "Ti porto a casa io."

"No. Non voglio che ti *disturbi*. Marc, allora, mi porti?"

Max guardò il fratello con occhio torvo, augurandosi che Marc fosse sufficientemente sveglio da non immischiarsi nella lite tra lui e Amanda.

"Uh..."

"No. Ci penso io," insisté Max, quasi urlando.

Amanda lo fulminò con lo sguardo. "Ho detto di no." Poi si rivolse a Marc con occhi d'un tratto supplichevoli. "Per favore."

Marc guardò il fratello, al di là di Amanda; Max scosse appena la testa.

"Uh... Non credo sia una buona idea..." disse Marc.

Bravo, fratello! Aveva mangiato la foglia.

"Non mi interessa se secondo voi altri non è una buona idea. Marc, tu mi riporterai a casa. Altrimenti, ci torno a piedi."

Max non poteva lasciarglielo fare. "Non puoi..."

Marc sostenne il fratello. "Abiti troppo lontano da qui..."

"Amanda, fra poco sarà buio pesto..."

"Non posso? State a guardare." Si avviò a passi decisi verso la porta principale.

"Ok, ok! Ti porto io," gridò Marc affrettandosi a seguirla.

Max alzò le mani e sospirò mentre il fratello raggiungeva Amanda. In piedi sulla soglia della porta, li guardò impotente salire sul pick-up di Marc e partire.

"Dannazione," disse tra sé e sé. La sua testardaggine aveva grandiosamente rovinato tutto. Di nuovo.

Chiuse la porta, sbattendola, e ci si appoggiò con la schiena, inveendo contro se stesso.

Si allontanò dall'ingresso e si mise a camminare su e giù per il soggiorno. Doveva rimediare. Quell'incapacità di esprimere correttamente i propri sentimenti in presenza di Amanda lo mandava su tutte le furie. Non sapeva come gestire la situazione. Non sapeva nemmeno se sarebbe stato *capace* di gestirla. A ogni modo, non voleva che Amanda sparisse dalla sua vita.

Doveva telefonarle.

Era andata a correre nel pomeriggio, perciò non aveva con sé il cellulare. Inoltre, Marc non voleva parlarle mentre lei era ancora con Marc. Se lo avesse fatto, si sarebbe attirato un'infinità di sfottò: il fratello lo avrebbe bersagliato sia alla stazione di polizia che in famiglia.

Quindi, optò per chiamarla al numero fisso; per il momento, le avrebbe lasciato un messaggio in segreteria. Chiamò e partì il messaggio della segreteria, ma lui riattaccò subito. Doveva prima pensare a cosa dirle. Una volta per tutte, doveva parlarle chiaramente.

Digitò ancora il numero. Lasciò procedere il messaggio fino al *bip* che segnalava l'inizio della registrazione.

"Mandy. Mi dispiace, io..." Imprecando, chiuse la chiamata.

Chiamò una terza volta. *Bip.* "Amanda, so che sei arrabbiata." *Certo che è arrabbiata, coglione!* Riattaccò.

Bip. "Mandy, puoi richiamarmi? Ho bisogno di parlarti." Fine del messaggio.

Cazzo. Era davvero un gran coglione.

"Dobbiamo fermarci dai tuoi a prendere Greg," disse Amanda mentre rientravano in città.

L'unico riscontro che ricevette fu lo sguardo sorpreso di Marc.

Raggiunsero la fattoria dei Bryson immersi in uno sgradevole silenzio. Amanda rimase in macchina, furibonda, e Marc entrò frettolosamente in casa e ne uscì poco dopo con Greg. Lei scivolò al centro del sedile per fare accomodare il fratello.

Il comportamento di Max l'aveva ferita e fatta arrabbiare, anche se lei stessa non sapeva quale delle due emozioni al momento prevalesse.

Durante il viaggio in macchina, Marc scambiò qualche battuta meccanica con Greg. Appena Marc accostò, Greg sbucò fuori e corse verso la veranda. Marc fermò Amanda afferrandola per un braccio.

"Aspetta." Si schiarì la gola. "Non so cosa sia successo prima a casa di Max, ma vedo che sei infuriata."

"È un eufemismo."

"Già, beh... io conosco bene mio fratello. A volte può comportarsi da scemo. Al diavolo, a volte lo facciamo tutti... Però credo che lui... *provi* qualcosa per te. Non l'ho mai visto in questo stato. Mai. Sì, insomma... non è la prima volta che frequenta una ragazza... sai com'è... ma è la prima volta che ne invita una a casa... e sei la prima che porta a casa di mamma e papà. Secondo me, ha un po' paura... no, non paura... si sente... in trappola? No!" Marc si batté il palmo della mano sulla fronte. "Non intendevo quello. Hai capito il senso di quello che sto cercando di dirti?"

"Quindi?"

"Niente... Volevo solo che lo sapessi."

"Ora lo so. Grazie per il passaggio."

Prima che Amanda richiudesse lo sportello, Marc aggiunse: "Ah, comunque... Max ha le sue ragioni. È meglio che mamma non sappia nulla di voi, perché se sospettasse qualcosa, si metterebbe *davvero* a scegliere le bomboniere. Se pensi che Max sia testardo, aspetta di conoscere un po' di più mia madre."

Amanda guardò Marc ripartire in auto, poi prese la chiave di scorta che aveva nascosto sotto lo zerbino prima di andare a correre, aprì la porta e lasciò entrare prima Greg. Era sicura che Max avrebbe avuto da ridire anche su quello. Il poliziotto in lui l'avrebbe giudicata una mossa imprudente. Prevedibile. Qualsiasi potenziale intruso avrebbe per prima cosa guardato sotto lo zerbino.

Ma a chi importava l'opinione di Max?

"Posso fare uno spuntino?" chiese Greg con ansia.

"Certo."

Lo seguì in cucina e gli versò un bicchiere di latte. Lo fece sedere al tavolo, poi tirò fuori da un cassetto un contenitore pieno di biscotti fatti da lei. Lo scoperchiò e lo allungò di fronte a Greg, la cui bocca era già cerchiata di latte.

Si voltò dall'altra parte e notò la spia accesa della segreteria telefonica. Il numero quattro lampeggiava sul display come un segnale luminoso. Chi poteva aver lasciato quattro messaggi? Né Carlos né la madre avevano quel numero. Spinse il tasto per vedere le chiamate perse e lesse.

Bryson, M.

Bryson, M.

Bryson, M.

Bryson, M.

Amanda individuò il tasto che cercava.

Cancella.

Cancella.

Cancella.

Cancella.

Si voltò verso Greg e si lasciò cadere nella sedia di fronte. "Posso prendere un biscotto anch'io?" O magari due.

Capitolo quattordici

M ARY A NN LANCIÒ UN'OCCHIATA ad Amanda, che
continuava a ignorare la suoneria del proprio cellulare.
Quando il cellulare taceva, era lo squillo del telefono di casa a
risuonare.

"Tesoro, hai intenzione di rispondere?"

"No, ho la segreteria nel cellulare." Dal soggiorno
provenne l'ennesimo *bip*. "E anche nel telefono fisso. Senti?"

Mary Ann fece spallucce e tirò il libro di ricette più
vicino a sé. Puntò un dito sulla pagina. "Qui ti dice di setac-
ciare la farina, ma tu non hai un setaccio, perciò ora ti faccio
vedere come possiamo fare. Allungami una tazza di quella
farina."

Amanda sollevò il coperchio del contenitore di plastica e
affondò il bicchiere graduato nella farina, alzando una nuvo-
letta di polvere bianca. Ne respirò un po' e tossì, sollevandone
ancora di più. Arricciò il naso, nel tentativo di non starnutire.

Con aria soddisfatta, passò il bicchiere a Mary Ann, che
scosse la testa. La donna rovesciò la farina in un colino,
mentre le labbra le si piegavano in un sorriso divertito. "Ora

non faccio altro che alzare il colino e dare dei colpetti piano. Bisogna evitare che la farina si alzi. Basta una leggera pressione per far sì che la farina si muova e..."

Il cellulare squillò ancora.

Mary Ann appoggiò il setaccio improvvisato e si piantò le mani sui fianchi. "Amanda, non credi che possa essere un'emergenza? È chiaro che qualcuno ha bisogno di parlare con te."

Aveva ragione. Amanda non poteva continuare a far finta di niente. Prima o poi avrebbe dovuto affrontare *il chiamante*. Prese il telefono dal tavolo della cucina. "Vado a rispondere in soggiorno."

Mentre entrava nella stanza vicina, Amanda si preparò psicologicamente, poi rispose. Non aveva bisogno di leggere il nome sul display per sapere chi fosse. "Che c'è?" L'interessato non si meritava nemmeno un *Pronto* di cortesia.

Dall'altra parte ci fu un istante di silenzio.

"Ciao. Uh... Mi stupisce che tu abbia risposto."

"Beh, ho pensato che se non lo facevo mi avresti scaricato il cellulare a furia di chiamarmi."

"Già... Sì, immagino tu sappia che ti sto cercando, visti tutti i messaggi che ti ho lasciato."

"Non ne ho ascoltato nemmeno uno."

"Mandy, so che sei arrabbiata, ma..."

"*Ma* un tubo."

"Almeno ascoltami."

"Ti ho ascoltato, Max, e non mi piace quello che dici."

Amanda sentì un lungo sospiro, poi Max ribatté: "Non posso dirti quello che ti devo dire al telefono."

"E io non posso stare a sentirti, quindi smetti di chiamare."

"Passo da te." Era chiaramente deciso a farlo.

Amanda pensò alla madre di Max, di là in cucina. "Non è

un buon momento." Sicuramente la notizia che lei e Mary Ann avevano trascorso tanto tempo insieme avrebbe scioccato Max.

"È un momento buono come un altro. Sarò lì fra dieci minuti." Max chiuse la chiamata prima che Amanda potesse protestare.

Guardò verso la cucina. Che Max si presentasse pure... Non avrebbe fatto altro che mettersi in ridicolo di fronte alla madre.

Lui non voleva certo che Mary Ann sapesse di ciò che era successo tra di loro la sera prima... ma venendo lì, non avrebbe potuto evitarlo.

Tornò in cucina per finire la lezione di pasticceria.

Nove minuti e ventidue secondi più tardi, Max suonò alla porta.

Era nervoso, si sfregò sui jeans i palmi delle mani, umidi di sudore.

Quando Amanda aprì la porta, lui inspirò profondamente. Indossava una canotta rosa e pantaloni da yoga, neri e aderenti. I lunghi capelli erano raccolti in una coda di cavallo. Non aveva un filo di trucco e sembrava una cheerleader delle superiori; una cheerleader particolarmente sbarazzina.

Alzò una mano e con l'indice le pulì il naso dalle tracce di farina.

"Stai ancora alla larga dai guai?" Sfregò indice e pollice, poi se li portò al naso e sniffò. "Che roba è?"

Amanda roteò gli occhi. "Ma fammi il favore... È farina."

"Lo sapevo."

"Bene." Amanda si voltò e si allontanò dalla porta, lui la seguì. "Allora, Max, cosa vuoi?"

"Non mi è piaciuto il modo in cui ci siamo lasciati ieri sera."

Raggiunto il soggiorno, Amanda si avvicinò alla scrivania d'epoca e cominciò a esaminarla con improvviso interesse. "Nemmeno a me."

"Quindi, cos'abbiamo intenzione di fare?"

"Senti, sei tu ad aver insistito per venire qui. La domanda perciò è: cos'hai intenzione di fare *tu*?"

Max la girò verso di sé, per studiarla, ma l'istante dopo la lasciò andare. "Scusarmi. Dirti che mi dispiace, che sono stato un vero idiota. Dirti che avrei voluto che tu restassi da me, ieri sera; lo volevo sul serio, ma..."

"...ma?"

"Ma... l'hai sentita anche tu mia madre, alla cena di Natale. Non fa altro che assillare me e i miei fratelli, facendo pressione perché ci sposiamo e figliamo... Non voglio darle delle... false speranze."

"Quindi, in poche parole, mi stai dicendo che non vuoi una storia seria." Amanda raddrizzò la schiena, il che la fece effettivamente sembrare un po' più alta. "Beh, sai, magari non la voglio neanch'io. Non so quanto resterò a Manning Grove. Appena riuscirò a convincere Greg a venire a Miami con me, ce ne andremo."

Per Max, quella non era una buona notizia. D'altronde, Amanda gli stava solo gettando fumo negli occhi. Lui non l'avrebbe lasciata andare via. Mai e poi mai. Quella era casa di Greg. Amanda doveva restare. A Max piaceva passare il tempo con lei... almeno quando tra loro due non c'era attrito. A dire il vero, in *altre* circostanze, l'attrito tra lui e Amanda gli piaceva eccome...

"No." Max scosse la testa. "No. Tu mi piaci, Amanda. Mi piaci sul serio. Credevo fosse evidente. Però, qualsiasi cosa succederà tra di noi... anzi, qualsiasi cosa stia succedendo tra di noi, voglio procedere al mio ritmo, non a quello di mia madre. Riesci a capire?"

"Oh, sì. Capisco il non volere che qualcuno prenda decisioni al posto tuo, esattamente come stai facendo tu."

"Mi merito la tua rabbia, la accetto." Le si avvicinò e le mise le mani sui fianchi, tirandola molto vicino a sé. "Però una cosa la so..." Le sfiorò la tempia con le labbra, passandole le dita tra i capelli raccolti dietro la schiena, poi li tirò con delicatezza, di modo che Amanda spostasse indietro la testa e gli offrisse il collo; lì, alla base, strofinò il naso, prima di catturarle le labbra con un movimento repentino. Aveva un sapore delizioso...

"Tesoro, dobbiamo finire di preparare la glassa con la crema e il formaggio, così..." Mary Ann non finì la frase. "Oh! Oh, Max! Ciao, caro. Mi era sembrato di sentire delle voci..."

"Mamma!" Max lasciò cadere le braccia e fece subito un passo indietro. Una botta di calore gli salì su per il collo. Si schiarì la gola. "Che ci fai qui?"

"Come? Vengo spesso a casa di Amanda. Non te l'ha detto?"

Lui richiuse sonoramente la bocca che era rimasta spalancata. Lanciò un'occhiata ad Amanda, poi rispose: "No."

"Le sto insegnando a cucinare. Ci divertiamo un sacco insieme. Sarà una mogliettina perfetta."

Max emise un gemito. Era esattamente ciò che Max stava cercando di evitare: che la madre vedesse in Amanda una potenziale nuora. Anzi, era ancora peggio: Mary Ann la stava addestrando per diventare una brava moglie. Brutta, bruttissima faccenda.

"Come sei venuta? Fuori non c'è la tua macchina."

"Mi ha portato tuo padre."

Papà sapeva di quell'intrallazzo tra Mary Ann e Amanda

e non gli aveva detto niente? Max gliene avrebbe dette quattro.

Max si avvicinò alla madre e la prese per il gomito con decisione. "Ti riaccompagno a casa."

Mary Ann si divincolò dalla presa. "No, io e Amanda dobbiamo finire di preparare la torta."

"La potete finire un'altra volta."

La madre lo guardò incredulo. "No, Max. Passa a prendermi tuo padre. Però ora me ne torno in cucina, vi lascio qualche minuto per parlare da soli." Lo guardò con aria d'intesa e gli fece l'occhiolino.

Max digrignò i denti. Mary Ann tornò in cucina, erroneamente convinta che lui e Amanda avessero bisogno di un po' di privacy.

Max si rivolse ad Amanda con un bisbiglio concitato: "Che state facendo?"

"Una torta."

"Da quanto tempo va avanti questa storia? Cosa sa?" La voce gli usciva stridula e rotta come quella di un adolescente.

Cazzo!

"Di noi?" Amanda fece spallucce. "Non è mica stupida, Max."

I due restarono in piedi a fissarsi. I loro sguardi erano in una situazione di stallo: blu ghiaccio contro verde smeraldo. I secondi rintoccavano nel silenzio.

"Tesoro, mi raggiungi?" chiese Mary Ann dalla cucina.

Amanda non distolse lo sguardo e piegò le labbra in un sorriso maligno. "Sì, ma'. Arrivo subito."

Fu Max a interrompere il contatto visivo, mentre si portava le mani al petto. "Ma'?" Cos'era quel lancinante dolore al petto? Aveva un principio d'infarto. "Perché chiami mia madre *ma'*?"

"Mi ha autorizzato lei. Sono le sue iniziali: Mary Ann... ma'... capito?"

La voragine nel pavimento continuava ad allargarsi; tanto valeva buttarcisi. Sua madre frequentava la ragazza con cui lui stava andando a letto. La ragazza con cui andava a letto chiamava la madre 'ma'.

"È una follia... Devo sedermi." Si lasciò cadere sul vicino divano, afferrandosi il ponte del naso.

"Non c'è nulla di folle. Mi trovo bene con lei. È un'ottima madre, dovresti ritenerti fortunato."

"Oh, so di esserlo." Era una fortuna che Mary Ann avesse trovato una ragazza da educare perché diventasse una mogliettina perfetta. Era una fortuna che la madre si impicciasse continuamente degli affari altrui... Ehi, quell'accusa gli suonava familiare. Quante volte Amanda gliela aveva rivolta? Tale madre, tale figlio? Max fece una smorfia.

"Ha trascorso il suo tempo libero a insegnarmi a cucinare, semplicemente perché gliel'ho *chiesto*." Amanda scosse il capo. "Non ho dovuto fare altro che chiedere. E sai cosa? Era entusiasta, quando gliel'ho chiesto."

"Avresti potuto chiedere prima a me."

"Di insegnarmi a cucinare?"

"No, dannazione. Avresti potuto chiedermi se avevo qualcosa in contrario riguardo al fatto che mia madre..." Max non finì la frase, distratto dallo scurirsi del volto di Amanda. *Oh, merda.*

Si rialzò velocemente e la prese per le braccia, prima che lo bacchettasse. Poi sospirò e le lasciò andare le braccia. Se in quel momento Amanda gli avesse spaccato la testa, Max non avrebbe potuto biasimarla.

Era andato da lei con lo scopo di scusarsi per essere stato uno stronzo... ed eccolo lì, più stronzo che mai. Stava diventando una specie di copione annunciato. Max doveva interrompere il ciclo.

"Amanda, ero venuto qui per scusarmi per il mio comportamento di ieri sera. L'ho fatto... e ora eccomi qui, a scusarmi per ciò che ho appena detto. Anzi, metto le mani avanti: mi scuso per qualsiasi stronzata che farò o dirò in futuro. Così dovrebbe bastare."

"Se hai intenzione di appiccicare le tue scuse come un cerotto su tutti i nostri... i *tuoi* problemi... beh, ti sbagli. Le scuse non bastano, oltre ad essere tardive. Credi di poter dire e fare tutto ciò che vuoi? Di poter fare il prepotente e cercare di controllare ogni aspetto della mia vita? Per poi dire *mi dispiace*, quando ti viene voglia di portarmi a letto? Pensi che funzioni così? No, non funziona così, né oggi né mai."

"Sai, dovremmo discuterne più dettagliatamente quando *mia madre*," disse inarcando le sopracciglia, "non è a pochi metri da noi, nella stanza accanto." Puntò più volte il dito verso la cucina.

"Va bene."

"Va bene cosa?"

"Ne parleremo più tardi."

"Oh." Max non si aspettava tanta disponibilità. Amanda era cambiata improvvisamente, come se lui fosse riuscito a premere un interruttore. Un attimo... Probabilmente si trattava di una trappola. Le chiese con cautela: "Ok. Quando?"

"Stasera, dopo che Greg sarà andato a letto."

"Quindi, a che ora?"

"Vieni qui verso le nove."

Mary Ann fece capolino dalla cucina. "Max, caro... perché non resti e ci aiuti a finire la torta?"

Lui sentì salire il panico. "Mamma, devo scappare!" gridò; poi bisbigliò ad Amanda: "Ci vediamo alle nove."

Guardò per un'ultima volta Amanda in versione cheerleader. "Non cambiarti i vestiti."

Si eclissò: doveva uscire da quella casa prima che lo imprigionassero in un grembiule.

DOPO AVER MESSO A LETTO GREG, Amanda rimase a fargli compagnia per qualche minuto, parlandogli finché il fratello, dopo un ultimo sbadiglio, scivolò nel sonno.

Era appena scesa al piano terra quando sentì un lieve colpo alla porta d'entrata.

Era stata in ansia fin da quando Max se n'era andato, quello stesso pomeriggio; in effetti, era una delle poche volte in cui sapeva che lo avrebbe visto, visto che in passato si era quasi sempre presentato a casa sua senza preavviso. Dopo la visita di Max, la lezione di pasticceria era praticamente stata una perdita di tempo: Amanda non era più riuscita a concentrarsi e a un certo punto Mary Ann aveva deciso di finire di preparare la torta a casa propria.

Amanda si avvicinò alla porta con il batticuore.

Quando la aprì, rimase come ipnotizzata per un istante. Max indossava un paio di jeans consunti, talmente consunti da sembrare quasi bianchi; gli stavano perfettamente. Sotto la giacca di pelle aveva una maglietta bianca aderente, che sicuramente lasciava intravedere il tatuaggio che ogni volta catalizzava l'attenzione di Amanda. Spostando lo sguardo al di sopra delle ampie spalle, Amanda notò un velo di barba incolta... nel complesso, Max era dannatamente sexy. A non farne l'epitome del ribelle restava solo il severo taglio di capelli da difensore della legge. I capelli erano troppo corti per passarci le dita o per fungere da appiglio durante...

"Finita la radiografia?" Inarcò un sopracciglio e sorrise. "Vuoi che mi spogli qui fuori o posso prima entrare?"

Amanda gli rispose con un sorriso, poi fece un passo indietro, senza però lasciargli spazio sufficiente, tanto che per entrare Max dovette mettersi di lato e strisciarle contro il busto.

"Oh, sei davvero crudele... Sono qui per parlare, Amanda, ricordi?"

Lei richiuse la porta e mise il chiavistello. "Ricordo. Andiamo in veranda, così non disturberemo Greg."

Mentre attraversavano la cucina, Amanda indicò l'esterno con un cenno del capo. "Va' avanti tu, io prendo qualcosa da mangiare."

Meno di un minuto più tardi, lo raggiunse nella veranda portando con sé un piatto con i biscotti fatti da lei.

Max sedeva comodo sul divanetto, con le gambe allungate e i piedi incrociati. Aveva acceso solo una delle abat-jour che erano sul tavolino e l'ambiente era perciò schiarito da un bagliore soffuso... e romantico.

Amanda scosse la testa nella speranza di sgombrare la mente dai pensieri osé.

Ingolosito, Max guardò il contenuto del piatto. "Burro d'arachidi?"

"Già."

"Che fine ha fatto la torta che stavate preparando oggi?"

"L'ha presa tua madre, per darla alle sue amiche del bingo."

Tralasciò di dirgli che Mary Ann si era portata via la torta incompiuta, lanciando bonarie frecciatine contro due certi piccioncini.

Max agguantò un biscotto prim'ancora che Amanda appoggiasse il piatto sul tavolino. Lo addentò con entusiasmo, poi masticò lentamente e deglutì con qualche difficoltà. Si schiarì la gola. "Sono diversi dagli altri."

"Che intendi?"

"Beh, non voglio fare la figura del maleducato, ma... uh... sono meno buoni di quelli che hai portato alla stazione di polizia. È una nuova ricetta?" la guardò con occhi speranzosi.

"No..." Amanda si mordicchiò il labbro inferiore, chiedendosi se fosse il caso di vuotare il sacco. "Ho una confessione da farti."

Sbirro. Confessione. Allertato, Max raddrizzò la schiena. "Spara."

Era il momento di uscire allo scoperto. "I biscotti che ho portato alla stazione..."

"...sì?"

Lei distolse lo sguardo per celare il proprio senso di colpa. "Insomma, non li avevo fatti io."

"Oh. E allora? Non mi sembra una tragedia."

"Inoltre..." Non gli aveva mica dato da mangiare dei biscotti adulterati... Vero?

"...inoltre?"

D'accordo.... forse lo aveva fatto, ma Max era sopravvissuto e non doveva venirlo a sapere per forza. "La signora Ficca... Myers; li aveva preparati la signora Myers."

"Beh, erano buoni, grazie per averli condivisi con noi."

Amanda non ce la faceva. Non poteva ammettere di avergli dato dei biscotti glassati con la bava di cane. Si sarebbe portata quel segreto nella tomba. "Figurati." Tornò a guardarlo. "Non sarò la migliore delle cuoche, ma so preparare un Alabama Slammer impareggiabile."

Lui la guardò sorpreso. "Sì? Te la cavi con i cocktail?"

"Certo. Ho fatto la barista per tre anni. Ero anche brava. Mi sono divertita, ho lavorato in alcuni dei migliori locali di Miami... Facevo dei *bei* soldi e incontravo un sacco di gente interessante, persino qualche celebrità. E poi avevo diritto a bere gratis..."

"Ti ci vedo con lo shaker in mano...Specie con indosso quel top rosa. Probabilmente ti beccavi anche delle buone mance. Qui hai il *necessaire* per preparare un Alabama Slammer?"

"Certo. Tengo gli alcolici in un armadietto chiuso a chiave in cucina. Torno subito."

Mentre s'incamminava, Max la fermò: "Amanda, puoi riportare dentro il piatto."

Lei lo raccolse dal tavolino. "Ora capisci perché ho chiesto aiuto a tua madre?" Poi rientrò.

Amanda aprì il mobiletto dei liquori improvvisato e ne estrasse Southern Comfort, il gin aromatizzato e l'amaretto.

Sentì la voce profonda di Max alle proprie spalle. "Ti serve aiuto?"

Amanda si voltò e lo vide appoggiato con una spalla allo stipite della porta.

"Ok. Prendi due bicchieri grandi da quell'armadietto... Ah, prima tira fuori il ghiaccio dal freezer."

Lei prese il frullatore e infilò la spina nella presa sul muro.

Max la fermò. "Quello è meglio non usarlo."

Amanda rise. "Ah, già. Greg si sveglierebbe terrorizzato." Staccò la spina e ripose l'elettrodomestico vicino al muro. Prese uno shaker da un altro armadietto vicino. "Lo shakero piano."

"Agitato, non mescolato," disse Max, facendo il verso a James Bond. Max fece scivolare il contenitore con il ghiaccio sul top. "Che altro ti serve?"

"Uhm... Succo di limone. È nello sportello del frigo."

Quando ebbe miscelato il tutto, versò il liquido in una

caraffa e la portò nella veranda, seguita da Max che si occupò dei bicchieri.

Lui tornò a sedersi sul divanetto, mentre Amanda, dopo aver riempito i bicchieri, si accomodò dirimpetto, sulla sedia a dondolo.

Max sorseggiò. "Molto, molto meglio dei biscotti al burro d'arachidi."

Anche Amanda assaggiò e dovette concordare. "Mmmh... Niente male."

Restarono in silenzio per qualche minuto, assaporando i drink e contemplandosi a vicenda; l'alcol fece subito effetto, rilassando entrambi. Max prosciugò il suo drink in un batter d'occhi, al che Amanda allungò prontamente una mano verso la caraffa. "Ne vuoi ancora?"

"Certo. Tieni la caraffa a portata di mano. Allora..." Gli occhi blu di Max la inchiodarono alla sedia a dondolo. "Qualcuna di quelle *celebrità* ci ha provato con te?"

"Forse."

"E...?"

"...e niente, sono persone come tutte le altre. Sono esseri umani."

"Da quanto si vede in TV, ce ne sono alcune che esiterei a chiamare esseri umani."

"Chiamale come ti pare. Comunque sia, io attiravo abbastanza attenzione."

"Quindi sei uscita con qualche personaggio famoso?"

"No. Avevo un ragazzo. Che tu ci creda o no, sono molto fedele... Tanto fedele, in realtà, che lo considero un difetto."

Max la guardò perplesso. "Perché?"

Amanda scosse il capo. "Lasciamo perdere. Credevo che dovessimo parlare di noi." Svuotò il bicchiere. L'alcol cominciava a scaldarle lo stomaco e a farle sentire un lieve e piacevole stordimento.

Max prese la caraffa per riempirle il bicchiere. "Dovevamo." Si corresse: "Dobbiamo."

"Ok. Comincia pure." Lei lo guardò scolarsi il secondo drink. Max stava chiaramente lottando con le proprie emozioni. Aveva davvero bisogno dell'alcol per trovare la forza di parlare della loro relazione? Sempre che di relazione si potesse parlare...

Max fece una smorfia e si mosse goffamente sul divanetto. "Non so da dove cominciare."

"Va bene, allora comincio io. Vedi..." Amanda accavallò le gambe e con una spintarella del piede mise in movimento la sedia a dondolo, mentre cercava di riordinare le idee.

Forse gli Alabama Slammer non erano stati una trovata vincente. I pensieri erano un po' sfocati. *Al diavolo, avanti tutta...*

"Non so se sono in grado di gestire le tue indecisioni, faccio già abbastanza fatica a gestire le mie. Non so cosa succederà in futuro. Non so dove finirò per vivere. Non so nemmeno se voglio restare qui a Manning Grove o tornare a Miami."

"Quindi mi stai dicendo che vuoi che io accetti i tuoi dubbi ma che tu non puoi accettare i miei?"

"Non lo so. Sono dannatamente confusa. Tu mi fai sentire frustrata. Ho già una madre con manie di controllo, non voglio un uomo con lo stesso problema."

"Non posso farci niente, sono fatto così. È la ragione per cui sono diventato uno sbirro... ed è un aspetto di me che credo non cambierà mai." Scrollò le spalle con aria pragmatica. "Possiamo dire che fa parte del mio bagaglio genetico."

"Stronzate. Quello è solo un modo per aggirare il problema... Bagaglio genetico... *ma fammi il favore.*"

"Puoi non credermi, se vuoi. Però credi a questo: ti avevo

detto di tenere il top rosa e tu l'hai tenuto. Secondo me, a te piace quando faccio così, solo che non vuoi ammetterlo."

Che avesse ragione? Che lei davvero avesse bisogno di qualcuno che la dominasse di continuo?

"Dacci un taglio. Magari l'ho tenuto perché credevo che non valesse la pena cambiarsi per uno come te."

Max reagì con una sghignazzata alla sfacciata bugia. Si riempì il bicchiere per la terza volta, svuotando la caraffa. "Senti, cerchiamo un compromesso. Che ne dici di un'altra tregua? L'accordo è andarci piano e vedere come procedono le cose."

"Un'altra tregua?"

"Chiamiamolo compromesso, stavolta... visto che la nostra cosiddetta tregua è saltata. Io prometto di cercare di essere meno invadente."

"Vorrai dire prepotente, dispotico..."

"Ok, ok... ma tu prometti di dare una *chance* a Manning Grove ... e a me."

"Max, non ti posso promettere di rimanere qui. Però, ecco la contropartita: ci penserò su seriamente."

"Mi può bastare. Ora, per quanto riguarda mia madre..."

"No, non fa parte del 'compromesso'. Passerò con lei tutto il tempo che mi pare."

Max si appoggiò allo schienale del divanetto, socchiuse gli occhi e strinse le labbra.

"Max," disse Amanda con tono ammonitore, "vuoi mandare tutto a monte prim'ancora di provarci?"

"No, ma voglio che la scoraggi se comincia a parlare di invitati e abiti da cerimonia."

Lei cercò di sembrare seria. "Affare fatto."

"Se ti accorgi che ti sta portando all'outlet di prodotti per l'infanzia di Harrisburg, voglio che cerchi di fuggire e che chiami il 911 non appena trovi un telefono."

Amanda contrasse le labbra. "Ho il cellulare."

"Inoltre, ciò che io e te facciamo in privato, resta fra di noi."

"D'accordo."

"E poi..."

"Basta così, Max. Ho afferrato il concetto. Non le dirò quanto mi attizzi e come mi fai urlare quando vengo."

Le labbra di Max si piegarono in un sorriso. "Puoi dirlo a me, però."

"Vuoi che prepari un'altra caraffa?"

Max scosse la testa e le porse la mano. "Vieni qui. Sei troppo lontana."

Lei lo scrutò per un momento, poi si alzò dalla sedia a dondolo e lo raggiunse sul divanetto, accomodandosi sul suo grembo. "Così va meglio?"

Max la abbracciò e la strinse forte a sé. "Puoi scommetterci."

Lei gli appoggiò la testa sulla spalla, rifugiandosi con il naso sul suo collo; riusciva a sentire il battito cardiaco di Max sotto la guancia.

Stava davvero bene, lì tra le sue braccia. Percorse il contorno del tatuaggio con il dito. *Semper fidelis.* Mary Ann si era preoccupata di dirle che quella frase significava 'sempre fedele'.

"Hai sempre voluto fare il poliziotto?"

Max le teneva una mano sul fianco, mentre con l'altra le massaggiava lentamente la coscia. "Sì."

Lei attese un momento e di fronte al silenzio di Max, lo incalzò. "Perché?"

Sentì la voce virile e profonda risuonare nel petto. "Ho sempre ammirato mio nonno e mio padre. Ecco perché ho seguito le loro orme... e perché i miei fratelli hanno fatto altrettanto. Prima i Marines, per servire la patria, poi il dipartimento di polizia, per servire la nostra piccola comunità..."

"Per proteggere e servire, eh?"

La risposta di Max trasmetteva orgoglio. "È il motto di noi Bryson."

Amanda si mosse e gli strofinò il naso dietro all'orecchio. "Beh, puoi proteggere e servire me quando vuoi."

"Era nei miei piani sin da quando hai fatto quella scenata nel parcheggio, poco dopo che eri arrivata in città."

Lei gli mise una mano sul petto, per aiutarsi ad alzare la testa. "Quella volta cercavi solo di entrarmi nelle mutande."

"È vero..." disse lui con lentezza.

Amanda afferrò il cuscino ornamentale e lo usò per colpire Max.

"Ehi! Non mi hai lasciato finire la frase. È vero, ma quando tu mi hai visto in uniforme, non volevi altro che prenderti un pezzetto di questo ragazzaccio." Spalancò le braccia, come per offrirsi a lei.

Amanda lo colpì ancora. "Sì, sì, come ti pare..."

"Non puoi negarlo." Max allungò la mano e le prese il viso tra le lunghe dita, poi si chinò per baciarla. Fu solo un contatto fugace e non fece che aumentare in lei la voglia.

"Ti sbagli."

"Mi avresti baciato, se avessi stracciato la multa?"

"No."

"Bugiarda."

"Per venticinque dollari? Torna sul pianeta Terra. La verità è che volevo quel coso che tieni appeso alla cintura e sbattertelo in testa."

Max rise. "Intendi lo sfollagente telescopico?"

"Sì, sì, chiamalo come vuoi."

"Quell'idea ti è venuta perché eri sessualmente frustrata."

"Ti piacerebbe."

Lui la pungolò con le dita sul fianco. "Di' la verità."

"No."

"Eddai..."

"Ok. Hai ragione. Ero sessualmente frustrata perché non potevo saltarti addosso lì, in pieno centro, in un parcheggio *non* a pagamento, tra i giocattoli per il cane che erano caduti sull'asfalto quando avevo gettato a terra la borsa e con Greg che ci guardava. Soddisfatto?"

Il sorriso di Max si allargò. "Sì."

"Bene. Adesso baciami ancora." Gli mise una mano sulla nuca e lo tirò a sé finché a separare le loro bocche non restarono che pochi millimetri. "E fallo con convinzione, stavolta."

Il bacetto precedente finì nel dimenticatoio non appena lui si appropriò delle labbra di Amanda, quasi schiacciandole. Era il bacio che lei aspettava. Gemette contro la bocca di Max, mentre le loro lingue si intrecciavano. Ebbe uno spasmo e cominciò a strusciarglisi contro con il bacino. Presto Amanda sentì crescere l'erezione di Max.

Lui si ritrasse di qualche centimetro e le passò un dito lungo la cinta dei pantaloni neri aderenti. "Sai, ho bevuto troppo per mettermi al volante. Credo sia meglio se mi fermo qui finché non torno lucido."

"Mmmh... Forse dovrei *veramente* preparare un'altra caraffa di Alabama Slammer, di modo che tu ci metta un bel po' a tornare lucido."

"Lascia stare. Voglio che ti ricordi tutto quello che ti faccio."

"Giusto. Voglio che tu *sia in grado* di farmi di tutto."

"Che ne dici se suggelliamo il nuovo compromesso con un altro bacio?"

"No, conosco un modo migliore per suggellare..."

Amanda si tolse dal grembo di Max e gli prese la mano per accompagnarlo al piano di sopra.

I passi di Max facevano scricchiolare le scale di legno e lei bisbigliò: "Dobbiamo fare piano."

Quando furono arrivati in cima alle scale, lui ribatté: "Non so se sarà possibile, tu a volte fai un chiasso da gatta in calore."

Amanda soppresse una risata e gli diede una piccola gomitata sulle costole.

"Ahia!"

"Sssh!" Lo condusse in camera da letto e si affrettò a richiudere la porta dietro di loro.

Si appoggiò alla porta e guardò Max massaggiarsi dove l'aveva colpito con il gomito. Amanda sapeva di cosa fossero capaci quelle dita lunghe e forti, di come potessero ridurla. Quel pensiero le provocò uno sfarfallio nello stomaco.

Max si allungò sul letto e le tese la mano. "Mi sento come un ragazzino che deve fare sesso a casa con i genitori senza farsi beccare."

Amanda portò le mani dietro la schiena per chiudere a chiave la porta. "Credi di essere in grado di non fare rumore?" gli chiese.

Un sorrisetto perfido gli prese forma sul volto. "Oh, sì. Dubitò però che *tu* ci riesca."

"Sento odore di sfida."

Lui rise sommessamente. "Puoi scommetterci. Ci stai?"

Amanda prese tra le dita l'orlo della canotta rosa, poi lo alzò lungo le spalle, fin sopra la testa, e lasciò cadere al suolo l'indumento.

Le sue labbra si piegarono in un sorriso, mentre si portava le mani ai seni e cominciava ad accarezzarli. Li soppesò, poi li strinse. Si pizzicò i capezzoli e li strinse tra le dita, evitando di proposito di guardare Max. Ne lasciò andare uno e la mano libera scivolò lungo il ventre, scomparendo dentro i pantaloni. Al contatto con la propria calda umidità, rovesciò indietro la testa.

Impaziente, si tolse i pantaloni ondeggiando il bacino, poi si appoggiò con la schiena alla porta e dischiuse le labbra della vagina con le dita, per mostrare a Max quanto fosse pronta. Si strofinò lentamente il clitoride con il pollice, facendone il periplo e causandone l'ispessimento.

Continuava a evitare il contatto visivo. Era concentrata su se stessa, intenta a procurarsi piacere. Se avesse rivolto lo sguardo a Max, ne era certa, avrebbe visto che anche lui era eccitatissimo. A un certo punto, però, si leccò le labbra e sbirciò attraverso le fitte ciocche di capelli che le ricadevano sul viso.

Sì.

"Sono pronto," le disse con voce bassa e roca.

"Lo vedo."

"E tu sei pronta?"

Lei lo raggiunse sul letto e gli si mise a cavalcioni sul ventre. "Non ne sono sicura. Vuoi fare un controllo per accertartene?"

Max passò un dito tra le carnose labbra vaginali, poi lo alzò: il lucore che ne imperlava la punta fugò ogni loro dubbio. Amanda era bagnata e pronta.

Lei si portò una mano dietro il bacino, gli sbottonò i jeans ed abbassò la zip. "Devi liberarti di questi."

Pochi secondi dopo, Max si era tolto con i piedi scarpe e calzini e si era sfilato jeans e boxer senza che Amanda dovesse scomodarsi a scendergli di dosso.

"Voglio che tu stia sopra." Erano parole grevi di desiderio.

"Il piano era quello."

"Ah, già... Sì?"

Amanda si fece un po' indietro, portando la propria

fessura a sfiorare il glande. Max le sbatté contro l'erezione e Amanda, con un rapido sussulto del bacino, ci si assestò sopra, accogliendola in profondità.

Max emise un lungo, basso sibilo. La afferrò saldamente per i fianchi. Amanda chiuse gli occhi, gustando la sensazione di pienezza. I loro corpi combaciavano.

La pressione del pene sul punto G era forte, quasi insostenibile. Max la colpì in ogni parte sensibile.

Lui distese le dita sulle natiche di Amanda e aumentò l'intensità degli affondi. Lei represse un gemito e gli piantò una mano aperta sul petto, come per tenerlo fermo.

"Lascia che comandi io." Quella di Amanda non era una domanda.

Varie emozioni si avvicendarono sul viso di Max. Una parte di lui si opponeva all'idea di cederle le redini del gioco. Espirò forte e annuì senza troppa convinzione. Era dura per lui... come lui era duro per lei.

Amanda strinse le cosce e prese a cavalcarlo velocemente, vigorosamente. Lottò per restare in silenzio ed era sul punto di perdere la battaglia con se stessa, quando Max le tappò la bocca con una mano. Gli addentò un dito, sforzandosi di non mordere troppo forte. Saliva e scendeva su di lui, alzandosi fin quasi a sfilarsi dall'erezione, per poi ricaderci sopra e farla rientrare fino ai testicoli. Max dovette voltare il viso di lato e soffocare un grido nel cuscino. Aveva i muscoli del collo rigidi, le guance e il torace arrossati. Entrambi cercavano disperatamente di trattenere le urla di piacere.

Amanda era bagnatissima, perciò non c'era alcun attrito tra i loro sessi, nulla che potesse rallentarla nella sua cavalcata; a ogni sobbalzo, fletteva le cosce e le si contraevano i muscoli interni. Ancora e ancora. Le uscì dal corpo uno spruzzo caldo che irrorò Max.

"Cazzo!" sbottò lui, la voce attutita dal cuscino.

Ad Amanda piaceva avere il controllo della situazione. Anche se per poco tempo, poteva dominare sia il corpo che i pensieri di Max. Sentì che lui stava irrigidendosi e si fermò immediatamente.

No. No. No. Era ancora troppo presto per lasciare che lui venisse.

Si chinò su di lui e gli morse un capezzolo. Max alzò di scatto la testa per guardarla.

"Non ancora," lo avvertì. Poi morse l'altro capezzolo abbastanza forte da lasciare il segno dei denti, al che Max ebbe un sussulto.

Se non altro, il dolore lo distrasse, costringendolo a rimandare il climax.

"Non puoi venire prima di me."

Lui strinse gli occhi, la afferrò per i fianchi e con gesto rapido la mise supina; l'istante dopo le era sopra e la guardava dall'alto.

Durante il capovolgimento di corpi e ruoli, Amanda aveva emesso un gridolino, troppo basso, tuttavia, per svegliare Greg.

"Vuoi venire? Cosa ti rende tanto sicura che la decisione spetti a te? Forse dipende da me se tu vieni o meno."

Amanda lo afferrò per la testa e lo tirò a sé. Gli diede un brevissimo bacio sulle labbra, poi lo scostò quanto bastava per dirgli: "Fammi venire."

Lui la abbracciò e cominciò a spingere con forza dentro di lei, marcando ogni colpo con una specie di grugnito. Colpi duri e rapidi, come li voleva lei. Amanda spostò il bacino per dargli modo di ritrovare il punto giusto. A ogni affondo, lei si bagnava di più, sempre di più, finché alla fine...

Max la baciò, assorbendo quello che altrimenti sarebbe stato un grido acuto. Una frazione di secondo più tardi, lei accolse nel proprio corpo l'eiaculazione di Max. Quando le vibrazioni dei loro corpi si esaurirono, lui si abbassò, avvolgendola in un forte abbraccio. Amanda si addormentò al suono del respiro lento e regolare di Max e cullata dal saliscendi del suo petto.

AMANDA SI ROTOLÒ nel letto e sospirò. Si stirò e senza guardare allungò il braccio sull'altra piazza con un sospiro; la trovò vuota e fredda.

Se l'era immaginato. Max non sarebbe riuscito a passare lì la notte. Per lui avrebbe significato un eccesso di pressione. Con ogni probabilità, dopo che lei si era addormentata, Max si era sentito come se i muri gli stessero per crollare addosso e se l'era squagliata in un battibaleno.

Alla faccia del nuovo compromesso. Per Max, era stato semplicemente un altro modo per portarsela a letto. Non che lei gli avesse reso l'impresa particolarmente difficile.

Si sedette sul letto. Aveva i capelli sciolti e scompigliati. Ricordò che la sera prima Max aveva tolto l'elastico, liberandole la chioma, e sentì una specie di calore crescerle dentro.

I suoi vestiti erano sparsi sul pavimento, dove li aveva lasciati lei, togliendoseli nella foga. Le venne il batticuore al pensiero di come Max l'aveva...

Scosse la testa. Quell'energumeno era riuscito ancora una volta ad ammaliarla, per poi tornare al suo tran tran da scapolo impenitente.

Si mise un paio di pantaloni da yoga e una nostalgica t-shirt dei *Ramones*, poi si diresse al pianterreno per preparare la colazione a Greg. Prim'ancora di arrivare in fondo alle scale, sentì dei rumori provenire dal soggiorno. Greg stava già guardando i cartoni animati.

Entrò, determinata a spegnere la TV e si fermò scioccata sui suoi passi.

Max e Greg erano seduti sul divano, entrambi con i piedi appoggiati al tavolino e in mano una ciotola di latte e cereali; ridacchiavano mentre guardavano un cartone animato con un buffo topo che girava intorno.

Almeno Greg aveva un canovaccio infilato nel collo della maglietta a mo' di bavaglino. Chiaramente, lo straccio gli aveva già protetto la maglietta da una serie di schizzi di latte e pezzi di cereali.

Max non se n'era andato. Aveva davvero passato la notte lì e...

Amanda si frappose fra i due e il televisore. "Lasci che mangi davanti alla TV?"

Se non altro, Max ebbe la decenza di guardarla imbarazzato. "Non è un grosso problema."

"Sì, Mandy, no grosso problema," pappagallò Greg.

Amanda guardò il fratello con aria severa. "E va bene... ma solo per questa volta."

Max era davvero rimasto.

"Perché non ti procuri una ciotola di cereali e ti unisci a noi?"

"Oh... Ok." Lui era ancora lì. Aveva dato da mangiare a Greg. Amanda entrò in cucina, sospesa tra felicità e diffidenza.

Guardò le varie scatole di cereali che erano state tolte dalla dispensa ed erano sparse sul top. Il cassetto delle posate non era stato richiuso. Aprì il frigorifero. Una tanica di latte giaceva vuota nello sportello. Beh, forse ce n'era ancora una sorsata. Forse.

Tirò fuori la tanica e la fissò.

Max era rimasto.

Amanda si accigliò. *Perché?*

"Scusa." La voce di Max le risuonò nell'orecchio e lei trasalì.

"Ti sei scusato in anticipo per tutto ieri, ricordi?"

"Ho lasciato che Greg facesse colazione guardando la TV, anche se tu non volevi... Non intendevo scavalcarti."

"Consideriamola un'occasione speciale."

Max le si mise dietro la schiena e le avvolse le braccia intorno alla vita. "Direi che lo è."

Amanda gli si rigirò fra le braccia, gli infilò un dito nel collo della maglietta e tirò un po' giù.

Proprio come si aspettava lei. Max aveva sul petto i segni degli svariati morsi che lei gli aveva dato la sera prima, cercando di sopprimere le urla di piacere.

Morsi d'amore, li battezzò Amanda tra sé e sé.

"Ferite di guerra," li chiamò invece Max, con un sorrisetto stampato sul volto. La lasciò andare. "Andiamo. Greg ci aspetta."

Lei afferrò una tanica di latte piena e ne versò un po' in una ciotola piena di croccantini al miele, poi tornò con Max in soggiorno.

Quando tutti e tre furono seduti sul divano intenti a guardare Bugs Bunny, Max si voltò verso di lei.

"Ah, senti... Ho usato il tuo spazzolino da denti."

Capitolo quindici

Max non vedeva l'ora di parcheggiare la volante, liberarsi dell'ingombrante cinturone e togliersi l'uniforme. Voleva infilarsi in un comodo paio di jeans e bersi una birra. Il turno gli era sembrato interminabile. Manning Grove era una cittadina tranquilla; in effetti, a volte sembrava una città fantasma. Quel giorno, aveva fatto un solo intervento, riguardo un furto d'auto, e aveva ripreso un ragazzino con lo skateboard che non si era fermato a uno stop. La lunga e noiosa giornata, tuttavia, volgeva al termine.

Dopo aver svoltato in Main Street, diretto alla stazione di polizia, una voce acuta aveva attirato la sua attenzione con uno stridulo *ehilà!*

Max si voltò e si lasciò sfuggire un lamento. Il proprietario di *Chiome su Main Street* lo invitava a fermarsi facendogli cenni con la mano. Max accostò e Teddy raggiunse trafelato la volante.

Max decise di scendere per stirarsi un po', dal momento che aveva trascorso la maggior parte delle otto ore precedenti seduto in macchina.

"Che succede, Teddy? Qualcosa che non va?" Aggirò l'auto passando dal retro, poi, dopo essere salito sul marciapiede, si appoggiò al parafango posteriore. Appoggiò l'avambraccio sulla custodia della pistola fissata al cinturone.

"Nah, agente. Che ne dice di un taglio di capelli? Offre la casa."

Max inarcò un sopracciglio e squadrò insospettito Teddy. "Ti sembra che abbia bisogno di un barbiere?" Si lisciò con la mano la cortissima spazzola che costituiva la sua chioma.

Teddy fece un sorrisetto rivelatore, al che Max si accigliò.

Ti sembra che abbia bisogno di un barbiere?

Barber. Amanda.[1]

Dannazione.

"Sì, a dire il vero. Ti trovo un po' arruffato... e so il perché."

"Non mi stupisce. Sei l'amica del cuore di Aman..." Max non finì la frase, ma era ormai troppo tardi.

Teddy rise. "Puoi dirlo, non c'è problema. Sono la sua migliore amica." Si avvicinò, diede un colpetto con l'indice al distintivo dorato di Max e bisbigliò: "Stai tranquillo, io la voglio solo come amica. Se così non fosse, ti saresti già presentato qui a battere sulla porta come un gorilla." Teddy lo guardò con aria scaltra, prima di raddrizzare la schiena e fare un passo indietro. Estrasse un pacchetto di sigarette dal taschino della camicia, ne sfilò una e se l'accese, aspirando intensamente, poi continuò. "Sai, Amanda è stato l'incontro più felice che ho fatto da che sono tornato in città."

Anche per me, avrebbe voluto rispondere Max, *anche per me*. "Perché resti a Manning Grove, Teddy?"

"*Tu* perché resti?"

"La mia famiglia è qui." Max scrollò le spalle. "A me piace questa città, non vorrei essere da nessun'altra parte."

"Vale lo stesso per me."

"Eppure tu te ne sei andato."

Teddy, che alle superiori era in classe con Max, era partito per New York subito dopo la maturità. Anni dopo, quando Teddy era tornato, il timido diciottenne che aveva lasciato Manning Grove si era trasformato in un uomo disinibito e orgogliosamente gay, benché la cosa avesse suscitato qualche critica tra i conservatori del paesino.

"Te ne sei andato anche tu," controbatté Teddy.

"Solo per arruolarmi nei Marines e poi frequentare la scuola di polizia."

"Beh, io me ne sono andato per fare nuove esperienze, non so se mi spiego... Poi sono tornato per stare con la mia famiglia."

Max guardò il parrucchiere con aria stupita. "Ma i tuoi non ti rivolgono nemmeno la parola..."

Dopo che Teddy aveva fatto *outing*, i genitori avevano cominciato ad evitarlo apertamente, praticamente escludendolo dalle proprie vite.

Per Max sarebbe stato impossibile vivere in quel modo, senza l'amore e il supporto dei genitori. Senza l'affetto dei fratelli. Inoltre, Max pensava che l'atteggiamento dei genitori di Teddy nei confronti di quello che era il loro unico figlio fosse davvero crudele.

Un'ombra attraversò gli occhi di Teddy. "Lo faranno... prima o poi... e quando decideranno di farlo, sapranno esattamente dove trovarmi."

Max gli mise una mano sulla spalla, ben sapendo che quel gesto non sarebbe mai bastato a consolarlo. Teddy sovrappose una mano alla sua e strinse delicatamente. Max tolse la mano senza farsi notare.

Teddy gli fece uno dei suoi luminosi sorrisi: era tornato il ragazzo pieno di energia che tutti conoscevano. "So che tu ti sei già accasato, ma dei tuoi fratelli che mi dici? Mi piacciono gli uomini in uniforme... e anche senza."

Max ridacchiò, ma si rifiutò di stare al gioco dell'amico.

"Se qualcuno di voi Bryson dovesse incuriosirsi..."

Max arrossì e si schiarì la gola. Si diede un'occhiata in giro per assicurarsi che nessuno li stesse ascoltando. "Oh, se dovessimo incuriosirci, noleggeremo un film." Si afferrò il cinturone e se lo sistemò alla meno peggio, tanto per ricordare a se stesso di essere un uomo.

"Se vuoi te ne presto uno io. Da queste parti, i porno gay sono un po' difficili da reperire. O magari posso raccomandarti un sito internet."

Max si chiese se Teddy stesse solo scherzando, ma decise che la cosa più saggia sarebbe stata prenderlo sul serio. "Beh, forse è meglio che resti difficile da reperire, altrimenti in città ci sarebbero delle conseguenze... Ricordi il putiferio che si è scatenato quando hai aperto il negozio? Per giunta, qui sulla strada principale..."

"Già, non dimenticherò mai quelle assemblee cittadine..." Teddy sospirò, come preso dalla nostalgia.

Max, tuttavia, sapeva come erano andate veramente le cose e quanto Teddy avesse dovuto lottare per farsi accettare dalla comunità locale. "Non è incredibile come le persone diventino tolleranti, una volta che hanno aperto le loro menti?"

"Già... Ci è voluto un po' di tempo, ma ora non mi lamento. Inoltre, con Amanda in città, ho una buona amica con cui chiacchierare e spettegolare e... Max, non voglio che lei se ne vada."

Max percepì ansia nella voce di Teddy. Sapeva da dove veniva quella preoccupazione. L'uomo che gli era di fronte aveva bisogno di Amanda tanto quanto ne aveva lui. Forse in un modo diverso, ma ne aveva comunque bisogno...

Teddy gettò il mozzicone sul marciapiede e lo pestò. "Se se ne dovesse andare, tu la seguiresti?"

Ma non poteva, né voleva rispondere a quella domanda, perciò gli disse invece: "A Miami non c'è niente per lei."

"Ah, ma lei non se n'è ancora resa conto. Ti ha parlato di sua madre?"

Il quesito lo colse di sorpresa. Con lui, Amanda non aveva mai toccato l'argomento. Eppure, se Teddy aveva sollevato la questione, sicuramente si trattava di una faccenda di primaria importanza. "No, a dire il vero."

"Io e Amanda ci facciamo delle gran belle chiacchierate..."

Max tagliò corto, mostrandosi impaziente. "Quindi, che mi dici della madre?" Se c'era qualcosa che lui doveva sapere... qualcosa che lei gli stava tenendo nascosto... beh, lui aveva il diritto di essere messo al corrente. Evidentemente, Amanda ne aveva parlato con l'amico del cuore, ma non con lui.

"È meglio che te ne parli lei, non sono affari miei."

Max fece una risatina nasale. "E da quando la cosa ti preoccupa?"

Teddy fece spallucce e sorrise. "Diciamo solo che io e Amanda ci conosciamo molto bene. Entrambi abbiamo problemi con le nostre famiglie. Entrambi litighiamo e ci scontriamo con i genitori. Quanto ai rapporti familiari, so che l'amicizia tra Amanda e tua madre ti ha un po' scombussolato."

Max si lasciò scappare un'imprecazione feroce. "C'è qualcosa di cui non ti parla?"

"Un giorno capirai quanto è importante per Amanda il legame che ha costruito con tua madre."

"Beh, di certo mia madre è al settimo cielo." Max guardò

l'orologio e drizzò la schiena. "Devo andare. Finisco il turno fra poco, devo riconsegnare l'auto."

"Max..."

Lui si fermò per un istante, poi si infilò in macchina. "Sì?" Max si accomodò al posto di guida, mentre Teddy si chinava dall'altro lato dell'auto, per parlargli attraverso il finestrino aperto.

"Sta a te, sai... Sta a te convincerla a rimanere... darle una ragione per non partire."

Max afferrò saldamente il volante. "Già." Teddy non gli stava chiedendo troppo.

"Conto su di te." Teddy diede un paio di colpetti sul tettuccio dell'auto e Max si avviò.

Greg era esaltato. Si guardava intorno con gli occhi spalancati, parlava a voce alta, agitava le braccia. Per lui era stata una bella giornata. Amanda gli aveva fatto una sorpresa: era passata a prenderlo al centro di assistenza diurna anziché lasciare che tornasse in autobus, come al solito.

In realtà, Amanda si annoiava a morte e aveva solo bisogno di una scusa per uscire di casa. Però la reazione di Greg le aveva fatto piacere. Il fatto che la sorella fosse andata a prenderlo lo mandava su di giri, perché lo faceva sentire speciale; inoltre, Donna aveva detto ad Amanda che quel giorno Greg aveva imparato a scrivere ben tre lettere dell'alfabeto.

Tre. La O, la C e la Z.

Quello sì che era un gran risultato.

Donna era soddisfatta per i progressi di Greg.

Il ragazzo era euforico.

Amanda era contentissima.

Se c'era anche solo la minima possibilità che Greg imparasse a leggere e a scrivere, Amanda avrebbe fatto di tutto per aiutarlo. Era chiaro che il fratello non sarebbe mai stato in grado di vivere da solo e Amanda aveva ormai accettato la situazione. Ciononostante, lei voleva che Greg fosse il più indipendente possibile. Anche Dolores aveva avuto quel desiderio.

Perciò, Amanda tollerava l'irrequietezza di Greg, benché in quel momento la cosa non fosse il massimo, visto che lei era al volante; di tanto in tanto, doveva persino evitare che il fratello, gesticolando, la colpisse inavvertitamente con la mano sinistra.

Quando giunsero in prossimità di casa, Amanda notò una Mercedes di colore grigio metallizzato parcheggiata nel vialetto d'accesso. Cominciò subito a batterle forte il cuore. Anche se l'auto non le risultava familiare, fu assalita da un senso di timore.

Decise di parcheggiare lungo il marciapiede, anziché svoltare nel vialetto e posteggiare l'auto dietro la Mercedes. A bordo c'erano due persone; Amanda pensò che forse avevano sbagliato indirizzo.

Sempre che la fortuna fosse dalla sua parte.

Amanda rimase seduta e mise una mano sulla cintura di sicurezza di Greg, impedendogli di saltare giù dall'auto come sicuramente stava per fare.

"Andiamo, Mandy!" protestò Greg. "C'è degli ospiti!"

"Vedo," mormorò Amanda, stringendo gli occhi per vedere meglio gli occupanti del misterioso veicolo. Aguzzò la vista. "Cacchio."

Greg replicò l'imprecazione, garrendo come un pappagallo: "Cacchio! Cacchio! Cacchio! Cacchio!"

Amanda si acciglò, rimproverandosi per l'errore commesso. "Sssh. Greg. Basta. Abbiamo visite, ma non ti lascerò uscire dall'auto finché non la smetti di ripetere quella parola."

"Perché?"

"Perché è una brutta parola. Non avrei dovuto dirla. Alla gente non piace sentire le brutte parole."

"Oh. Però tu la dici sempre... come *cazzo*."

Amanda non poté nemmeno ribattere, visto che, purtroppo per lei, i due sulla Mercedes avevano evidentemente notato la Buick; avevano aperto le portiere e si apprestavano a scendere. Amanda si morse l'interno della guancia mentre li osservava emergere dal basso *coupé*.

Una bionda vestita stilosamente e un maschio latino dalla pelle olivastra.

Presa dal panico, Amanda ebbe l'istinto di rimettere in moto e darsi alla fuga. Non si accorse nemmeno di aver spostato la mano con cui teneva fermo Greg: in un batter d'occhi lui si divincolò e sgusciò fuori dall'auto.

Dopo essersi preparata psicologicamente, Amanda lo seguì di mala voglia. Avvicinandosi al trio, vide Greg che saltellava da un piede all'altro e parlava a macchinetta, per giunta condendo il proprio monologo con una generosa dose di *cacchio*. La madre e Carlos lo fissavano sbalorditi. La madre si accorse di Amanda solo quando lei li raggiunse.

"Tesoro!" La voce di Anne risuonò talmente melensa che sarebbe bastata a inzuppare un vassoio di pancake. "Oh, tesoro, come mi sei mancata!" Strinse le spalle di Amanda tra grinfie smaltate di rosso e fresche di manicure, poi allungò il collo per darle i suoi caratteristici "baci a distanza", che mai e poi mai riuscivano a raggiungerle le guance.

"Ciao, mamma. Carlos. È strano vedervi qui. Passavate da queste parti?"

Carlos si fece avanti, tentando di salutare Amanda con un vero bacio, ma lei spostò la testa appena in tempo; le labbra di Carlos sfregarono sulla guancia. *"Mi corazón,"* le disse languidamente.

Cuore mio... Col cacchio, pensò lei: sentirsi chiamare con il nome che lui in passato usava quando erano in intimità la irritò. Era *doveroso* che si sentisse in imbarazzo per essersi prestato a quella farsa. Eppure era lì... evidentemente l'imbarazzo non gli aveva suggerito di restarsene a Miami. La madre doveva avergli fatto pressioni, o forse gli aveva promesso qualcosa. O qualcuno. Anne era un'esperta manipolatrice.

Greg era ancora un concentrato di energia e saltellava vicino alla Mercedes.

"Oh, oh... caro, non toccare la macchina, l'abbiamo noleggiata!" Anne agitò una mano ingioiellata verso Greg, come se quel gesto potesse bastare a scacciarlo. Amanda non poté non notare la nuova pietra preziosa che sbrilluccicava sull'anulare della madre... in realtà, più che una pietra era un masso. Il secondo marito doveva viziarla per bene... il che probabilmente lo stava mandando in rovina.

Amanda si avvicinò al fratello e lo prese per mano, allontanandolo dall'auto.

"Allora, che ci fate qui?"

Anne accennò un sorriso. "Non possiamo parlarne in casa?"

"No."

"Beh, è un po' scortese da parte tua. Come lo è stato non rispondere alle mie telefonate. Pensavo di averti insegnato un minimo di educazione."

Amanda si morse il labbro, evitando di dire qualcosa di cui poi si sarebbe dovuta pentire.

"Siamo qui per riportarti a casa."

"A casa?"

"Sì, visto che hai ignorato i nostri numerosi messaggi, io e Carlos siamo dovuti venire fino a qui." Estrasse una piccola busta blu dalla borsetta di Louis Vuitton e gliela sventolò davanti al naso. "Questo è il tuo biglietto aereo."

Amanda fissò l'oltraggioso oggetto. Non le era sfuggito che la madre aveva parlato di un solo biglietto. "Carlos, per favore, accompagna Greg alla porta."

"Amanda, io..." Carlos guardò Greg con un certo disgusto, il che infuriò ulteriormente Amanda.

"Fallo e basta." Lui aprì la bocca per obiettare ancora, ma Amanda gli sibilò: "*No discuta.*"

Imbronciandosi, Carlos prese a braccetto il ragazzo e insieme si avviarono verso l'entrata. Greg, ignaro della tensione che si andava creando, fu ben felice di fare due passi con il suo nuovo "amico".

Amanda tornò con lo sguardo sulla madre, ma ebbe un sussulto quando vide la signora Ficcanaso che dalla veranda della casa accanto si godeva tutt'orecchi lo spettacolo.

La madre le afferrò il braccio, scuotendola. "Amanda, qual è il tuo problema? Perché tratti Carlos in quel modo? Perché tratti me, la tua mamma, così? Siamo venuti per riportarti a casa. Ci manchi. Hai abbandonato la tua vera famiglia."

Amanda si liberò con uno scatto dalla presa della madre. "La mia vera famiglia? *Greg* è la mia vera famiglia. È mio fratello."

"Non è propriamente tuo fratello, è..."

"Almeno lui mi vuole bene senza condizioni e senza secondi fini, a differenza tua."

La mano di Anne partì. Amanda sentì la testa come galleggiarle e un sonoro fischio le invase l'orecchio sinistro. I tanti anelli che le ornavano le dita resero l'impatto della manata ancora più doloroso. Greg emise un grido di panico.

"Ti ho dato tutto quello che mi hai chiesto, quando me l'hai chiesto. Lo so io ciò che è bene per te."

Amanda alzò una mano e si massaggiò la guancia con il palmo fresco, nel tentativo di alleviare il bruciore. Sua madre le aveva dato uno schiaffo! Greg si stava sgolando a chiamarla, mentre Carlos cercava di trattenerlo.

Le girava la testa, ma nonostante lo stordimento udì sbattere la porta della veranda della signora Myers. "Cacchio!"

"Amanda! Mi dispiace averti colpito… ma sono pronta a farlo ancora, se serve a metterti un po' di sale in zucca. Questa non è casa tua. Hai tutta la vita davanti! Vuoi restare bloccata qui con quel ritar…"

"No! Non osare chiamarlo così!"

Amanda guardò disgustata la madre. A ogni respiro, le si dilatavano le narici, unico indizio della lotta che stava conducendo con se stessa per mantenere la calma. Trattenne le lacrime che le si erano formate negli occhi. La madre le aveva fatto male. Fisicamente. Emotivamente.

L'aveva delusa per l'ennesima volta.

Una macchina bianca, con i lampeggianti accesi e le sirene spiegate, arrivò di gran carriera, fermandosi con uno stridere di gomme all'imbocco del vialetto. La portiera si aprì e ne uscì Marc, che corse a frapporsi fra madre e figlia.

"Amanda! Stai bene?"

Sentendosi a corto di parole, lei annuì. Si accorse a malapena che Marc stava parlando alla ricetrasmittente fissata alla spalla. Delle voci si sovrapponevano tutto intorno, senza che lei capisse chi stava dicendo cosa.

Era una brutta situazione e per di più era imbarazzante, visto che tutto stava accadendo proprio di fronte a casa sua; quando una seconda volante frenò bruscamente dietro quella di Marc, Amanda si sentì cadere dalla padella alla brace. Ci mancava solo la televisione.

Max corse verso di lei, le posò le mani sulle spalle e la

girò, poi le mise un dito sotto al mento e le alzò il viso, di modo che i loro sguardi si incontrassero.

Lui si fece scuro in volto e il suo sguardo guizzò verso Greg, per poi spostarsi su Carlos, al che la schiena di Max divenne dritta e dura come una spranga.

"È stato quello a colpirti?"

Amanda scosse la testa, ancora incapace di articolare parole.

"Sei sicura?"

Anne si allontanò da Marc e affrontò Max. "Sono stata io, agente. Amanda è mia figlia e ho tutto il diritto di darle uno schiaffo."

"No, lei ha tutto il diritto di beccarsi una denuncia per violenza domestica."

"Per aver schiaffeggiato la mia bambina? Sono qui per riportarla a casa con me, ma lei è testarda."

"Davvero?" chiese Max a denti stretti.

"Sì. Amanda... Tesoro. Mi sono già occupata di tutti i particolari. Vedrai, starai molto meglio a Miami. Ho parlato con l'avvocato... Come si chiama? Wells. In questo preciso momento sta cercando una buona struttura che possa accogliere il ragazzo."

"Cos'è che hai fatto?" Amanda scosse la testa, come incapace di elaborare le parole della madre.

"Si prenderanno cura di Greg. Non gli mancherà nulla. Tu tornerai a casa e insieme annunceremo il tuo fidanzamento con Carlos."

"Il suo che?" L'espressione di sorpresa sul volto di Max svanì quando lanciò un'occhiata a Carlos, che tutto d'un tratto apparve insolitamente pallido. Max guardò ancora Amanda, poi si rivolse ad Anne. "Non credo proprio, signora. Non ho alcuna intenzione di lasciarla andar via."

"Cosa intende?" Lo sguardo di Anne fece la spola tra la

figlia e Max, poi cadde sul braccio protettivo con cui lui cingeva le spalle ad Amanda. "Tesoro? Sei andata a letto con questo... questo... *agente di polizia?*" Amanda non rispose, al che la madre annaspò. "Mi stai prendendo in giro? Vuoi rinunciare a tutto ciò che Carlos e la sua famiglia potrebbero darti... per questo? Per questo... *operaio?*" Pronunciò *operaio* con disgusto, come se quelle parole rischiassero di sporcarle la bocca.

"Cosa c'entra, mamma? Tu vorresti che io sposassi un uomo che non amo solo perché viene da una famiglia ricca. Vuoi che diventi come te?"

Carlos si fece avanti, lanciando occhiate nervose ai due uomini che, oltre a essere più grossi di lui, erano anche poliziotti. "Anne."

"Carlos, ho la situazione sotto controllo."

L'ex parlava con un accento ispanico più pesante del solito, il che gli succedeva quando mentiva o quando era nervoso, come Amanda sapeva bene. "Anne, credo che dovremmo andarcene."

"Io non vado da nessuna parte senza mia figlia."

Max si piazzò davanti ad Amanda, schermandola dalla vista degli altri. "Non avete scelta. Se non sparite immediatamente, vi porto entrambi in centrale."

Amanda oltrepassò Max e guardò in faccia Anne. Era sua madre; Amanda doveva cavarsela da sola: per la prima volta in vita sua, sentì di dover prendere il controllo. Stava a lei e a nessun altro. "Mamma, faresti meglio ad andare via."

"Amanda, per favore. Non gettare all'aria la tua vita. Io voglio solo il meglio per te."

Amanda chiuse gli occhi e rovesciò la testa, mentre dalla bocca le usciva una breve, amara risatina. Tornò a guardare la madre.

"Wow, mamma, hai un modo singolare per dimostrarmelo," disse, toccandosi la guancia che ancora le bruciava per lo schiaffo. "È questa la ragione per cui hai pensato che non fosse una buona idea che io andassi al funerale di papà? Hai ritenuto che il meglio per me fosse dirmi che lui era morto solo *dopo* il funerale, di modo che io me lo perdessi?" Si rivolse a Carlos. "Tu lo sapevi, Carlos? Sapevi che lei era capace di questo?"

Carlos scosse la testa. "No. *Lo siento, mi corazón.*"

"Certo che ti dispiace..." commentò lei con tono di scherno, "e non mi chiamare così!"

Max osservò Amanda con aria preoccupata. "Vuoi che la arresti? Posso farlo, lo schiaffo ti ha lasciato un segno."

"No." In quel momento, Amanda si rese conto che Marc e Greg non erano più lì. La volante di Marc era sparita. Il vialetto non era più ostruito. Gli intrusi potevano andarsene.

"Signora, vada, ora... e la avverto: se si ripresenta qui senza il permesso di Amanda, la arresterò. È una promessa."

Amanda guardò la madre sotto shock cercare il braccio di Carlos per supportarsi. Lui la accompagnò alla macchina e si chinò per aiutarla a salire al posto di guida. Quando si rialzò, Amanda lo chiamò: "Carlos!"

Lui si girò verso di lei.

"Nunca deseo ver o oír de usted otra vez."

Lui mostrò con un cenno del capo di aver recepito e salì a bordo dall'altra parte.

Amanda rimase immobile finché la Mercedes color argento sparì in fondo alla via.

Le uscì dalla bocca un sospiro incerto e subito dopo tutto il corpo cominciò a tremare in modo incontrollabile. Detestava la rabbia che la stava travolgendo. Detestava la madre, che l'aveva fatta sentire in quel modo.

Non era stato tanto lo schiaffo, quanto piuttosto le presunzione di Anne, la quale evidentemente era convinta che bastasse un cenno perché Amanda mollasse tutto e la seguisse. O un assegno. I soldi non erano tutto. Era la lezione che Amanda stava imparando.

Max la avvolse tra le braccia e lei riparò la testa sotto al suo mento. Amanda appoggiò la guancia sull'uniforme blu scuro, rinfrancata da quel senso di sicurezza e dal profumo del suo uomo. Fece un profondo respiro, nel tentativo di controllare le proprie emozioni.

La voce bassa e un po' rauca di Max le risuonò nell'orecchio. "Cosa gli hai detto?"

Amanda rilassò i muscoli sotto la mano di Max che le lisciava la schiena. "Che non voglio vederlo né sentirlo mai più." La mano sulla schiena si fermò e Max si scostò da lei.

"Andiamo dentro, ci sono troppi sguardi indiscreti qui in giro."

Amanda acconsentì e lo seguì in casa.

Dopo aver richiuso la porta, Max la prese per mano e la condusse verso il divano.

"Che ne è stato di Greg?"

"È con Marc."

"Oh." Entrambi si lasciarono cadere sul divano e Amanda si accoccolò a lui: aveva bisogno dell'energia che Max sapeva darle. Lei si sentiva fiacca. "E che stanno facendo?"

"Marc se l'è preso in affiancamento durante il giro di pattuglia."

"Cosa?" Con un leggero ritardo, Amanda capì ciò che Max intendeva. L'ansia si fece strada in lei e le corrugò la fronte. "Ma non è pericoloso?"

"Amanda, questa è Manning Grove, non Miami."

ERA LIETO che Marc avesse portato Greg con sé. Forse era un po' egoistico da parte sua, ma Max voleva restare solo con

Amanda. Greg non avrebbe corso alcun rischio durante il pattugliamento. Marc era un ragazzo responsabile e un buon poliziotto; il fratello di Amanda era in buone mani.

A ogni modo, Max si augurò che quella sarebbe stata una serata particolarmente tranquilla per le strade di Manning Grove.

Si concentrò sulla sorella di Greg. La guancia era ancora arrossata e leggermente gonfia. "Come ti senti? Vuoi metterci del ghiaccio?"

Amanda si toccò il punto dolente con le dita. "Sto bene. Non devi tornare al lavoro?"

"Quando sono arrivato, avevo quasi finito il turno. Ora, però, vorrei parlare con te."

"Ogni volta che lo dici, ci ritroviamo nudi."

Lui fece una risatina sommessa. Amanda non aveva tutti i torti. "Stavolta andrà diversamente, purtroppo. Sono in servizio finché non riconsegno l'auto e mi tolgo l'uniforme." Le scostò dal viso una ciocca indisciplinata dei capelli biondo rame e gliela sistemò dietro l'orecchio. "Perché sono venuti qui di persona?"

"Non ho risposto alle loro chiamate."

"E quello chi era?"

Amanda comprese la preoccupazione di Max. "Un mio ex."

"Tua madre ha parlato di un fidanzamento."

"Se lo sogna."

"Perché vuole che sposi Carlos?"

"Perché la famiglia di Carlos è ricca... anzi, ricca *e* altolocata. Credo che per mia madre i soldi contino più dell'amore. Anzi, non lo credo, lo so per certo."

Max fu quasi sorpreso del fatto che lei prendesse le distanze dalla filosofia della madre. D'altronde, lui non poteva non prendere atto di quanto Amanda fosse maturata dal suo arrivo a Manning Grove... I pochi mesi che erano passati sembravano averle dato la saggezza di anni. "Vi siete frequentati molto?"

"Fin dai tempi del college... ma poi ho scoperto che mi aveva tradito per due volte con la mia migliore amica e così gli ho dato il benservito."

Carlos non meritava Amanda. Max non era certo ricco e probabilmente rientrava nella categoria degli "operai", come aveva detto con disprezzo quella megera, ma nessuno avrebbe esitato a considerarlo uno spasimante migliore di Carlos.

E spasimava appunto per Amanda.

Pensò ad altro. "In cosa ti sei laureata?"

"Economia aziendale. Un'altra decisione presa per me da mia madre. Ha insistito per quel corso... nella speranza che incontrassi un ricco uomo d'affari." Sospirò. "Io volevo studiare moda. Perciò mi sono messa a fare la barista dopo la laurea, anziché sfruttare il mio titolo di studio: era un lavoro divertente e faceva incazzare mia madre."

Era una caratteristica tipica della sua Amanda: rendere pan per focaccia. La *sua* Amanda...

"Quindi saresti venuta al funerale di tuo padre se avessi saputo della sua scomparsa?"

"Certo! Anche se non eravamo mai stati molto legati... e anche in questo caso è stata opera di mia madre... era comunque mio padre. Quando ho scoperto che mia madre mi aveva tenuto all'oscuro... Dolores non c'entra niente; sono certa che lei si aspettava che una madre informasse la figlia della morte del padre."

"Sai che ti dico? Nei miei anni con i Marines e poi come poliziotto, non ho mai sentito una storia tanto crudele."

Amanda si volse a lui con occhi enormi e velati di lacrime. "Infatti."

Max ebbe un tuffo al cuore. Allungò la mano e le prese il

mento tra il pollice e l'indice, alzandole delicatamente il viso perché lei lo guardasse.

Quella donna gli toglieva il respiro.

Ne indagò l'espressione.

"Max," sussurrò lei.

Lui le sfiorò le labbra con le sue. Una volta, poi un'altra. Quelle di Amanda si dischiusero per accoglierlo. Le loro lingue si misero a danzare. Lui le affondò le mani nei capelli, cercando di tirarla ancora più vicino a sé.

Le baciò gli angoli della bocca, poi arretrò di qualche centimetro, prima di perdere completamente la testa. "Mi fa piacere sapere che per te l'amore conta più dei soldi," le bisbigliò labbra a labbra.

"E perché mai?"

Come avrebbe potuto risponderle? Perché Max si stava intenerendo tanto? Non poteva. Non era da lui.

Max si sottrasse all'abbraccio e saltò in piedi. "Devo tornare alla stazione di polizia. Poi torno qui e nel tragitto mi fermo a prendere qualcosa da mangiare. Dirò a Marc di riportare Greg a casa, quando stacca."

Mentre usciva dalla porta principale, le proprie emozioni lo colpirono in fronte come una trave.

Era cotto. A puntino.

Capitolo sedici

La suoneria partì a volume basso, per poi risuonare via via più alta. Amanda ci mise qualche secondo a localizzare il telefonino, alla fine lo trovò sotto il cuscino della NASCAR che Greg aveva buttato a casaccio sul divano.

Senza dubbio, il fratello si era divertito ancora una volta a giochicchiare con il cellulare. Amanda si fece l'appunto mentale di cominciare a nasconderglielo, nella speranza di non trovarsi più in bolletta una serie di costose chiamate verso l'Italia, com'era successo il mese precedente.

Lesse il numero della chiamata in arrivo. Non lo riconobbe, ma non le sfuggì il prefisso. Florida.

"Pronto?"

"Piccola?"

Era l'inconfondibile voce del patrigno. "Ciao, Norman." Attese con il fiato sospeso che lui le rivelasse la ragione di quella chiamata; visto l'esito della visita a sorpresa che la madre e Carlos le avevano fatto, Amanda si aspettava di tutto. "Che succede?"

Forse Norman voleva appianare le divergenze tra lei e la

madre. Il patrigno avrebbe fatto di tutto per Anne, per quanto Amanda non avesse mai capito il perché.

"Si tratta di tua madre."

Naturalmente. *Ecco che arriva...*

"Non sta bene."

...il senso di colpa. "Cos'ha fatto? È ancora sotto shock per come sono andate le cose quando si è presentata qui con l'intento di riprendere in mano la mia vita?"

"No... Beh, sì, è ancora scossa per quella faccenda... ma non è questa la ragione per cui ti chiamo. Tua madre è malata."

Amanda restò in silenzio per qualche istante. "Com'è possibile? Era in forma quando è venuta qui."

La visita a sorpresa risaliva ad appena un mese prima.

"Sta davvero male, Amanda. I dottori l'hanno rimandata a casa dall'ospedale dicendo che non sanno più che fare."

Ad Amanda cominciarono a tremare le mani. Si sedette sul divano. "Sì, certo." Non ci credeva. Si trattava di un altro stratagemma di Anne. Per forza.

"Piccola, ti ho mai mentito?"

In tutta onestà, Amanda doveva rispondere negativamente a quella domanda. Tuttavia, Norman e la madre si erano sposati solo due anni prima, sei mesi dei quali Amanda li aveva passati a Manning Grove; non lo conosceva bene, non sapeva di cosa fosse capace... In fin dei conti, si era sposato Anne, il che non giocava certo a suo favore.

"Sta davvero male?"

"Non ti avrei chiamata, se non fosse così. Devi venire subito qui."

"Cos'ha?"

"Te lo spiegherà lei stessa, quando sarai qui. Fa' in fretta, Anne continua a chiedere di te."

Il senso di colpa si faceva più stringente. Amanda era

combattuta: poteva trattarsi di una trappola... ma se fosse stato tutto vero? Avrebbe mai potuto perdonarsi se non fosse andata a Miami e alla madre fosse successo qualcosa di brutto?

Sarebbe stato irragionevole chiedere a Norman di fornirle dei referti medici a mo' di prova, prima di sborsare più di quattrocento dollari per un volo last-minute?

Amanda sospirò. "Ok, prendo il primo volo per Miami."

Riattaccò prima che il patrigno potesse anche solo salutarla.

Aprì la rubrica del cellulare e trovò il contatto che stava cercando. Chiamò a casa dei Bryson.

"Ciao, ma', sono Amanda."

"Ciao, cara! Come va?"

"Scusa se ti chiamo così all'improvviso, ma devo chiederti un favore."

"Figurati... Che succede?"

"Mia madre non sta bene, devo andare a Miami. Volevo chiederti se potete tenere Greg e Caos durante la mia assenza."

"Ma certo! Ne saremo felici."

Perché Anne non poteva essere come Mary Ann? Amorevole, aperta... e affidabile?

"Dovrai andarlo a prendere direttamente al centro di assistenza diurna. Non sono sicura di quanto starò via."

"Cara, nessun problema. Qui, io e Ron non abbiamo altro di meglio da fare che guardare gli alberi che crescono. I nostri ragazzi sono andati a vivere per conto loro e siamo felici quando abbiamo compagnia."

"Grazie. Greg sarà contentissimo. Mentre esco dalla città, lascio una valigia con le sue cose al centro."

"Spero che tutto vada bene, Amanda. Non ti preoccupare per Greg, ci prenderemo cura di lui."

"Lo so. Grazie, ma'."

Subito dopo, Amanda avvertì il centro dove Greg trascorreva le giornate, poi salì di corsa le scale. Doveva preparare tre valigie: una per sé, una per Greg e una per Caos. Stava già maledicendo le quattro ore di macchina che ci volevano per arrivare all'aeroporto.

Amanda fu fortunata: trovò posto sul volo Filadelfia-Miami della sera stessa; dopo un breve scalo ad Atlanta, l'aereo atterrò senza problemi. Ad Amanda non piaceva affatto volare.

Era passata la mezzanotte, ma quando uscì dal terminal dell'aeroporto, diretta al posteggio dei taxi, il caldo opprimente della Florida la assalì. In passato, adorava quel clima, ma in quel momento le sembrò deprimente. Afoso. Soffocante...

Ci vollero tre quarti d'ora per arrivare al complesso residenziale privato dove viveva la madre. Al cancello, la guardia non riconobbe Amanda, che era seduta sul sedile posteriore, ma fece comunque un cenno al tassista perché entrasse.

Mentre procedevano tra i vari edifici, Amanda si scoprì quasi offesa dallo spreco di denaro che le grandi e opulente residenze lasciavano intuire. La cosa non l'aveva mai colpita, ma dopo aver vissuto per sei mesi a Manning Grove, certi eccessi le risultavano cospicui. Non c'era bisogno di tutto quello sfarzo per vivere una vita felice.

Il taxi percorse il vialetto di mattoni che si allungava a ferro di cavallo fino al curatissimo cortile della casa, una villa di quasi 10.000 metri quadrati; Amanda si chiese perché mai due persone avessero bisogno di tanto spazio... due persone che, peraltro, non erano quasi mai a casa.

Ciò che più dava la nausea ad Amanda, tuttavia, era il fatto che quella era una delle ville più piccole del complesso. La casa in cui lei e Greg vivevano a Manning Grove era grande su per giù come il garage della madre.

Mentre si chinava per pagare il tassista, un domestico uscì di casa, scese in fretta gli scalini che conducevano all'entrata e prese dal baule della macchina il borsone di Amanda.

"La signorina Amanda?"

"Sì."

"Mi segua, suo padre la sta aspettando."

"Non è mio padre," mormorò a voce bassa.

Sapeva che non era il caso di farlo notare al domestico, anche perché probabilmente a lui nemmeno interessava. L'uomo era sulla quarantina e indossava una specie di uniforme da facchino d'albergo... un altro inutile sperpero di denaro. Amanda lo seguì nell'immenso ingresso.

Il patrigno, avvolto in una vestaglia, la salutò con un bacetto sulla guancia e una timida pacca sulla schiena. La mente di Amanda tornò al giorno di Natale, quando Ron Bryson l'aveva accolta stritolandola in un abbraccio da orso; si era più sentita a casa sua in quell'occasione, da ospite, che lì, nella villa dove viveva la madre.

"Hai fatto presto... Se avessi saputo che arrivavi stasera stessa, avrei mandato una macchina a prenderti all'aeroporto."

Teoricamente, sua madre è molto malata, forse in punto di morte... Certo che aveva fatto presto. "Beh, hai detto che era urgente."

"Infatti, mia cara, infatti."

"Dov'è la mamma?"

"A letto, sta dormendo. Perché non ti sistemi in camera tua e riposi un po' anche tu. Puoi vederla domattina."

Amanda guardò il Bulova in oro e diamanti che aveva al

polso… a Manning Grove era decisamente fuori luogo, ma in quella casa le parve insolitamente discreto. In effetti, si erano fatte quasi le due di notte.

"Sì, hai ragione. Non voglio disturbarla mentre dorme. Ci vediamo domattina."

Amanda si avviò su per lo scalone tortuoso prima che il patrigno potesse piazzarle un altro smaccato bacetto sulla guancia.

Trovò la "sua" camera e vide che il domestico aveva già portato lì il bagaglio. Quando Anne e Norman avevano comprato la casa, la madre le aveva riservato quella stanza, anche se in realtà Amanda non ci aveva mai vissuto. Un'altra delle pie illusioni di Anne. Si guardò intorno e notò con un certo disgusto che *qualcuno* aveva strategicamente disposto foto di Carlos in giro per la stanza.

Non sarebbe riuscita a dormire con lo sguardo languido di Carlos che la puntava da tutte le direzioni, perciò rovesciò faccia in basso tutte le cornici. Dopodiché, Amanda si svestì e si arrampicò sul letto con un lungo, stremato sospiro.

Era malconcia.

"Ciao, mamma."

"Ciao! Giusto in tempo per la cena." Mary Ann gli si avvicinò sporgendo le labbra e Max si chinò ubbidiente per lasciarsi baciare sulla guancia.

"Che profumino… Cos'hai cucinato?"

"Pollo al miele."

Per tutta risposta, lo stomaco di Max brontolò. "Wow, cosa si festeggia? È una vita che non lo prepari. Avevi detto che era veleno per papà."

Mary Ann alzò una mano come per fare un annuncio. "Beh, abbiamo un ospite."

"Sì?" Max inarcò le sopracciglia. "Chi è?"

"Un attimo... Non sai nulla?" Sul viso della madre cominciò a prendere forma un'espressione che Max non fece in tempo a interpretare, visto che lei la dissimulò all'istante.

Max lanciò un'occhiata verso il tavolo di legno e vide che c'era un coperto in più del previsto. "Cosa dovrei sapere?"

Che i genitori avessero invitato Amanda per sondare il terreno sulla loro relazione? Secondo i patti, Amanda era ancora tenuta a non parlare di loro alla madre. Glielo aveva promesso.

L'arrivo di Ron in cucina fu preceduta dal suo roboante vocione. "Femmina, è pronta o no la cena?"

Mary Ann sorrise come se il marito l'avesse chiamata con un nomignolo affettuoso.

"Io e il ragazzo abbiamo fame; è tutto il giorno che potiamo quegli alberi." Appena entrato in cucina, Ron si fermò sui suoi passi. "Mi sembrava di aver intravisto il tuo pick-up parcheggiato fuori. A tavola c'è sempre posto per una persona in più." Ron si voltò verso la porta e gridò: "Su, ragazzo, vieni in cucina a lavarti quelle luride manacce prima di cena."

GREG ENTRÒ E OLTREPASSÒ RON. Max inarcò le sopracciglia per la sorpresa. Greg indossava una maglia strappata, aveva il viso sporco di terriccio e le mani completamente annerite; inoltre, emanava profumo di pino.

Anzi, ne aveva tutto l'aspetto.

La madre di Max si fece avanti e si mise a togliergli aghi di pino dalla maglia e dai capelli arruffati. "Ma che hai fatto? La lotta con gli alberi? Su, vatti a lavare."

Greg sorrise e ubbidì, allargando ulteriormente il sorriso quando gli passò accanto. "Max... Max! Stavo potando gli alberi."

"Lo vedo, amico."

Max si voltò verso i genitori: l'uno di fianco all'altra, guardavano pensosi Greg scrostarsi le mani con acqua e sapone; la loro brama di avere nipoti era palpabile.

Quasi stesse assistendo ai loro pensieri, Max si accigliò, poi chiese a voce bassa: "Che ci fa Greg qui?"

"Max, pensavo lo sapessi... Pensavo che Amanda ti avesse avvertito."

"Amanda? Cos'avrebbe dovuto dirmi?"

"Che è dovuta andare via."

Un improvviso panico gli attanagliò il petto. Era l'ultima cosa che si aspettava di sentirsi dire. "In che senso? Per sempre?"

"Ma no, sciocchino! Sua madre non sta bene, è dovuta correre a Miami."

Agguantò il telefono dalla cintura e controllò se per caso ci fossero chiamate perse o messaggi non letti.

Il telefono era morto. *Dannazione.* Non era la prima volta che gli succedeva ed era stanco di quell'aggeggio inaffidabile. La prima cosa che avrebbe fatto l'indomani sarebbe stata comprarne uno nuovo.

Senza dubbio, Amanda aveva cercato di contattarlo. Non avrebbe avuto alcuna ragione di andare a Miami senza dirgli niente... vero? Soprattutto dal momento che le cose tra di loro erano andate alla grande nell'ultimo mese.

A ogni modo, Max era lieto che i suoi genitori ospitassero temporaneamente Greg.

"Quando è partita?"

"Ieri, in tarda serata. Ha preso un volo notturno."

Lui scosse la testa. "Chissà se la madre di Amanda fa sul serio..."

"Non lo so, caro. Pensavo che tu e Amanda vi foste parlati. A noi non ha detto molto, solo che non sapeva quando sarebbe tornata. Ha lasciato a Greg un valigione con abbastanza vestiti per un mese e forse più."

Un mese. Probabilmente Mary Ann stava esagerando.

Max fu irrequieto durante tutta la cena. Era tanto scattoso quanto lo era Greg. Non si gustò nemmeno il pollo al miele, che era uno dei suoi piatti prediletti. Non riusciva a togliersi Amanda dalla testa. Pensarla da sola a Miami lo innervosiva.

Al diavolo, più che altro lo innervosiva pensarla vicina all'infida madre e allo scagnozzo che quella si portava appresso, Carlos.

Max si augurò che Amanda stesse alla larga dai guai.

Capitolo diciassette

AMANDA TRASCORSE la giornata successiva al capezzale della madre. Anne era di compagnia, piuttosto loquace e abbastanza in forma da guardare tutte le sue telenovelas preferite.

Non si comportava da malata. Per niente. Il cuoco le portò da mangiare a letto e il patrigno di Amanda veniva a controllarla di tanto in tanto.

Anne era contenta di essere al centro dell'attenzione. Naturalmente.

Il che non andava giù ad Amanda. Non poteva fare a meno di chiedersi se davvero la madre fosse "in punto di morte", come lei stessa le aveva detto. Non sembrava affatto gravemente malata; non aveva avuto altro che un piccolo raffreddore.

Aveva appetito e un bel colorito; trascorse anche un bel po' di tempo al telefono, a chiacchierare con le amiche del country club.

Bevve molto succo d'arancia e andò più volte al bagno. Senza bisogno di aiuto.

Ogni volta che Amanda le chiedeva che malattia le avessero diagnosticato, Anne se ne usciva con una scusa diversa sul perché non sapesse il nome della malattia, o non riuscisse a pronunciarlo. Era certa, però, che avesse, o almeno potesse avere decorso fatale. Era curioso che durante la giornata il dottore non avesse chiamato nemmeno una volta per essere aggiornato sulle condizioni di Anne. E poi... se davvero era una malata terminale, perché non l'avevano portata in una struttura adeguata? *Già*.

Amanda non voleva certo che la madre morisse, ma ai suoi occhi Anne era sana come un pesce.

Seduta accanto al letto della madre, la quale era avvolta in una scintillante vestaglia color oro che le conferiva un'aria regale, Amanda stava diventando via via più nervosa.

Da mesi, desiderava con tutto il cuore ritornare a Miami... ma da quando ci era tornata, non vedeva l'ora di andarsene via.

Incredibilmente, le mancava Manning Grove, ma non solo: le mancava anche un certo ragazzone con l'uniforme blu. E Greg.

Norman fece capolino dalla porta della camera da letto.

"Amanda, hai visite." La testa sparì e l'istante dopo si spalancò la porta. Gridolini deliziati risuonarono per la stanza; Amanda li accolse con una smorfia.

Le tre amiche di Amanda entrarono saltellando e la abbracciarono a turno.

Ad Amanda non sfuggì il sorriso scaltro di Anne.

"Amanda! Ci sei mancata." *Meghan*.

"Che bello riaverti qui." *Allison*.

"È giunto per te il momento di rinsavire e tornare alla realtà." *E Darcie*.

"Sì, torna tra di noi."

Mentre le amiche cinguettavano, Amanda rimase in piedi a fissarle meravigliata. "Ragazze, che ci fate qui?"

"Beh, cara, abbiamo saputo che eri tornata a casa. Avresti dovuto chiamarci! Mica potevamo perderci l'opportunità di ritrovarci tutte insieme. Salve, signora Bingman."

"Ciao, ragazze! Su, su, accomodatevi." Batté la mano sul morbido materasso. "Sedetevi sul letto."

Le tre si lasciarono cadere sulla sponda del grande letto.

"Come si sente?" chiese Allison.

"Molto meglio, ora che ci siete voi."

Ad Amanda si raggelò il sangue nelle vene. Lanciò un'occhiataccia alla madre. Non aveva più senso negare di essere caduta vittima di un raggiro. Era stato davvero un errore sperare che per una volta Anne si fosse comportata da buona madre? Da madre che ama la figlia a prescindere da tutto? Perché continuava a cadere nei tranelli di Anne? Una voce dal tono cinico le rispose da dentro la testa: *perché sei una maledetta sciocca!*

Darcie si chinò verso Amanda. "Amanda, stasera devi uscire con noi. Andiamo a ballare!"

Meghan aggiunse: "Non puoi dirci di no, è venerdì sera!"

"Già, non ti permetteremo di rifiutare."

"Papà mi lascia la limousine," intervenne Allison, "perciò non dobbiamo nemmeno preoccuparci di designare una guidatrice sobria."

Con tutta la gravità che riuscì a simulare, Amanda rispose mesta: "Non posso. Mamma è malata, non posso lasciarla sola.

"Certo che puoi, tesoro. Io me la caverò. Va' pure a divertirti."

Era esattamente la reazione che Amanda si era aspettata dalla madre; per una volta, Anne non aveva deluso le sue attese.

"Dai, Amanda... c'è un nuovo locale, molto carino; preparano il Martini in un sacco di varianti."

"Tu sei un amante dei Martini. Ti ricordi quella sera in cui ne hai bevuti quattro al cacao in un'ora e Carlos ti ha dovuto riportare a casa perché..."

Amanda le interruppe bruscamente: "Sì, mi ricordo." Anche se sarebbe stato meglio dimenticare... non voleva riportare alla mente le stupidate che aveva fatto in passato.

"Stasera ci raggiungerà anche Carlos."

Un altro pedone sulla scacchiera della madre. In effetti, Amanda era sorpresa che il nome di Carlos fosse saltato fuori solo a quel punto... come pure la stupiva il fatto che lui non fosse ancora "passato" di lì; forse Anne si rendeva conto che un'immediata comparsata di Carlos avrebbe mandato a monte l'intera messinscena.

"Amanda, gli manchi..." disse Allison immusonita.

"Su, unisciti a noi."

Lo sguardo di Amanda rimbalzava fra la madre e le amiche.

Strinse le labbra. "Ragazze, vi chiamo io più tardi. Ora mia madre ha bisogno di riposare."

Le tre sembravano scoraggiate. Amanda notò il gioco di sguardi tra loro e Anne, la quale sedeva nel letto, sorretta da numerosi cuscini, come se fosse la regina d'Inghilterra... o la primadonna di un melodramma.

Amanda respinse gli ultimi, tiepidi tentativi che le amiche fecero per convincerla a uscire con loro. Alla fine, le tre non poterono che andarsene scontente.

Non appena nella stanza calò nuovamente il silenzio, Amanda si girò verso Anne. Si sforzò di parlare in tono calmo e regolare. "Chi le ha chiamate?"

"Ho chiesto a Norman di avvertirle del tuo arrivo.

Pensavo che ti avrebbe fatto piacere rivedere le tue amiche..."
Dopo una pausa, aggiunse: "...e Carlos."

Amanda appianò le coperte con la mano, poi le tirò su e le rimboccò alla vita di Anne con esagerata delicatezza. Le chiese a bassa voce: "Mamma, non pensi di esserti impicciata abbastanza?"

"Amanda, sai che voglio solo il tuo bene."

Amanda aprì la bocca il minimo indispensabile per dire: "Continui a ripeterlo, ma pensi davvero di volere il mio bene?"

"Certo."

Amanda raggiunse il mobiletto su cui c'erano il succo d'arancia, i bicchieri puliti e alcuni flaconcini di pillole e li guardò senza espressione. "È quella la ragione per cui fingi di prendere medicine?"

La risposta della madre arrivò in ritardo. In netto ritardo. "Non fingo."

Amanda si chinò sulla caraffa di cristallo intagliato che conteneva il succo d'arancia e annusò, poi la alzò e se la avvicinò alle labbra.

Il bruciore della vodka le scese per la gola e andò a riscaldarle lo stomaco.

"Mmmh... vodka e succo d'arancia." Posò la caraffa con cautela e si voltò lentamente verso la madre. "Te l'ha prescritta il dottore?"

Solo a quel punto la madre cominciò a impallidire. "Tesoro..."

"Accidenti a te!" Amanda girò i tacchi e uscì furibonda dalla stanza. Sbatté la porta tanto forte da far tremare le foto appese ai muri del corridoio.

Aveva sentito abbastanza.

Non ne poteva più.

Prima di scendere le scale, si imbatté nel patrigno.

"L'hai aiutata tu a organizzare questa pagliacciata?"

"Cosa?"

"Non importa!" Gli passò di lato, mentre cercava di tenere sotto controllo la rabbia; strinse i pugni, nel tentativo di resistere all'impulso di spingere Norman giù per le scale.

"Dove stai andando?"

Le uscì di bocca una risata amara. "A fare una passeggiata, prima di strangolare quella donna…" Si fermò sugli scalini. "…e te."

Finì di scendere le scale correndo e uscì dalla porta principale.

***

MAX APRÌ sul nuovo telefono la rubrica dove aveva appena finito di scaricare i contatti. Il nome di Amanda era il primo della lista; lo selezionò e fece partire la chiamata. Era ancora nel parcheggio del negozio di telefonia, tanto era ansioso di parlarle.

Al secondo squillo, cominciò a pensare di dover lasciare un messaggio in segreteria… ma voleva davvero sentire la voce di Amanda.

Finalmente, al terzo squillo, lei rispose.

"Pronto?"

"Pronto?" le fece eco lui. Lei aveva una voce strana.

"Chi è?"

"Sono Max… e chi altri? Tutto bene?"

"Max? Oh." Percepì subito amarezza nella voce di Amanda. "Sei quel piedipiatti, non è vero?"

Quel piedipiatti.

Anne. La madre di Amanda.

Dannazione.

"Dov'è Amanda? Voglio parlare con lei."

"Non sono affari tuoi. È impegnata."

Max strinse con forza il telefono e fece un profondo respiro. "Dov'è? Perché non ha con sé il suo telefono?"

"Ho detto che non sono affari tuoi."

Quante volte aveva sentito Amanda dirle la stessa cosa? Eppure, la situazione era cambiata. Il loro rapporto si stava evolvendo. O almeno quella era l'impressione di Max. "Sì che sono affari miei."

"Amanda non ti vuole parlare. Mi ha dato in mano il telefono quando ha visto che eri tu a chiamarla. Non vuole vederti più. Non vuole più avere nulla a che fare con te."

"Signora, so che lei sta mentendo."

"Niente affatto. Amanda è qui seduta vicino a me. Amanda, vuoi parlargli?" Ci fu una breve pausa. "Dice di no. Amanda è qui per rimanerci. Casa sua è questa."

"Voglio sentirglielo dire."

"Si rifiuta di parlare con te. Come, tesoro?" Ci fu una pausa più lunga. "Oh, vuole che ti dica che annuncerà presto il suo fidanzamento con Carlos."

Max esitò. Pensò di aver capito male. "Non abbandonerebbe mai Greg."

"Gli troveremo un bel posto dove stare, un posto adatto a lui."

Un posto adatto a lui? Mica era un cane randagio... "Amanda non vorrebbe mai che..."

"Lasciala... anzi, lasciaci in pace! Non ti vuole più. Tu non puoi offrirle ciò che merita."

La chiamata s'interruppe.

Max esplose in un'imprecazione e scaraventò il nuovo telefono sul pianale dell'auto, poi lo schiacciò con il tacco dello stivale fino a ridurlo in pezzi.

Tutto ciò che la circondava le sembrava fuori misura. Case enormi, macchine enormi... insomma, gusti enormi.

Tutto era superfluo, tutto aveva la sola e unica finalità di ostentare ricchezza.

Amanda continuò a camminare per isolati e isolati, lungo le tortuose strade dell'immenso complesso residenziale, nella speranza di smaltire la rabbia che le aveva provocato il comportamento della madre.

Era caduta nella trappola che la madre le aveva teso. Piccola sciocca che non era altro.

Pensò a Mary Ann, all'altruismo che la caratterizzava. Si era sempre mostrata disponibile ad aiutare Amanda, senza contropartite, senza giochetti. Emanava onestà e schiettezza.

Perché anche Anne non era una madre del genere?

Pensò alle differenze tra Carlos e Max.

Carlos: sleale; viziato; inconcludente; un burattino nelle mani di Anne.

Max: solido; possente; senza un briciolo di indecisione... Beh, almeno finché non si parlava del loro rapporto, anche se era migliorato anche in quell'aspetto, da quando, il mese prima, avevano trovato il "compromesso."

Si faceva sempre trovare pronto quando lei aveva bisogno. Stare con Greg gli veniva naturale... e anche Greg gli voleva bene.

Anche Greg gli voleva bene.

Smise di camminare e chiuse gli occhi. *Ma che cacchio...* Amanda voleva bene a Max: anzi, lo amava. Era innamorata di Max! Non voleva vivere senza di lui.

Sarebbe tornata alla villa, avrebbe preparato la valigia e se ne sarebbe andata a casa.

A casa.

A Manning Grove.

Da Greg.

Da Max.

A Miami, non c'era più niente per lei.

Niente che volesse. Niente di cui avesse bisogno.

Amanda si diresse alla villa. Camminava con determinazione, ogni passo era un passo verso casa.

Rientrò in casa senza fare rumore e passò vicino al soggiorno. Lì vide la madre. Giù dal letto. Perfettamente truccata, ingioiellatissima, con indosso un tailleur pantalone firmato e in mano quello che aveva tutto l'aspetto di... un Cosmopolitan!

Amanda entrò nella stanza, con la rabbia che ricominciava a ribollirle nelle vene. "Ti senti meglio, mamma? Un caso di guarigione miracolosa?

"Tesoro, sai che l'ho fatto per te. ero disperata. Dovevo tirarti fuori da... quel posto. Dovevo ricordarti ciò che ti stai perdendo, ciò a cui hai rinunciato. Non voglio che torni in Pennsylvania. Pensa a tutto ciò che puoi avere qui: soldi, amici, vivere in questa bellissima villa con noi... Qualsiasi cosa tu voglia, qui puoi averla."

Qualsiasi cosa volesse.

Non voleva nulla dalla madre. Assolutamente nulla.

Tutto ciò che voleva era più a nord.

Amanda interruppe Anne. "Quello è il mio cellulare?"

Anne guardò il cellulare che stringeva come se scoprisse di averlo in mano in quel preciso momento. Aprì la bocca per rispondere, ma poi la richiuse. Poi alzò il mento come una bambina ribelle. "Ha suonato e io ho risposto."

"Chi era?" le chiese cautamente. "Era Max?" Strappò il telefono dalla mano di Anne e controllò il registro delle chiamate. Era Max.

"Si chiama così?"

"Cosa gli hai detto?"

"Gli ho detto la verità: che ora sei a casa e che lui non può darti ciò di cui hai bisogno."

"Mamma, tu non riconosceresti la verità nemmeno se ti mordesse le chiappe."

Anne ignorò lo sfogo della figlia. "Gli ho detto che sei tornata da Carlos."

Amanda si abbandonò sul divano. Si portò le mani alla testa. "E lui cos'ha detto?"

Anne rimase in silenzio per un istante. Amanda sentì il divano affondare ulteriormente mentre Anne si sedeva cerimoniosamente accanto a lei. La madre le appoggiò una mano sulla sua, come per aiutarla a incassare il colpo che le stava per infliggere. "Ha detto che per lui è una liberazione."

Una liberazione. Amanda fece una risata isterica. Una liberazione! Nulla del genere sarebbe mai uscito dalla bocca dell'agente Max Bryson. Lui avrebbe detto *che se ne vada al diavolo, peggio per lei* oppure avrebbe imprecato in un modo o in un altro... ma *liberazione* non era nelle sue corde.

Tutto d'un tratto, la madre cominciò a parlare in tono disperato. "Amanda, è così. Ha detto che non vuole più vederti. Mi dispiace tanto, tesoro. Mi rendo conto che tu avessi una bella cotta per lui... ma è finita. Lui è consapevole del fatto che tu meriti di più... che tu meriti solo il meglio."

"No..." Amanda guardò in faccia la madre, mentre sentiva il calore della rabbia salirle su per il collo. "No. Greg ha bisogno di me. Me ne vado."

Corse al piano di sopra e buttò i vestiti nella valigia. Chiamò un taxi, poi scorse la rubrica del telefono fino a trovare il nome di Max. Fece partire la chiamata.

Ci furono numerosi squilli, ma Max non rispose. Non le voleva parlare e lei non poteva certo biasimarlo.

Sentì la sua voce nel saluto della segreteria telefonica.

Amanda avrebbe voluto lasciare un messaggio, ma temeva che sarebbe stato un errore.

Sentì una fitta al cuore. All'improvviso, si sentì completamente sola.

"Torno a casa," bisbigliò alla segreteria telefonica di Max, poi chiuse la chiamata.

"*Il confine tra amore e odio è sottile*" Teddy una volta le aveva fatto quella citazione. Amore e odio: erano entrambe emozioni intense. Lei amava Max, non era più disposta a negarlo.

Aveva bisogno di lui. Doveva tornare in Pennsylvania.

TROVARE un volo last-minute di rientro a Filadelfia fu più difficile di quanto non fosse stato trovarne uno per Miami il giorno prima. Amanda finì per dormicchiare a intermittenza su una scomoda sedia di plastica all'aeroporto, in attesa del volo notturno.

Amanda non ricordava di aver mai fatto un volo peggiore. Tra la turbolenza che le dava la nausea e l'infelice posto assegnatole, stretta com'era tra un omone con seri problemi d'alitosi e un tizio che ci provava con lei spudoratamente, si fece prendere dalla disperazione. Ipotizzò che al pretendente sfuggisse il significato delle occhiatacce malvagie di Amanda: non era interessata, era evidente. A un certo punto, le occhiatacce lasciarono il posto a un tic alla palpebra.

Per quanto fosse tentata di ordinare un cocktail all'assistente di volo, Amanda si scoprì poco incline a sborsare otto dollari per un decilitro di drink; in ogni caso, avrebbe avuto bisogno di una dose di alcol almeno dieci volte superiore per calmarsi; o, ancora meglio, per perdere i sensi.

Con la fortuna che aveva, l'ebbrezza l'avrebbe resa

molesta e l'ufficiale di bordo avrebbe dovuto sottometterla con la forza. Pareva che ultimamente i rappresentanti della legge tendessero a trattarla in quel modo.

Subito dopo l'atterraggio, provò nuovamente a chiamare Max. Niente da fare.

O aveva dovuto spegnere il telefono o la stava deliberatamente ignorando.

Amanda sapeva che Max, anche a causa del proprio lavoro, era sempre reperibile... perciò evidentemente la stava deliberatamente ignorando. Un misto di disperazione e scoramento le ribolliva nell'anima.

Mentre aspettava con impazienza di ritirare il bagaglio, lo chiamò altre tre volte.

Tra un dribbling e l'altro, stava raggiungendo l'uscita dell'aeroporto, quando la valigia che si portava al seguito, a causa di una torsione improvvisa, perse una rotella. Amanda osservò impotente il piccolo, *dannato* cerchietto di plastica nera sfrecciare tra i piedi degli astanti e scomparire per sempre.

Cacchio!

Richiuse con rabbia la maniglia estraibile e afferrò quella laterale, poi trascinò la valigia verso la sedia più vicina, sulla quale Amanda rovinò, prima di prendersi la testa tra le mani.

Non doveva piangere.

Qualcuno, che doveva essere un gran maleducato, si sedette sulla sedia accanto, sgomitando Amanda. Era l'ultima cosa di cui lei avesse bisogno. Senza dubbio, il tizio avrebbe potuto posare il proprio culone su una delle tante altre sedie libere. Perché proprio vicino a lei? Non si rendeva conto che Amanda era in piena crisi?

Amanda si appoggiò allo schienale e si tolse i capelli dal viso, poi guardò la figura offuscata che aveva accanto.

Maledette lacrime!

Batté le palpebre più volte, per cercare di vederci meglio; doveva dirne quattro al maleducato. Quando si passò una mano sugli occhi chiusi per disperdere le lacrime, la persona le afferrò il polso.

"Non sapevo proprio che pensare."

Amanda aprì la bocca. "No, lascia parlare prima me. Non sapevo che pensare. Hai lasciato Greg dai miei genitori... e te ne sei semplicemente andata. Il fatto che tu fossi stata in grado di partire senza darmi alcuna spiegazione mi ha ferito. Credevo che provassi qualcosa per me."

Ma Max non aveva ricevuto tutti i messaggi che lei gli aveva mandato?

"Infatti provo qualcosa per te." Finalmente ci vedeva chiaro e scoprì la propria angoscia riflessa nel volto di Max.

Lui lasciò cadere la testa, poi la scosse lentamente. "Però non lo dimostri."

"Sì, invece!"

Max si passò una mano frustrata tra i capelli cortissimi. "Ho cercato di chiamarti, ma tua madre mi ha detto che..."

Amanda emise un lamento, poi si strofinò il naso congestionato dal pianto. "Lo so... So cosa ti ha detto. Erano bugie."

"Sì?" Lui le prese la mano sinistra e la alzò per esaminare l'anulare. "Niente anello."

Lei gli strinse la mano come per non lasciarla andare mai più. Voleva assicurarsi che quel momento fosse reale. Max era davvero lì, non era frutto dell'immaginazione che voleva portarla via. "Che ci fai all'aeroporto? Come hai fatto a trovarmi?"

"Stavo andando a Miami, per riportarti a casa. Per riprenderti. Non ti avrei lasciata andare senza lottare per tenerti con me."

"Sì, ma come hai fatto a trovarmi qui? L'aeroporto è gigantesco, ci sono migliaia di persone..."

"È stato un caso. Una rotella mi è arrivata sullo stinco. Avrei dovuto subito capire che c'entravi tu... la mia Amanda combinaguai." Accennò un sorriso. "Sono certo che mi ha lasciato un livido."

Destino.

Era stato il destino.

"Max..."

Lui le chiuse le labbra con l'indice. "Aspetta, non ho finito." Con il pollice caldo e calloso rimosse una lacrima che le brillava solitaria sulla guancia. "Amanda... ti amo. Ho cercato di negarlo... ma non ci riesco. Ti amo e voglio che torni a casa con me."

"A casa..." Il pensiero di una casa vera... o meglio, di creare una *vera casa* insieme a Max... fece sgorgare qualche altra tiepida lacrima dagli occhi di Amanda. E lei non era certo una che si commuoveva facilmente!

"So che non adori Manning Grove... La vita, lì, non sarà mai come a Miami. Però è un sacrificio che devi fare per..."

"Non è un sacrificio..."

"Comunque, ti prometto di renderti felice... Spero che basterà." Le alzò di nuovo la mano sinistra e le baciò l'anulare. "Sono davvero contento che tu non abbia al dito l'anello di Carlos." Senza lasciarle la mano, si mise in ginocchio di fronte a lei.

Infilò la mano libera nel taschino della camicia e ne estrasse una scatolina nera. "Non sarà grande come quello che potrebbe permettersi Carlos, ma..." Aprì la scatolina.

Uno stupendo, minuto diamante luccicò tra il velluto della fodera.

"È stato il primo anello di fidanzamento di mia madre. Non è abbastanza, lo so... ma te ne comprerò uno più grande."

"Max," sussurrò lei, "le dimensioni non contano." Arrossì e rise. "Sai cosa intendo..."

Max corrispose la risata, poi si fece nuovamente serio. "Te lo metterai?"

Ma che razza di proposta di matrimonio era mai quella?

Prima che Amanda potesse articolare la domanda, lui le chiuse le labbra con le proprie, inclinando la testa per reclamare tutta la bocca. Amanda lo spinse via. "Siamo in pubblico!" protestò con un bisbiglio.

"Non mi interessa. Voglio che tutti sappiano che sei mia... e che ti amo." Alzò la testa e aggiunse a gran voce: "...e sì, voglio che diventi mia moglie!"

Amanda sentì un colpetto sulla spalla, si voltò e vide dietro di sé una vecchietta.

"Di' di sì, tesoro." Dopodiché, l'anziana signora sorrise e si allontanò zoppicando, aiutandosi con un bastone.

Max le aveva appena chiesto di sposarlo all'Aeroporto internazionale di Filadelfia, in mezzo a centinaia... anzi, migliaia di estranei.

"Per favore," la incalzò lui.

Amanda abbassò lo sguardo verso l'uomo che amava, con cui voleva trascorrere il resto della vita e di cui aveva un disperato bisogno... Quell'uomo era inginocchiato tra le sue cosce, sul sudicio pavimento del terminal.

"Santo cielo," mormorò lei.

"Lo prenderò come un sì," disse lui, poi le infilò l'anello al dito. Entrò perfettamente.

Era impossibile, pensò lei... Come faceva Max a conoscere la misura giusta?

La parola *destino* le lampeggiò ancora nella mente.

Era destinata a quell'uomo. Per quanto entrambi avessero cercato di opporsi, il destino aveva avuto la meglio. "Andiamo a casa."

Max si mise lo zaino in spalla, afferrò la valigia sbilenca e con l'altra mano prese quella di Amanda.

Mentre la conduceva tra la moltitudine delle persone, lei gli chiese: "Perché non hai risposto al telefono? Ti avrò chiamato una decina di volte."

"Beh, l'ho... perso." Già. Proprio come Amanda aveva *perso* la targa originale della Buick. "Ok... Quando lo ritroverai, leggerai un sacco di miei messaggi. Potrebbero sembrarti bizzarri... È stata *davvero* una brutta giornata." Gli sorrise e gli strinse la mano. "Ora però va molto meglio."

<hr>

Mentre entravano nello spiazzo davanti alla fattoria dei Bryson, videro i genitori di Max che si rilassavano sul dondolo in veranda, in compagnia di Greg e Caos. Il dondolio cessò quando il quartetto avvistò il pick-up.

Max parcheggiò il Chevy e prim'ancora che Amanda si apprestasse a scendere, Greg aprì la portiera e cercò di tirarla fuori. Caos, con una delle zampe anteriori ancora ingessata, zoppicò verso di loro, salutandoli con un abbaio allegro e acuto.

Amanda emise un gridolino e disse al fratello: "Calma, Bud... Aspetta che mi slacci la cintura di sicurezza."

Max allungò la mano e la aiutò a sganciarla.

Amanda si massaggiò il collo per una frazione di secondo e subito Greg la strinse in un forte abbraccio. "Mi sei mancata, Mandy! Mi sei mancata!"

Amanda ricambiò l'abbraccio, respirando il fresco profumo di pino che emanava Greg. Gli passò una mano nei capelli spettinati. "Mi sei mancato anche tu. Ti sei divertito qui?"

"Sì, un sacco." Lui la lasciò e fece un passo indietro. "Abbiamo addobbato gli alberi di Natale!"

"Davvero?"

Ron si avvicinò e le diede un abbraccione da orso. "Bentornata a casa."

"È bello essere a casa," disse lei, con parole che le partivano dal cuore.

Amanda vide gli occhi di Ron guizzare sull'anulare, ma prima che lei potesse dirgli qualsiasi cosa, lui le fece l'occhiolino.

Max notò lo sguardo d'intesa tra i due e si affrettò a rivolgersi alla madre, schiarendosi la gola. "Mamma, so qual è il regalo che hai sempre desiderato ricevere per Natale... e so che è di gran lunga troppo presto per parlare di regali di Natale, ma..." Si chinò e le sussurrò nell'orecchio: "...Amanda ha detto sì."

Il viso di Mary Ann s'illuminò e lacrime argentine le brillarono negli occhi. Con un piccolo grido di felicità, si precipitò verso Amanda e la abbracciò.

"Oddio! Oddio! È il più bel regalo di Natale di sempre!" Restò immobile per un istante e spostò lo sguardo trepidante da Max al ventre piatto di Amanda. "Beh, a meno che non ci siano altre buone notizie..."

Max emise un sonoro lamento.

"Coraggio, ragazzo, dacci dentro! Mancano solo sei mesi a Natale."

"Mamma!"

<hr>

Per rimanere aggiornati sul lavoro di Jeanne, iscrivetevi alla sua newsletter qui: (in inglese):

Continua a leggere...

Fratelli in divisa: Marc

Incontra i ragazzi di Manning Grove: tre fratelli che fanno i poliziotti in una piccola città americana e incontrano le donne che cambieranno per sempre le loro vite. Questa è la storia di Marc...

L'agente Marc Bryson è convinto che le donne non siano adatte a lavorare nella polizia. Quando suo fratello maggiore viene promosso a capitano del dipartimento della cittadina in cui vivono, la prima cosa che fa è assumere proprio una donna, per giunta appena uscita dalla scuola di polizia e dunque senza esperienza. Marc si ritrova a essere il responsabile dell'addestramento sul campo della giovane recluta.

Decisa a seguire le orme del padre poliziotto deceduto in servizio, Leah Grant ha il fegato che serve per infrangere tutte le barriere che si frappongono tra lei e il suo sogno di entrare nelle forze dell'ordine, anche se ciò significa dimostrare al suo istruttore di meritare il posto di lavoro. Lui, d'altronde, preferisce averla come compagna di letto piuttosto che come collega.

Unica presenza femminile in un piccolo mondo tutto al maschile, Leah sfida i preconcetti di Marc riguardo alle donne in polizia. Tuttavia, nonostante entrambi si sforzino di tenere separata la vita professionale dall'innegabile attrazione che li lega, la situazione continua a scaldarsi, complicata anche dagli insoliti gusti sessuali che Leah e Marc condividono. Dopo essere stati sorpresi con le mani nel sacco, questi due difensori della legge devono cercare di rigare dritto.

Alla fine, riuscirà Leah a dimostrare a Marc di essere tanto brava come poliziotta quanto lo è come amante?

Girare la pagina per leggere il primo capitolo del prossimo libro della serie Fratelli in divisa: Fratelli in divisa: Marc

Fratelli in divisa: Marc

libro 2

CAPITOLO UNO

"Che cazzo vuol dire una donna?" Il tenente Marc Bryson ribatté con foga, tanto che ci mancò poco non sputacchiasse sulle pile di scartoffie che si allineavano fin troppo ordinatamente sulla lustra scrivania del capitano della stazione di polizia.

Il capitano, che si dava il caso fosse anche il fratello maggiore di Marc, inarcò un sopracciglio. "Speravo che alla tua età sapessi cos'è una donna. A ben pensarci, tuttavia, non hai mai portato a casa nessuna ragazza quando vivevi a sbafo da me."

"Oh, che simpatia... e comunque non vivevo a sbafo da te: ti davo dei soldi ogni mese."

Max Bryson fece una risatina nasale.

"A ogni modo... Torniamo all'argomento della discussione."

Max tagliò corto. "Non ci sarà alcuna discussione. Punto.

L'ho assunta e tu sarai il suo agente di addestramento sul campo."

Marc non aveva nessuna voglia di addestrare una poliziotta. Mai e poi mai. Non era una lavoro da donne e non lo sarebbe mai stato.

"Perché *io*? Perché non lo chiedi a Dunn?"

"Perché ho deciso così."

Ma che cazzo... Il grande fratello ha deciso così, tutti zitti. Il collega Tommy Dunn non poteva addestrare la nuova recluta perché era un tipo troppo alla mano, avrebbe trattato con i guanti la ragazza anziché insegnarle il duro mestiere di tutore dell'ordine. Marc invece lo avrebbe fatto. Inoltre, Dunn non aveva la certificazione per addestrare reclute... ma quello era solo un dettaglio. O no?"

Merda. Con Marc, la ragazza, che era fresca fresca di scuola di polizia, non avrebbe potuto sgarrare. Max sapeva che il fratello aveva delle forti riserve sull'impiego delle donne nelle forze dell'ordine. Se l'interessata voleva davvero essere trattata come una collega, allora Marc non sarebbe certo stato meno duro e inflessibile con lei solo perché si trattava di una d... di una recluta. *Mah...*

D'accordo. Lo avrebbe fatto... ma la cosa non doveva piacergli per forza.

"Lascia che ti rammenti che ora sei un tenente. Quando hai accettato la promozione, ti ho detto chiaramente che all'aumento di stipendio sarebbe corrisposto un aumento..." Max fece una pausa, poi completò la frase con tono derisorio: "...di responsabilità."

Evidentemente, il fratellone trovava la situazione divertente e non gliene fregava un beneamato di cosa Marc pensasse di quella nuova "responsabilità". Ogni volta che Max trovava l'opportunità di rompergli le palle, non se la lasciava scappare.

Ribellarsi non avrebbe avuto senso. Marc espirò sonoramente in segno di resa. "Quando comincia l'addestramento?"

Max lanciò un'occhiata al G-Shock nero che portava al polso. "Non appena Dunn finisce di registrare l'equipaggiamento della recluta."

Marc drizzò la testa e spalancò gli occhi tanto da sentire il bisogno di rimetterli dentro le orbite. "Oggi?"

Max rise. "C'è qualche problema, tenente?"

Marc fece un altro profondo respiro. Stava facendo il gioco del fratello. Invece, doveva comportarsi come se tutta quella faccenda gli fosse indifferente, altrimenti Max avrebbe continuato a tormentarlo fino a farlo esplodere. Aveva l'indole bastarda del fratello maggiore, alla quale recentemente si erano aggiunte le manie di onnipotenza derivate dall'essere diventato capitano della stazione di polizia. Persino la moglie faceva fatica a sopportarlo.

No, non era del tutto vero... Amanda non era certo disposta ad accettare le stronzate di Max; anzi, lo metteva a cuccia ogni volta che lui faceva un passo falso. Era come se quella donna avesse la frusta... *Whap*! Marc spostò lo sguardo sul pavimento per evitare di ridere in faccia a Max."

"Che c'è di tanto divertente, fratellino?"

"Niente. Max, la ragazza ha fatto il colloquio di lavoro con te... Allora, com'è?" Marc sperava non si trattasse di una principessina, più preoccupata di un'unghia rotta che delle sue mansioni da poliziotta; d'altronde, non avrebbe nemmeno voluto trovarsi di fianco un donnone in grado di spezzargli le ossa.

"Il suo aspetto fisico non dovrebbe interessarti. Tieni presente quali sono le priorità. Ciò che conta è che la ragazza ha preso il massimo dei voti alla scuola di polizia."

"Capitano, qui abbiamo finito," disse Tommy Dunn entrando dal corridoio. La figura alta e dinoccolata di Dunn ingombrava la soglia della porta, impedendo a Marc di vedere la nuova *agente*.

Evidentemente, neanche Max riusciva a vederla, perché disse a Dunn: "Perché non ti levi dai piedi e la lasci entrare? Torna al tuo giro di pattuglia, sono sicuro che il gatto della signora Johnson è di nuovo in pericolo."

L'agente pel di carota strisciò i piedi sul pavimento. "Nessun problema, Max."

Marc scosse la testa e accennò una risatina. Poi attese. Dunn ci era caduto ancora una volta.

Impallidì e improvvisamente le innumerevoli lentiggini che gli punteggiavano il volto divennero più visibili. "Intendevo *capitano*. Scusa." Dunn indietreggiò con un mugolio, poi scattò in avanti dopo aver urtato la persona che aveva dietro di sé. Si scusò e si defilò frettolosamente.

Marc si allungò sullo schienale della sedia, incrociò braccia e piedi e attese, sul viso un evidente corruccio.

Visto che la recluta non si palesava, dopo qualche istante Max sbraitò: "Grant, entra!"

La ragazza comparve sulla soglia della porta e irrigidì il corpo mettendosi sull'attenti. Marc fece una prima ispezione, partendo dai piedi. Stivali tattici neri, divisa estiva di colore blu scuro e un cinturone stracarico che doveva pesare più della ragazza stessa; salendo, lo sguardo di Marc si arenò sul torso, che pareva sproporzionato rispetto al resto del corpo. *Ma che diavolo...*

Evidentemente c'era qualcosa che non andava con il giubbotto antiproiettile sotto la divisa.

Marc sobbalzò, poi divaricò leggermente le gambe e puntò il dito verso la parte incriminata. "C'è qualche problema con il giubbotto antiproiettile?"

La ragazza fissò il dito che Marc le aveva puntato contro; una vampata di calore le salì dal collo, facendo strada oltre lo stretto colletto della camicia per poi arrossarle le guance. "Signore, è troppo grande, signore."

Al diavolo quella stupidaggine del doppio "signore". Era la scuola di polizia a inculcare quel genere di stronzate. Durante l'addestramento, poteva capitare di essere al supermercato e chiedere un'informazione al giovane commesso iniziando e finendo la domanda con "signore". *Signore, dove trovo i mandarini, signore?* Domanda che invariabilmente suscitava lo sconcerto del ragazzino.

"Ti farò avere un nuovo giubbotto antiproiettile," disse Max. "Per il momento, tieni quello. Non voglio che tu vada in giro senza. Lo stabilisce il regolamento."

"Signorsì, signore."

"Oh, per la miseria, piantala di ripetere *signore*," sbottò Marc. Sì, forse era un tantino duro come esordio, ma Marc era seccato. Giusto un po'. Quella faccenda dell'agente di addestramento sul campo era una stronzata bella e buona... Gli sarebbe toccato accudire una recluta che con ogni probabilità sarebbe svenuta alla vista del sangue e avrebbe cercato di nascondersi alle prime avvisaglie di pericolo. "E togliti dalla porta, vieni al centro della stanza."

La ragazza avanzò di qualche passo, poi unì i talloni, distese le braccia lungo i fianchi, strinse i pugni e alzò la testa, concentrando lo sguardo su un punto imprecisato sopra la testa di Max.

"A ogni modo, Grant, il tenente sarà il tuo agente di addestramento sul campo."

Marc strinse gli occhi sull'ampio sorriso che sfoggiava il fratello. Poi notò di sfuggita lo sguardo della ragazza guizzare verso di lui, prima di tornare sul punto indefinito sopra la testa di Max. Marc le girò intorno, esaminandola dalla testa ai piedi. La camicia era insaccata nei pantaloni e le pieghe scendevano dritte dalle spalle... proprio come prevedeva il regolamento. Completò il giro e si fermò di fronte a lei, mantenendosi a una distanza di trenta centimetri scarsi. Aveva invaso lo spazio personale della ragazza per metterla alla prova: lei sarebbe indietreggiata o avrebbe mantenuto la posizione?

Scoccò l'indice sulla targhetta con il nome che la ragazza aveva fissata alla camicia. "È storta, devi raddrizzarla... Ma almeno lo hai letto il regolamento?"

Mentre lei si sistemò con dita tremanti la targhetta argentata su cui era impresso *GRANT* in nero, Marc si chiese se Max le avesse procurato le copie del regolamento dipartimentale e del manuale delle procedure operative standard.

"Signore..."

"Tenente," la corresse bruscamente Marc.

"Tenente..." Gli occhi della ragazza scesero sulla targhetta nominativa di Marc e un'ombra di confusione le attraversò il viso, per poi dissiparsi all'istante. "...Bryson, ho studiato il manuale delle procedure, la relazione informativa e i verbali degli arresti più recenti, come richiesto."

Bene, bene, bene. Max era sul pezzo. Buon per lui... e per la recluta; lei, però, avrebbe dovuto impegnarsi molto di più per fare bella figura con Marc.

"Durante l'addestramento sul campo verrai ispezionata così ogni giorno. Abituatici. E assicurati di essere in perfetto ordine prima di cominciare il turno."

Marc la percorse con lo sguardo un'altra volta, facendo però attenzione alla persona più che all'uniforme. Era alta quasi uno e settanta e probabilmente pesava sui cinquanta-cinque chili, al massimo. Era *giovane*. Venticinque anni, a occhio e croce. Abbastanza giovane da pensare di poter cambiare il mondo. Forse avrebbe dovuto ricredersi.

Cercando di farsi forza, Marc inspirò profondamente, ma con sua grande sorpresa, quel gesto si rivelò un errore. Un grosso errore. Inalò il profumo della ragazza, che gli parve subito inconfondibile. No, non era un profumo vero e proprio. Leggero, floreale. Non riuscì a trattenersi dal dare una seconda annusata, stando attento a non farsi scoprire. Doveva trattarsi dello shampoo che usava, o del sapone, o forse di una crema per il corpo. Gli si impresse nella memoria. La ragazza portava i capelli scuri raccolti in uno chignon stretto che non ne lasciava uscire nemmeno uno. Marc si chiese dove le arrivassero quando li portava sciolti. Le sopracciglia marcate incorniciavano occhi di uno stupendo color nocciola orlato di nero, in cui a Marc parve di veder balenare un caleidoscopio di riflessi dorati, marroni e verdi; doveva essere uno scherzo dell'immaginazione: da quando in qua le iridi cambiavano colore? Il naso era dritto e sottile e gli zigomi alti e al momento arrossati per via dell'attento scrutinio a cui lui la stava sottoponendo. E le labbra...

Cazzo. Marc fece un passo indietro e si schiarì la gola.

Max interruppe quel flusso di pensieri. "Grant, perché non vai ad aspettare nella sala degli agenti di pattuglia? Il tenente Bryson ti raggiungerà fra pochi minuti e comincerà a spiegarti come lavoriamo qui. Per favore, chiudi la porta quando esci."

"Grazie, sign... *capitano*." Girò i tacchi e uscì dall'ufficio con andatura meccanica.

In genere, i pantaloni in poliestere dell'uniforme non erano molto generosi quando si trattava di mettere in risalto le curve del corpo, maschile tanto quanto femminile, eppure, misteriosamente, fasciavano piacevolmente il culetto sodo dell'agente Grant. Ci mancò poco che Marc non si lasciasse scappare un sospiro.

"Ti sei divertito?" gli chiese Max.

"A fare cosa?"

"A spogliarla con gli occhi."

"Non l'ho spogliata con gli occhi," brontolò Marc. Si era davvero notato? Non voleva accertarsene, tanto meno dare un'occhiata, ma... *forse* aveva avuto un principio di erezione.

"Sii professionale. Non costringermi a farti rapporto, o peggio, per una mossa stupida."

"Ma perché doveva essere una così..."

Max sbatté la mano sulla scrivania, facendo sobbalzare Marc. "Non mandare tutto a puttane, *tenente*. Siamo a corto di agenti, lei mi serve. *Ci* serve. Con Matt all'estero in missione e il pensionamento del capitano Peters, si è creato un vuoto. A meno che tu non voglia fare i doppi turni tutti i giorni, ti conviene addestrarla per bene e trasformarla in una risorsa per questa stazione di polizia. Mi dispiace che debba seguirla tu per tutti i sessanta giorni dell'addestramento sul campo, ma non ho alternative. Tocca a te, almeno finché il nostro fratellino non rimette piede sul suolo americano... e anche allora, non credo che avrà la lucidità mentale che serve per prendersi carico di un altro agente."

In effetti, quando il loro fratello minore sarebbe tornato dal suo periodo come riservista dei Marines, probabilmente avrebbe avuto lui stesso bisogno di un corso di ri-addestramento.

Volente o nolente, Marc avrebbe dovuto trascorrere i due mesi successivi fianco a fianco con la nuova recluta. Era davvero fregato.

Acquistalo qui: mybook.to/Marc-Italian

Se ti è piaciuto questo libro

Grazie per aver aver letto il mio libro! Se questa storia ti ha appassionato, per favore fallo sapere ad altre lettrici e altri lettori scrivendo una recensione sul sito dove hai acquistato il libro e/o su Goodreads. Le recensioni sono sempre bene accette e anche solo un paio di righe possono dare un grande aiuto per una scrittrice indipendente come me!

Libri disponibili in italiano

FRATELLI IN DIVISA:

Fratelli in divisa: Max (libro 1)
Fratelli in divisa: Marc (libro 2)
Fratelli in divisa: Matt (libro 3)
- Include Teddy: il capitolo finale (libro 3.5)
Fratelli in divisa: Natale dai Bryson (libro 4)

Made Maleen: Una fiaba in chiave moderna

PROSSIMAMENTE NE ARRIVERANNO ALTRI!

Informazioni sull'autore

Jeanne St. James ha pubblicato per USA Today e Amazon romanzi rosa che hanno avuto successo internazionale. Ama scrivere storie d'amore incentrate su donne dal carattere forte e uomini a cui piace dominare. Scrive da quando aveva tredici anni e ad oggi ha al suo attivo quasi sessanta romanzi di ambientazione contemporanea. Le trame dei suoi libri vertono su rapporti eterosessuali, rapporti omosessuali tra uomini e *ménages à trois* in cui sono coinvolti due uomini e una donna, e hanno per protagonisti personaggi di diverse provenienze. Sotto lo pseudonimo di J.J. Masters, Jeanne scrive anche storie d'amore omosessuali di ambientazione fantasy.

Per restare aggiornati sulle frequenti uscite dei suoi nuovi lavori, collegatevi al sito www.jeannestjames.com o iscrivitevi alla newsletter:
http://www.jeannestjames.com/newslettersignup (in inglese).

www.jeannestjames.com
jeanne@jeannestjames.com

Newsletter: http://www.jeannestjames.com/
newslettersignup

Gruppo Facebook di lettrici e lettori: https://www.facebook.
com/groups/JeannesReviewCrew/
TikTok: https://www.tiktok.com/@jeannestjames

facebook.com/JeanneStJames.Author

amazon.com/author/jeannestjames

instagram.com/JeanneStJames

bookbub.com/authors/jeanne-st-james

goodreads.com/JeanneStJames

pinterest.com/JeanneStJames

Anche da Jeanne St. James (in inglese)

Trovate il mio ordine di lettura completo qui:

https://www.jeannestjames.com/reading-order

* Disponibile in audiolibro (inglese)

LIBRI INDIVIDUALI

Made Maleen: A Modern Twist on a Fairy Tale *

Damaged *

Rip Cord: The Complete Trilogy *

Everything About You (A Second Chance Gay Romance) *

Reigniting Chase (An M/M Standalone) *

Brothers in Blue Series:

Brothers in Blue: Max *

Brothers in Blue: Marc *

Brothers in Blue: Matt *

Teddy: A Brothers in Blue Novelette *

Brothers in Blue: A Bryson Family Christmas *

The Dare Ménage Series:

Double Dare *

Daring Proposal *

Dare to Be Three *

A Daring Desire *

Dare to Surrender *

A Daring Journey *

The Obsessed Novellas:

Forever Him *

Only Him *

Needing Him *

Loving Her *

Tempting Him *

Down & Dirty: Dirty Angels MC Series®:

Down & Dirty: Zak *

Down & Dirty: Jag *

Down & Dirty: Hawk *

Down & Dirty: Diesel *

Down & Dirty: Axel *

Down & Dirty: Slade *

Down & Dirty: Dawg *

Down & Dirty: Dex *

Down & Dirty: Linc *

Down & Dirty: Crow *

Crossing the Line (A DAMC/Blue Avengers MC Crossover) *

Magnum: A Dark Knights MC/Dirty Angels MC Crossover *

Crash: A Dirty Angels MC/Blood Fury MC Crossover *

In the Shadows Security Series:

Guts & Glory: Mercy *

Guts & Glory: Ryder *

Guts & Glory: Hunter *

Guts & Glory: Walker *

Guts & Glory: Steel *

Guts & Glory: Brick *

Blood & Bones: Blood Fury MC®:

Blood & Bones: Trip *

Blood & Bones: Sig *

Blood & Bones: Judge *

Blood & Bones: Deacon *

Blood & Bones: Cage *

Blood & Bones: Shade *

Blood & Bones: Rook *

Blood & Bones: Rev *

Blood & Bones: Ozzy

Blood & Bones: Dodge

Blood & Bones: Whip

Blood & Bones: Easy

Beyond the Badge: Blue Avengers MC™:

Beyond the Badge: Fletch

Beyond the Badge: Finn

Beyond the Badge: Decker

Beyond the Badge: Rez

Beyond the Badge: Crew

Beyond the Badge: Nox

Note

Capitolo uno

1. In inglese *Bud*, oltre a essere un nome di persona, significa appunto "amico", "compare". [NdT]

Capitolo quindici

1. L'ironia scaturisce dal fatto che in inglese il cognome di Amanda, *Barber*, significa appunto "barbiere". [NdT]